빈 들에 나무를 심다

빈 들에 나무를 심다

김남주 시인의 아내 │ 박광숙 산문집 │

푸른숲

다만 나로서 그대에게 보내고자 하는 말은
사랑이란 호락호락 쉬이 얻어지는 것이 아니라는 것이오.
한 산을 넘으면 바위로 험악한 또 하나의 산이 있고,
물을 건너면 파도로 사나운 또 하나의 바다가 있듯
우리의 사랑의 길은 고달프고 멀다는 것.
그러니 산이라면 넘어주고,
물이라면 건너주겠다는 심정으로
우리의 이 애틋한 사랑을 키워갑시다.

—1980년 김남주 시인의 옥중편지 중에서

논 한가운데 나 있는 긴 수로를 따라가 보면 바다에 닿게 됩니다. 수로에는 지난 가을부터 가둬두기 시작한 물이 그득한데, 지금 그 물은 두텁게 꽝꽝 얼어붙어 있습니다.

바다로 가기 위해 수로를 따라 걷다 보면 꽝꽝 언 얼음장 밑 어디에선가 간간이 돌돌돌 물 흐르는 소리가 들려옵니다. '꽝꽝 언 얼음장 속에서 웬 물 흐르는 소리?' 하고 두리번거려 찾아보면 그 물소리는 수문 근처이든가, 아니면 산 밑에 박아 놓은 파이프를 흐르던 작은 물줄기가 그래도 끝끝내 얼어붙지 않고 기어코 흐르며 내지르는 소리라는 걸 발견하게 됩니다.

수도꼭지에서 흘러내리는 것보다 더 적은 양의 물줄기가 이런 강추위에도 얼어붙지 않고 흐름을 계속하고 있는 것이 신기하여 파이프 끝에 매단 수정같이 맑은 얼음을 따다 입안에 넣어봅니다.

작은 물들이 모이고 보태어져 논 한가운데 큰 수로를 그득 채우고, 수로를 채웠던 물은 수문을 맴돌아 흘러내릴 곳을 찾아 다시 돌돌거리며 여울을 이뤄 수문께에는 여울 모양의 물살들이 무늬를 이루며 얼어붙어 있습니다.

저 꽝꽝 언 물이 봄이 되면 몸을 풀어 마른 논을 적시고 흙을 풀어내고, 딱딱하게 군은 볍씨와 풀씨들을 싹틔워 봄을 봄답게 하고 여름을 여름답게 무성하게 만들 것입니다.

그이가 세상을 떠나자 사람들은 저에게 글을 쓰라고 권하고는 했습니다. 겁없이 선뜻 출판사와 계약을 하기도 했습니다. 펜을 잡으려고 하니 펜을 잡을 여력이 남아 있지 않다는 걸 알았습니다. 머리에 남아 있는 단어들조차 기억에 희미합니다.

아무 일도 하지 않고 지내는 몇 년의 시간 동안 저는 몸으로 땅을 익히고 나무를 익히고 흙을 익히고 하늘과 바람을 익히는 일에 몰두했습니다. 아무런 욕망도 희망도 품지 않았습니다.

지난해 입춘, 동네 아주머니들과 정수사에 입춘기도를 하러 갔습니다. 입춘날의 독경이 그 동안 입안에 갇혀 있던 말문을 터지게 한 모양인지 누군가에게 긴 편지를 쓰고 싶은 마음이 일었습니다. 먼지를 뒤집어쓰고 있던 노트북을 찾아 밥상 위에 펼쳐놓고 저는 긴 편지를 썼습니다.

눈 내린 시골 정경을, 폭우 쏟아지던 날 밤의 우레와 폭우소리를, 꾀꼬리 울음과 날갯짓을, 꿀벌들의 원무와 허밍을, 텅 빈 갯벌이 주는 공허와 쓸쓸함을, 강화의 땅과 역사를 누군가에게 이야기하지 않고는 배길 수가 없었습니다. 더러는 부친 것도 있고, 민망하고 부끄러워 부치지 못한 것들도 있습니다.

그이가 감옥에 있을 때에도 많은 사람들이 그이를 위해 애를 써주고 사랑을 보내주었습니다. 투병 중일 때에도 많은 분들이 그이를 위해 기도하고 도움을 주었습니다. 그이는 그 깊은 사랑을 갚기 위해서라도 살려고 발버둥쳤습니다만 하늘의 뜻은 아마도 그에게 깊은 휴식이 필요하다고 여겼던 모양이었습니다.

올해로 그가 세상을 떠난 지 만 5년이 되었습니다. 그에게 보내어졌던 사랑이 여전히 저와 그의 아들에게 베풀어질 때마다 늘 목이 메이고 송구한 마음이었습니다. 송구한 마음을 이 변변찮은 글로 대신하려는 무례를 또 저지릅니다.

한없는 사랑을 보내주시고 지켜봐주신 이루 헤아릴 수 없이 많은 분들, 정말 감사합니다. 노구를 이끌고 시골구석까지 달려와 딸을 일으켜 세우려고 무던히도 고생하시는 어머니, 낯선 타인을 묵묵히 받아준 동네분들, 오래도록 견디고 채찍질해준 출판사 여러분, 광주에 계신 여러분, 그리고 작가회의 여러분, 고맙습니다.

이제 어둠을 보내고 아침을 맞이하기 위해 빈 들을 서성입니다. 겨울의 문을 밀어내고 바다로 나아가 뻘흙 위로 피어오르는 갯내음에 코를 적시며 저 멀리 동산 위로 솟아오르는 아침해를 두 팔 벌려 맞이합니다.

1999년 1월
박광숙

차례 · 빈 들에 나무를 심다

프롤로그 | 지수화풍(地水火風)이 된 당신 · 15

1장 | 그리움을 가슴에 묻고

죽은 나무에 물을 주다 · 25
자기의 땅에서 유배당한 자들 · 33
다시 돌아와 집을 짓다 · 43
그의 흔적을 가슴에 묻고 · 51
쥐똥나무 울타리를 만들며 · 57
사막을 건너는 법 · 65
고독한 대지에 나무를 심다 · 72
유리왕의 꾀꼬리, 날아오르다 · 81

2장 | 막막함이 안개처럼 밀려올 때

봄햇살의 위안 · 89
막막함이 안개처럼 밀려올 때 · 96
이제는 누군가를 기다리지 않습니다 · 102
지렁이와 꿀벌 – 자연의 의사들 · 109
미친 바람의 세월 · 118
두려움의 실체는 무엇입니까 · 127
어느 시골 학교의 첼로 연주회 · 134
빗속에서 춤을 · 143

3장 | 곡식이 여물듯 마음도 여물어갑니다

백일홍처럼 질긴 생명력으로 · 153
역사의 바다, 강화에 오세요 · 163
유배지에서 보낸 편지 · 170
백운거사 이규보 시집을 읽고 · 179
광주와 강화를 오가며 · 187
가을 운동회 · 194
내 가슴을 세 번만 밟아주오 · 203
절망은 끝이 아닌 시작의 출입구 · 212

4장 | 마른잎 떨어진 자리에 새싹 돋듯

몸도 마음도 자연을 닮아갑니다 · 223

텃밭에 당신을 묻고 · 228

내 고향은 해남 · 236

죽음 또한 삶의 한 부분인 것을 · 244

갯벌에 서서 · 249

하늘로 오르는 나무 · 257

입춘 기도 · 264

발문 | 이 사람의 아름다운 삶 | 신경림 · 269

지수화풍(地水火風)이 된 당신*

토일 아빠, 토일 아빠. 꿈인 듯 꿈인 듯, 나는 미친 듯이 당신을 기다립니다. 밤 되어 토일이를 잠자리에 누이면 눈물은 강물이 되어 끝없이 흐릅니다. 이제 다섯 살, 당신 아들 토일이가 외려 제 어미를 나무라고 다독입니다.

"엄마 울면 어떻게 해! 울고 싶어도 참아야지. 아빠 보고 싶으면 아빠 사진 보면 되잖아!" 하곤 제 볼을 내 얼굴에 비비며 고사리 같은 손으로 눈물을 닦아줍니다.

당신이 간 후 나는 다섯 살짜리보다 더 어린아이가 되었습니다. 안으로 안으로 씹어삼켜도 눈물은 어느새 내 의지와는 상관없이 주르르 흘러내리고, 눈물을 아이에게 들키지 않으려고 몸을 돌려 누우면 엄마가 울고 있다는 걸 낌새 챈 토일이가 제 어미를 감싸안아 줍니다. 이렇게 나는 다섯 살짜리보다 못한 어린애가 되어 그 아이의 토닥거림에 눈물 거둡니다.

삶이, 죽음이 도대체 뭐란 말입니까.

삶 안에 가득한 죽음, 생명이 충만한 육신에 잠겨 있던 죽음, 그 죽음이 바로 당신이었습니까. 그 죽음이 죽음의 입술로 입술을 달뜨게 하고, 그 죽음의 손길이 살을 어루만지고, 그 죽음이 뜨거운 불길을 일궈 이렇게 어리고 어여쁜 목숨을 탄생시켰단 말입니까.

내게 목숨 하나 던져놓고는 훨훨, 어디로 그렇게 급히, 가야 할 길이 그렇게도 바빴더란 말입니까. 알 수가 없습니다. 믿을 수가 없습니다. 내 입으로 이 세상을 하직하려는 당신에게 잘 가라고 말해놓고도, 내 손으로 당신의 감기지 않는 눈을 감겨주고, 닫히지 않는 입을 다물리고, 수의를 입혀주고, 내 손으로 당신의 묶인 몸 위에 검은 흙을 덮어주었건만 이건 분명 현실이 아닙니다.

나 홀로 집에 돌아왔습니다. 당신을 언 땅 속에 묻어두고. 당신과 함께 집을 나선 지 꼭 석 달 만입니다. 당신이 떠남으로 해서 이제 내 육신도 빈 껍질만 남았습니다. 두 발 위에 육신의 껍질을 얹어 흔들리는 다리를 간신히 가누어 터덜터덜 이렇게 돌아왔습니다. 당신 아들이 기다리고 있는 곳으로.

당신 아들 토일이가 엄마, 하고 나지막이 부르며 가만히 안깁니다. 우리 모자는 말없이 한참을 그렇게 부둥켜안고 있었습니다. 토일이는 아이의 재잘거림을 잊은 채, 영혼이 질식당한 제 어미의 볼을 이리저리 비비며 가냘픈 손에 힘을 주며 내 목을 그러안고만 있었습니다.

많은 사람들이 집을 지키고 있었건만 내 눈에는 그저 텅 빈 공간으로밖에는 여겨지지가 않습니다. 환한 불빛, 따스한 방,

지난 석 달 동안 얼마나 내가 이 따스한 방을, 온기가 도는 이 집을 그리워했는데, 이제 그 집으로 돌아왔건만 당신이 스러져간 이 집은 헐벗은 헛간처럼 황량하기만 합니다.

이제 따스했던 당신의 숨결은 맵고 싸늘한 칼바람이 되어 내 가슴을 후벼파고 볼을 후려치며 눈물을 뽑아낼 터이겠지요. 토일이에게 그리움과 외로움의 서러운 눈물을 뿌리게 하고 칭얼거리게 하겠지요. 도대체 당신은 어쩌자고 우리 모자에게 이런 시련을 주고 그렇게 훌쩍 떠났단 말입니까.

이제 토일이는 잠자리에 눕기 전 하느님과 부처님께 하던 기도와 절을 걷어치웠습니다. 깔아놓은 이부자리 위에 몸을 던져 "부처님, 우리 아빠 빨리 집으로 오게 해주세요." 하고 관세음보살을 뇌이며 빌었던 토일이가 자신의 간절한 기도와 기원도 소용없이 아빠가 돌아올 수 없게 되었다는 걸 깨달은 것입니다.

당신을 묻고 온 며칠 후, 아빠를 위해 매일매일 올리던 기도를 걷어치운 토일이가 "엄마, 나 어제 아빠꿈 꾸었다." 합니다.

"그래, 무슨 꿈?"

"응. 아빠가 하늘나라에서 토일이를 위해 기도하고 있더라."

나는 아무 말도 할 수가 없었습니다. 영결식장에 걸린 아빠를 그린 걸개 그림 위로 보이는 희뿌윰한 하늘을 가리키며 아빠가 저 하늘에 올라간 거냐고 묻던 아이, 왜 엄마가 울면서 텔레비전에 나와야 하는지 그것을 이해할 수가 없어 이웃집 할머니에게 달려갔다던 아이, 아빠가 영원히 돌아오지 않는다는 사실을 감지하고도 깊은 울음을 울 수 없었던 아이가 꿈에서 당신을 만났다고 기뻐합니다.

"아빠가 부처님 옆에서 관세음보살 관세음보살 하고 있던 걸."

참말로 당신의 영이 토일이에게 나타난 건가요. 내겐 꿈에서조차 뵈지 않더니 아들의 꿈에 나타나 아들을 위한 기도를 하고는 그 예쁜 눈망울에서 눈물을 뽑아내더니 토일이와 작별 인사를 하러 서편 어둔 하늘에 나타난 게 토일이를 떠나지 못한 당신의 혼령인가요.

당신이 눈을 감기 전 설날 아침, 어쩌면 당신과의 마지막이 될지도 모른다는 막연한 불안감에 나는 토일이의 손을 끌고 당신에게 갔지요. 늘 싫단 말 없이 따라오던 아이가 그날따라 가지 않겠다고 버티다간 할 수 없이 따라나선 길, 그 길이 아빠와 아들의 마지막 대면이 되고 말았지요.

모든 세상 사람들이 설날 아침의 들뜬 기분으로 눈길을 밟으며 세배길을 나서는데, 토일이는 당신의 마지막 길에 당신에게 입맞춤하기 위해 병원으로 달려가고 있었습니다. 토일이는 외삼촌의 차 안에서 자신의 몸에 엄습해 오는 죽음의 그림자에 끌려가듯 입을 다물고 땀을 뻘뻘 흘리고 있었습니다. 토일이는 한 시간도 채 못 되는 짧은 시간 동안 혼곤히 잠을 자며 식은땀을 흘리며 자신과 싸우고 있었던 것입니다. 어떻게 우리 토일이에게 그런 일이 일어나야만 하는지, 어떻게 우리가 당신을 저 세상으로 보내고 살 수가 있는지.

병실에 들어선 토일이는 "아빠!" 하고 가만히 당신을 불렀지요. 당신은 뼈만 남은 갈퀴 같은 앙상한 손을 내밀어 토일이의 손을 잡았습니다. 그때 이미 당신은 말할 기력도 쇠하여 큰소리로 아들 이름을 부를 수도 없었습니다. 당신은 퀭한 눈으로 아들을 바라볼 뿐, 안을 수도 입을 맞출 수도 없는 죽음에 묶인 몸이었습니다. 이제 막 네 돌을 지난 아들, 이제 막 결혼 5주년을 지난 우리, 운명은 우리 세 사람을 이렇게 갈라놓고 있었습니다.

토일이가 세배도 못하고 당신과 작별인사를 합니다. "아빠, 안녕." 하고 뼈만 남은 당신의 기다란 손에 입맞춤을 하고 돌아서고, 돌아서려다 다시 아빠 앞에 서서 고개 숙이며 "아빠, 빨리 나으세요." 했지요. 당신은 차마, 차마 바로 볼 수가 없어서 그만 고개를 돌리고 말았지요, 말았지요.

아들의 애타는 그리움과 기도도 소용없이, 나라 안팎 숱한 사람들의 간절한 기도와 기원에도 불구하고 병마에 무릎을 꿇은 당신이 한없이 원망스럽기만 합니다. 당신이 옥중에서 내게 적어 보낸 브레히트의 〈아침 저녁으로 읽기 위하여〉란 시,

내가 사랑하는 사람이
나에게 말했다
그대가 필요하다고

그래서
나는 바짝 정신을 차리고
길을 걸으면서

빗방울까지 무서워한다
그것에 맞아 죽어서는 안 되겠기에

　당신이 사랑한 광숙이가 있기에 빗방울조차 두려워 정신 바
짝 차리고 있다더니, 내가 있기에 칼바람 겨울에도 꼭두새벽
에 일어나 얼음물 끼얹어 냉수마찰로 몸을 단련시키고, 0.7평
좁은 공간을 운동장삼아 뜀박질로 뜀박질로 힘을 길러 남보다
건강한 몸 무쇠 같은 근육이라 자랑하며 "건강 만세"를 외치
더니 이 무슨 속절없는 죽음인가요.

　봄은 얼마나 끔찍한 형벌입니까. 나는 그 형벌에 채찍질당
하고 담금질당하며 이 봄을 저주합니다. 죽었던 나뭇가지가
다시 살아나 잎을 피우는 것을 용서할 수가 없습니다. 황토바
람만 일구던 흙이 뿌리와 씨앗에게 생명을 되돌려주다니! 이
토록 잔인할 수가 있습니까. 죽었다가 다시 싹을 틔우고 생명
의 꽃을 피우는 자연의 순환을 나는 용납할 수가 없습니다. 당
신은 돌아올 수 없는데, 온 천지에 진달래꽃이라니, 개나리라
니, 라일락이라니!

　내 손 끝에 남아 있는 당신 육신의 싸늘한 살갗, 굳어진 뼈
마디마디의 감촉이 아직도 생생한데 웬 자연의 화려한 축제!
이 봄의 축제를 위해 당신 육신은 서서히 풍화를 준비하고 바
람 되어, 불이 되어, 물이 되어, 흙이 되어 스러지겠지요.

　육신을 죽음의 덫으로 옭아매기 위해 날이면 날마다 뻗어나
가는 암세포와의 참혹한 싸움에서도 신음소리 한번 크게 내지
르지 않던 당신을 눈물이 아니고는 그려볼 수가 없습니다. 참
고, 또 참고, 고통과의 싸움에 기진맥진 곯아떨어져 깜박 잠이

든 그 순간에도 당신은 신음을 안으로 안으로 삼키고만 있었습니다.

당신은 감옥생활에서 참는 데는 선수가 됐다고 했지요. 등짝과 어깨에 박힌 쇠침으로 긁힌 고문의 흔적을 내보이며 "이런 걸 참으며 살아왔는데." 하며 기꺼이 고통을 감내하던 당신이었지요. 당신보다도 내가 외려 그 통증을 참지 못하여 소리라도 지르라고 하니까 그때에 당신은 아흠! 하고 큰기침을 하고는 당신이 즐겨 부르던 〈떠나가는 배〉를 병실이 꽉 차도록 큰소리로 불렀지요.

내가 어떻게 그 노래를 들을 수 있었겠어요. 나는 당신에게 쏟아져 나오는 눈물을 보이지 않으려고 화장실로 달려갔고, 당신이 사랑하던 아우 덕종이는 문 밖에 서서 당신의 신음 아닌, 쇠잔한 목소리의 떨리는 노랫가락을 들으며 눈물을 훔쳐댔지요.

그게 당신이 우리에게 들려준 마지막 노래였습니다. 나는 그 노래가 당신이 이 지상에서 부르는 마지막 노래일 거라는 것도 감지하지 못하고 당신이 부르는 노래를 듣지 않으려고 귀를 막았지요.

이제 당신은 시련의 굽이굽이를 돌아 영원한 잠의 세계로 떠났습니다. 내가, 토일이가 당신을 보내지 않으려고 아무리 발버둥질쳐도 당신은 이미 우리 곁을 떠났습니다. 토일이의 꿈에서처럼 살아남은 우리를 위해 기도하고 있을 당신, 그 당신은 어느 마을 어귀의 옹이진 늙은 상수리나무가 되기 위해 씨앗을 틔우고 있을지도, 높이높이 나는 새가 되어 지상에서 가장 아름다운 노래를 부르고 있을지도, 분노의 뇌성번개되어 깊은 어둠을 찢고 있는 빛이 되었을지도 모를 일입니다. 지수화풍(地水火風)이 되어 또 다른 인연을 짓기 위해 떠난 당신, 왕생(往生)하소서.

* 이 글은 김남주 시인이 사망한 1994년, 〈실천문학〉 여름호에 실린 원고입니다.

1장 | 그리움을 가슴에 묻고

죽은 나무에 물을 주다

　낯선 곳에서의 한 해가 또 지나갔습니다. 다시 봄입니다. 올 한 해를 어떻게 보내야 하나 하는 막막한 마음으로 뜰을 서성입니다.

　지난번 그곳을 다녀온 이후 몸살을 좀 하였습니다. 고달픈 여정도 아닌데 몸살을 하는 자신이 싫어 밖에 나가 일을 해보기도 하고, 가구와 그릇들을 이리저리 옮기기도 하고, 밤늦도록 책을 읽어보기도 하였습니다. 마음의 갈피에 박혀 있던 아픔이 웬만큼 사라진 줄 알았는데, 몸이 먼저 알고 대신 앓아주는 모양입니다.

　햇살이 한없이 따뜻합니다. 남향받이 뜰에 봄빛이 가득 쏟아져 내리자 벌통 안에 갇혀 있던 벌들이 모두 밖으로 나온 듯 밖이 소란스럽습니다. 겨울을 무사히 견디고 난 작은 생명들이 벌이는 따스한 햇살 아래에서의 비행이 경쾌한 춤과 음악 같아 덩달아 마음이 들뜹니다. 윙윙거리는 가벼운 떨림과 비행에 실어 며칠 동안의 몸살을 털어내고 봄맞이 채비를 하러 밖으로 나왔습니다.

　이곳에서 보낸 지난 2년 동안의 생활은 참으로 많은 것을 우리에게 주었습니다. 낯선 곳 낯선 사람들 속에 섞여 사는 생활이 주는 긴장감에도 불구하고, 자연이 주는 편안함과 위안으로 우리는 상실의 깊은 상처를 치유하며 우리 몸을 둘러싸고 있는 딱지를 조금씩 떼어낼 수 있었습니다.
　비가 오면 비처럼 흐르고 바람이 불면 바람처럼 흔들리고 안개가 끼면 안개처럼 살아왔다는 것을 선생님은 아시겠지요. 달리 방법이 없었습니다.

　뜰에 서서 저 멀리 들판을 바라보노라면 늘 아득히 안개 같은 것이 밀려옵니다. 낯선 곳에 서 있는 자신의 모습이 낯선 타인을 바라보듯 늘 어색합니다. 그리곤 습관처럼 중얼거립니다. ‘여기 서 있는 사람이 정말 너 자신이니?’ 하고 말입니다. 흡사 영화 속의 한 장면처럼 천천히 다가오고 있는 그림자. 본질은 소멸해버리고 그림자로만 존재하는 듯 느껴지던 자신. 기다릴 것 없는 미래와 무심을 빈 나뭇가지에 내려앉은 까치가 깨뜨려주어 마음을 추스릅니다.
　갈퀴를 들고 한참을 그렇게 멍하니 서 있었던 모양입니다. 늘 그 모양입니다. 일을 한다고 연장을 들고 나섰다가도 멍하니 서 있거나 할 때가 종종 있습니다. 특별히 무슨 생각을 해서가 아닙니다. 무념이라고나 할까요. 마음을 비우는 훈련을 한다고 가부좌를 틀고 앉았을 때에도 되지 않던 그 무념이 일하는 사이사이 찾아들면, 할 일을 잊고 한 그루 나무처럼 꼼짝 않고 멍하니 서 있습니다.

겨우내 떨어져 쌓인 낙엽이 빗물이 흘러갈 골창에 가득합니다. 긁어모은 낙엽이 밭 여기저기에 수북이 쌓였습니다. 바싹 마른 나뭇잎에 라이터를 켜댑니다. 무성하던 지난 여름날의 흔적은 화려한 불꽃을 피우다가 재가 됩니다. 겨우내 쌓인 낙엽을 긁어 태우고, 고추를 심었던 곳에 아직도 덮여 있는 비닐을 걷어내 밭 한 귀퉁이에 모아놓으며 서서히 봄을 맞을 준비를 합니다.

그가 3개월 동안 벌였던 암과의 치열한 싸움 끝에 조용히 손을 놓고 이 세상을 떠나갔을 때 우리 두 모자에게 매어져 있던 끈도 풀어졌습니다. 전화 벨은 더 이상 울리지 않았고 우편함은 텅 비었습니다. 그림자같이 산 지난 몇 년이었습니다.

그리고 우리는 돌고 돌아 마침내 강화의 옛 집에 돌아왔고 벌써 2년이 지나 아이는 3학년으로 올라갔습니다. 흙을 딛지 않고 사는 도시생활이 얼마나 비인간적인 삶이냐며 도시생활을 끔찍이도 싫어하던 그의 말에 말도 안 되는 억지라고 항변했는데, 지금 저 자신이 흙을 파먹고 사는 사람이 되어버렸으니 큰 변화라고 할 수 있지요.

아무 요량도 없이 무턱대고 내려와 산 지 2년. 그 동안 땅은, 자연은 우리에게 많은 것을 주고 우리를 변모시켰습니다. 어미 잃은 어린 강아지같이 칭얼대고 보채며 제 성질에 못 이겨 몸부림치던 아이도 이제 흙살이 올라 아이를 끌어안으면 풋풋한 흙냄새가 납니다.

무엇을 그렇게 두려워했고 무엇을 그렇게 무서워했던 것일까요. 처음 이곳으로 내려왔을 때를 돌이켜 생각해봅니다. 죽어도 못 살 것 같은 캄캄한 절망, 절망보다 더 무서운 공포감……. 흔히 하는 말처럼 시간이 약이라고, 이제 우리는 두려워 떨지 않게 되었고 그가 없어도 둘만으로도 행복을 엮을 수 있다는 사실에 새삼 놀라워하고 있습니다.

예전에 본 영화가 생각납니다. 타르코프스키인가 하는 소련에서 망명한 감독의 마지막 작품인 〈희생〉이라는 영화였습니다. 감독은 암으로 망가져 가는 몸을 끌어안고 마지막 혼신의 힘을 다하여 이 영화를 만들고는 세상을 떴다고 했습니다. 지금도 영화의 장면 장면들이 또렷이 떠오릅니다. 늘 바람이 부는 바닷가 외딴 집. 아들과 한 남자가 살고 있습니다. 그 남자는 죽은 나무에 3년 동안 물을 주면 그 나무가 되살아나 나무에 움이 트고 무성해지리라는 믿음으로 열심히 물을 퍼나르며 나무에 물을 줍니다. 배경이 바람이 드센 북유럽 어디쯤인지 세워놓은 나무는 거센 바람에 곧잘 쓰러지고, 쓰러지면 또 세우며 남자는 어린 아들과 함께 열심히 물을 퍼나릅니다.

어찌된 영문인지 마지막 장면에서 그가 살던 집이 활활 불에 타버리지만 나무에는 싹이 돋아났던가. 어쨌든 이 영화는 꺼지려는 생명을 끌어안고 영화를 만들었던 감독이 자신의 어린 아들에게 '이 영화를 너에게 바친다' 하는 유언을 자막으로 흘려보내며 끝을 맺습니다.

마당가에 서 있는 이파리 하나 매달고 있지 않은 느티나무를 보며 때때로 예전에 보았던 영화의 장면들을 떠올리며 어쩜 그 영화가 우리를 위해 만들어진 게 아니었을까 하고 생각해봅니다. 그 영화를 보며 내내 울었던 것 같습니다. 감독이

그가 세상을 떠나고 얼마 지나지 않아 본 영화에서 저의 마음을 사로잡은 것
은 희망의 싹이 메말라버렸음에도 불구하고 좌절하지 않고 그 싹을 살려내려
는 끈질긴 의지의 몸부림이었습니다.

암으로 죽어가면서 혼신의 힘을 모아 만든 작품이라는 것보다, 일곱 살 난 아들이 언젠가 빠질지도 모를 좌절의 늪에서 건져올릴 구원의 나뭇가지를 던져주고 떠나는 감독의 부성애보다 더 진한 무엇이 그 영화에는 있었습니다.

허무보다 진한 삶의 욕구가 폭풍우처럼 몰아치는 바닷가 외딴 집, 그곳에 사는 어린 아들과 한 늙은 아버지. 영화를 본 것이 그가 세상을 뜨고 얼마 지나지 않은 때이기도 했지만, 아주 깊은 감동과 위안을 받았더랬습니다. 많은 사람들의 마음에 크나큰 위안과 희망을 안겨주었다는 영화였지만 저의 마음을 사로잡은 것은 희망의 싹이 메말라버렸음에도 불구하고 좌절하지 않고 그 싹을 살려내려는 끈질긴 의지의 몸부림이었습니다.

죽은 나무에 물을 주어 살려내겠다는 헛된 망상으로 그런 어리석은 짓을 하지는 않지만, 이곳에 와서 산 지난 이태 동안 우리는 헤아릴 수 없이 많은 나무와 꽃들과 풀을 심었습니다. 시장에서 사다 심기도 하고 산과 들에서 캐다 심기도 하고 이웃에서 얻어다 심기도 했습니다.

　반짝반짝 하늘이 눈뜨기 시작하는 초저녁
　나는 자식놈을 데불고 고향의 들길을 걷고 있었다

　아빠 아빠 우리는 고추로 쉬하는데 여자들은 엉뎅이로 하지?

　이제 갓 네 살 먹은 아이가 하는 말을 어이없이 듣고 나서
　나는 야릇한 예감이 들어 주위를 한번 쓰윽 훑어보았다 저만큼

고추밭에서
　아낙 셋이 하얗게 엉덩이를 까놓고 천연스럽게 뒤를 보고 있었
다

　무슨 생각이 들어서 그랬는지
　산마루에 걸린 초승달이 입이 귀밑까지 째지도록 웃고 있었다

　그가 마지막으로 쓴 〈추석 무렵〉이라는 시입니다. 〈희생〉의
감독이 자신의 조국에서 쫓겨나 먼 타국에서 메가폰을 잡고
아들에게 남길 마지막 영화를 찍었듯이 그는 자기의 땅에서
쫓겨나 10년 동안 유폐되었다가 돌아와 고향의 들길을 걷고
있었습니다. 전신에 암세포가 퍼져나가고 있는 것도 알지 못
한 채 흥얼흥얼 노래를 부르다 아들의 쫑알거림에 문득 시상
이 떠올라 고향에서 돌아와 시 한 편을 써놓고, 그리고 그는
떠나갔습니다.
　아들은 아빠가 남긴 마지막 시에 나오는 초승달처럼 입이
째지게 잘 웃고 까부는 명랑한 아이로 자라고 있습니다. 고향
의 들길은 아니지만, 아빠와 함께 걷는 길은 아니지만, 자전거
바퀴에 잔뜩 흙덩이를 매달고 달릴 수 있는 논둑길 밭둑길이
아이 앞에 펼쳐져 있습니다.

　바람이 메마른 나뭇가지를 흔들며 지나갑니다. 죽어 있던
나뭇가지를 흔들어 깨우는 미세한 떨림과 땅속 깊은 곳에서
수액을 길어올리는 뿌리들의 분주한 움직임이 들릴 듯 말 듯
부산한 봄뜰에 서서 많은 이야기를 토해내고 싶은 충동을 느

낍니다. 입 안에서 웅얼웅얼 독백처럼 하던 혼잣말을 입밖으
로 풀어내어 길고 긴 이야기를 엮어내고 싶습니다.

자기의 땅에서 유배당한 자들

　우연과 우연이 엮어지고, 우연은 어느덧 필연으로 바뀌며…… 강화도는 그렇게 우리가 가야 할 필연적인 장소가 되어 우리를 기다리고 있었습니다.

　강화도, 북한 땅이 바라다보이는 한 섬. 북한 땅과 인접한 섬이라는 의미가 무엇인지는 잘 아시겠지요. 그것은 우리 같은 사람에겐 일종의 공포—보이지 않는 어떤 손이, 어느 날 갑자기 자신도 모르게 차갑게 얼어붙은 손이 목덜미를 낚아챌 수도 있다는—라는 것을요. 이 섬이 지금 우리에게 이렇게 편안한 잠자리를 주고, 슬픔에 전 어리고 여린 몸을 보듬어 포근히 안아주리라고는 생각조차 못했습니다. 그를 잃는 슬픔 대신에 받은 선물인 셈이지요.

　지금도 우리가 어떻게 이곳에 와 살게 되었는지 의아해 할 때가 있습니다. 저 자신뿐만 아니라 주변 사람들도 왜 제가 이곳에 와 살고 있는지, 여기에선 무엇을 하고 어떻게 살아가는지 궁금해 합니다. 사람은 그와 어울리는 장소에 있어야 그 땅에 마땅히 소용도 되고, 또 땅과 닮은 삶을 살아갈 수 있을 텐데, 여기에 사는 게 정말 적합한가 어떤가, 문득 그런 의문에 사로잡힙니다.

그가 떠났을 때 이곳은 땅의 무게만큼이나 제 어깨를 짓눌렀습니다. 그가 떠나자 이 땅은 이미 우리에겐 소용없는 곳이 되어버렸습니다. 농촌으로 돌아가 시를 쓰고 땅을 일구며 살고 싶어하던 그였지만, 한 뼘 땅 속에 누워 흙을 덮어쓰고 있는 그에게는 아무 소용 없는 곳이었고 땅의 쓰임을 몰랐던 제게는 더더욱 무용한 물건일 따름이었습니다. 부동산이라는 경제적 효용가치조차도 아무런 의미가 없었습니다.

이곳은 그와 함께 했던 날들을 하나하나 지워나가듯이 함께 땀 흘리고 수확하던 날들의 기억을 지워야 할 괴롭고 슬픈 땅이 되어버렸습니다. 애초에 이곳은 그의 몫의 땅이 아니었는지도 모릅니다.

그는 원래 자기의 땅에 발붙이지 못하고 늘 쫓겨다녀야 하는 운명을 타고났는지도 모릅니다. 그 자신이 쫓겨다니면서 번역해냈던 책의 제목인 《자기의 땅에서 유배당한 자들》처럼 늘 자신이 살고자 하는 땅에서 살지 못하고 쫓겨났습니다. 그가 발디디고 있는 땅은 늘 그를 밀어냈습니다. 농사꾼이고자 했던 소박한 꿈을 가졌던 그를, 그보다 더욱 소박했던 부모님의 소망이 도시로 밀어내었고, 독재의 서슬 퍼런 군화가 감옥이라는 밀폐된 공간으로 그의 청년기를 구겨넣어 그는 흙을 딛지 못한 채 10년을 박제품이 되어 살아야 했습니다.

10년 만에 바깥 세상으로 나온 그는 땅을 갈며 씨 뿌리고 수확하는 농사꾼으로 돌아가고자 했습니다. 그러나 그는 결국 그러지를 못했습니다. 강화도. 그 섬은 다시 한 번 그를 밀어내었습니다. 북한이 가까운 땅, 그곳은 우리에게 포근한 쉼터가 될 수 없었습니다. 우리 같은 사람에겐 형벌의 땅이란 걸 우린 미처 몰랐습니다.

삼팔선은 삼팔선에만 있는 것이 아니다
당신이 걷다 넘어지고 마는
미팔군 병사의 군화에도 있고
당신이 가다 부닥치고야 마는
입산금지의 붉은 팻말에도 있다
가까이는
수상하면 다시 보고 의심나면 짖어대는
네 이웃집 강아지의 주둥이에도 있고
멀리는
그 입에 물려 보이지 않는 곳에서
죄 안 짓고 혼쭐나는 억울한 넋들에게도 있다
삼팔선은 삼팔선에만 있는 것이 아니다

〈삼팔선은 삼팔선에만 있는 것이 아니다〉라는 그의 시처럼, 사람과 사람 사이를 갈라놓고 단절시키며 조정하던 보이지 않는 손, 그 보이지 않는 손에 덜미잡힌 보안관찰대상자였던 우리가 그곳으로 주민등록을 옮길 만한 배짱도 없었으면서도 선뜻 가겠다고 나선 것은 순전히 우연과 객기였습니다. 그때 살고 있는 목동 아파트에서 제일 가깝다는 것, 이제부터는 세상이 좀 달라지지 않겠느냐 하는 터무니없는 낙관론과, 무엇이든 쉽게 생각하고 행동에 옮기는 저의 단순함, 이런 여러 가지 것들이 얽혀 언젠가 돌아가 농사지을 수 있는 가까운 골짜기 땅을 발견한 것만을 행운으로 여겼습니다.

얼마나 많은 밤잠을 설쳤던가요. 가까운 섬 어느 골짜기에 땅을 마련할 수도 있다는 설렘, 돈을 마련할 걱정으로 잠을 설쳐야 했지요.

섬. 섬이라 불리는 땅이 주는 이미지는 미지의 세계로 나아가는 환상의 문 같은 것. 푸른 하늘을 배경으로 떠 있는 한 조각 구름의 이미지라든가, 아니면 안개 속에서 아련히 떠오르는 수묵화 같은 무채색의 섬, 그 가까이 파도를 타고 유유히 다가오는 조각배, 그 곁을 따르는 갈매기 무리…….

아무튼 서울에서 이렇게 가까운 곳에 섬이 있고, 그 섬의 어느 한 골짜기에 먼 훗날 가서 농사를 지을 수 있다는 사실에 마냥 가슴이 설레었지요. 그러나 후에 그 설렘이 공포로 변할 줄은 정말 생각지 못했군요. 솔직히 말하면 전혀 생각지 못했던 것은 아니었지요. 다만 우리에게 다시는 그런 일이 일어나지 않길 바랐던 거겠지요.

한 일년쯤 우리의 강화 생활은 정말 행복했어요. 갓 돌을 지난 아이를 들쳐업고 기저귀 가방을 들고, 먹을 것 입을 것을 배낭에 담아 등에 메고 택시 타고 버스 타고 달려가곤 하던 쓰러져가는 어두컴컴한 슬레이트집. 걸음마를 시작하던 아이가 뛰어다니며 흙더미 위를 뒹굴기도 하고, 뙤약볕 아래에서 콩밭을 매며 아는 노래를 다 끄집어내어 목청껏 노래를 부르기도 했지요.

콩밭 매는 아낙네야
베적삼이 흠뻑 젖는다
무슨 설움 그리 많아
포기마다 눈물 심누나
홀어머니 두고
시집가던 날
칠갑산 산마루에
울어주던 산새소리만
어린 가슴속을 태웠소

아이조차도 아빠가 얼마나 이 노래를 많이 불렀던지 제법 노래 한 소절을 혼자 흥얼거릴 정도였습니다.

그곳은 우리만의 비밀 장소였어요. 우리는 아무도 모르는 내밀한 장소에 우리들만의 보물을 감춰놓고 때때로 찾아가 확인하고 가슴에 품어보듯 우리만의 장소에 숨어들어 웃옷을 벗어젖힌 채 땅을 파 콩을 심고 야채를 가꾸고 꽃나무와 과일나무를 심었습니다. 그렇게 한 해를 보냈습니다. 아무도 모르는 자신들만의 비밀스런 장소를 갖는다는 것, 그건 아이 적에 하던 숨바꼭질과는 또 다른 어떤 재미를 우리에게 주었습니다.

왜 비밀의 장소였냐고요? 글쎄요……. 시골 어디에 자기의 땅을 갖는다는 게 그때로는 미덕이 아니었고, 군이 말을 할 필요도, 이야기를 할 수도 없었다면 해명이 될까요.

92년 봄과 여름. 우리를 압박하는 어떤 기미가 다가오기 시

그곳은 우리만의 비밀 장소였습니다. 그곳에 우리들만의 보물을 감춰놓고 때
때로 찾아가 콩을 심고 야채를 가꾸고 꽃나무와 과일나무를 심었습니다. 한
일년쯤 우리의 강화 생활은 정말 행복했습니다.

작했어요. 네, 그것은 주도면밀하게 다가오는, 차가운 손으로 제 목덜미를 낚아챌 것 같은, 그렇지만 정체를 쉽게 드러내지 않는 서늘한 기운이었죠…….

강화도는 내륙을 흘러온 도도한 강줄기들이 흘러들며 섬을 휘돌아 몰려오는 서해의 바닷물과 맞부딪쳐 소용돌이치는 격랑의 장소였고, 소용돌이치는 물결처럼 섬 또한 역사의 격랑이 할퀴고 지나간 깊은 자국들을 간직하고 있는 현장이기도 했습니다.

흐르는 바람쯤이야…… 하고 가볍게 볼 게 아니었나 봐요. 대통령 선거가 몇 달 후로 다가오고 있었습니다. 남한의 간첩들이 강화도 어디에서 북한의 간첩과 만났다고 하더군요……. 그런데 왜 그렇게 가슴이 두근거리고 오금이 저려오던지요. 지난번 효소를 담은 항아리를 뒷밭 감나무 밑에 묻어놨는데 효소가 암수표로 둔갑해버린다면 어쩌지? 단파 라디오라도 나온다면…… 어떻게, 뭐라고 변명의 말을 해야 하지. 감나무 밑과 대숲을 파헤치는 광경이, 거기에 숨겨져 있는 것들이 햇살 아래 드러나 우리의 죄를 증명해 보인다면…… 디뎌서는 안 되는 금단의 땅에 출입한 죄는 온갖 상상력을 동원하여 우리를 괴롭혔지요.

그런데 왜 그렇게 공포에 떨었냐고요? 그가 10년 만에 가석방으로 출소를 하고, 우리는 그 한 달 후에 결혼을 했지요. 그는 그때 옥중에서 쓴 시들 때문에 아주 유명인사가 되어 있었지요. 덕분에 1989년, 저는 구속자 가족들로 구성된 '민주화실천가족운동협의회'라는 단체의 총무를 맡게 되었지요. 민가협 총무라는 자리가 단체의 활동비를 끌어와야 하는 거라 대부분 많이 알려진 사람의 가족이 민가협 총무라는 직책을 맡고 있었던 거지요.

훗날 발표된 바에 따르면 그 당시인 1989년에 모모라는 간첩이 민주단체 등을 돌아다니며 사람들과 접촉하고 돈을 주고 했는데 민가협에도 돈을 줬다고 하더군요. 그 사건 보도를 보며 나도 언젠가는 불려가겠구나 하고 가슴을 졸였습니다. 사건에 연루된 모모씨가 강화도를 들락거리며 간첩과 접선하고 어쩌고저쩌고…… 하는 발표가 있었고, 아파트 경비원을 통하여 우리의 행동거지를 누군가가 살피고 있다는 걸 알았습니다. 그리고 예금통장을 뒤지고 있다는 것도요.

이 나라의 온전한 시민으로서 누군가의 감시망에 포착되어 일거수일투족을 감시당한다는 사실을 알고 공포에 떨지 않을 사람이 어디 있겠어요. 더구나 우리는 가서는 안 될 곳, 그들이 말하는 대로 남의 간첩들이 북에서 내려온 간첩과 접선했다는 강화에 집을 마련해두고 그곳을 무상으로 출입했으니. 그들이 보기에 가난한 시인이, 그것도 출소한 지 얼마 되지도 않은 사람이 많은 돈을 들여 땅을 마련하고……. 그는 언제라도 다시 가둬둘 수 있는 가석방자였습니다.

강화도에 왔다갔다했다는 간첩들의 소행이 연일 매스컴에 오르내리게 되자 써오던 가계부를 모두 찢어버렸습니다. 그는 불온한 사상을 가졌고, 지금도 시와 강연으로 불온한 사상을 전파하고 다니고 있으며, 그의 부인은 불온한 단체에서 일했으니……. 머지않아 그들이 들이닥치리라는 것은 너무나 자명한 일이었습니다.

이곳을 마련하기 위해 오간 예금통장의 거래 흔적과 강화도를 연결시키면……? 수없이 쳐진 덫이 우리가 걸릴 때만을 기다리고 있었습니다. 여기 맛있는 먹잇감이, 요리하기 좋은 먹잇감이 있다……. 요리사의—불온한 사상을 지니고 있으면서 그를 전파하려는 자들을 찾아낼 의무감에 충실한—수중에 들어가 뼈와 살이 발라지고, 내장과 머리가 도려내져 갖은 양념을 가미하여 잘 구워낸 요리를 접시에 담아 차려내게 되면…… 화려한 진수성찬으로 입맛을 돋우겠지.

그러니 강화도는 우리의 기억에 아예 없는 곳이어야만 했습니다. 그리고 우리는, 다행히 그는 무사히 그 고비를 건넜지만 그들이 없애버리려고 작정했던 단체에 실무자였던 저는 그 덫을 피할 수가 없었습니다. 화려한 진수성찬을 준비하면서 생각한 것처럼 요리가 빛을 발하지 못하고 말았지만, 아무튼 대통령 선거를 앞둔 92년 겨울 어느 날 텔레비전에 차려져 나온 요리들은 반공 이데올로기에 중독된 사람들을 뒤흔들어놓을 수 있었지요. 결국 92년 대선에서 김대중 씨는 패배하고, 눈물을 뿌리며 영국으로 날아갔던 걸 기억하세요?

선거가 끝나고 우리는 상처가 다 아문 것은 아니지만 어쨌든 평온한 마음을 회복하여 이곳에 와서 다시 농사를 짓기 시작했습니다. 선거가 몰고온 북풍 탓으로 가을과 겨울 동안 돌보지 못한 밭은 덤불과 낙엽이 뒤엉켜 있어 우리의 마음만큼이나 스산스러웠습니다. 낫과 갈퀴를 들고 덤불을 쳐내고 낙엽을 긁어모아 불을 싸지르며 우리는 울분과 모멸을 불태워버렸습니다. 그리고 나서 삽과 괭이로 굳은 땅을 파헤쳤습니다. 훗날 우리 아들이 따먹을 과일나무를, 손자가 뛰어놀 나무그늘을 만들어줄 느티나무를 우리의 터전에 심었습니다.

그와 함께 했던 그 따뜻했던 봄날이여! 행운을 잡을 것 같던 예감도, 행복한 노동의 땀방울도 그가 목청껏 부르던 노래 가사처럼 밭이랑과 콩 포기포기마다 눈물을 심어주게 될 줄은 몰랐습니다. 뒷산의 무성하던 덤불이며 대숲, 인걸은 간 곳 없다던 옛시조의 한 구절처럼 그이는 간 곳 없고 대숲만 더욱 무성해졌습니다.

다시 돌아와 집을 짓다

그가 떠난 지 일년이 지나 이곳에 집을 짓기 시작했습니다. 그의 발자국이 찍혀 있는 땅을 잡초 우거진 폐허로 남길 수 없다는 생각으로 이곳에 집을 지으려는 건 아니었습니다. 이곳이 우리가 살아야 할 곳으로 운명지어졌다는 어떤 단서가 있는 것은 아니지만, 이곳에 살게 된 것이 우리에겐 어쩌면 필연이 아닐까 하는 생각은 듭니다. 한때 위협적으로 다가왔던 분단 이데올로기가 이번엔 우리에게 이 땅을 선물했다고나 할까요.

그와 함께 와서 농사를 지었던 세 번의 여름 동안, 밭을 갈 수 없어서 원시인처럼 일일이 삽과 괭이로 갈아엎어 농사를 지었더랬습니다. 그가 작가회의 사무실에 나가지 않아도 될 날을 잡아 이곳에 와서는 밥 먹고 잠자는 시간을 빼놓고는 허리 한 번 펼 수 없는 중노동이, 전원생활을 기대했던 저를 기다리고 있었습니다. 한 가지 작물만 심는다면 봄에 뿌리고 가올에 거두면 그만이지만, 처음으로 제 손으로 밭을 일군다는 욕심에 심을 수 있는 야채란 야채는 모두 심어보고 싶었고, 잡곡도 구할 수 있는 한 모든 것들을 심어볼 작정으로 달려들었습니다.

순무, 고추, 알타리무, 얼갈이, 근대, 부추, 파, 감자, 배추, 상추, 쑥갓, 케일, 당근, 비트, 양배추와 같은 야채류와 근채류들. 호박, 일찍 먹는 완두마마콩, 오이, 가지, 큰 토마토, 방울토마토, 참외, 수박, 피망, 고구마, 고추 같은 여름과 가을에 따먹을 과일과 열매들의 모종과 싹들을 모두 심으리라.

우리는 정말 마음먹은 대로, 구할 수 있는 모든 씨들을 얻고 사서 심었고, 장에 나가 모든 싹과 모종을 사다가 심었지요. 어쩌나 욕심을 내었는지 첫해부터 저는 그것들을 심고 가꾸느라 정말 허리 펼 틈조차 없었습니다. 그것들을 뜯어다 식탁에 차려놓고 먹는 기쁨이라니! 밭가에 쪼그리고 앉아 들여다만 봐도 그저 배가 불러오곤 했지요.

야채류만을 심었던 첫 해의 경험을 토대로 그 다음 해에는 온갖 곡식의 씨앗과 알고 있는 약초들의 씨를 종묘상에서 사다 뿌렸지요. 팥이나 콩, 옥수수, 강낭콩, 조, 참깨와 들깨 모종 같은 것들은 이웃 사람들이 심다 남은 거라며 가져다주어서 심었고, 녹두는 어릴 적 부르던 '새야 새야 파랑새야 녹두꽃에 앉지 마라'라는 노래 생각이 나서, 수수는 어린 시절 들었던 바람에 서걱이는 소리가 그리워서 심었답니다.

이번엔 가정에서 약재와 식용으로도 흔히 쓰일 수 있는 것들을 심어야겠기에 당귀나 황기, 천궁 같은 약용 식물과 도라지와 더덕, 우엉 같은 뿌리식물들을 뒷밭에 심었습니다. 그때까지 호미자루를 잡아본 기억이 거의 없다고 할 수 있는데 단순히 밭을 남겨둘 수가 없어서, 내가 먹을 것은 모두 가꿔보자 하는 심산으로 시작했는데 이제까지 해본 일 중 가장 적성에 맞는 것 같다는 생각이 들었습니다.

그가 쟁기를 매단 소처럼 삽 한 자루를 들고 땅을 파나가면 저는 괭이로 흙덩이를 부수고, 그러면 다시 그가 쇠스랑으로 흙을 고르죠. 흙을 고르고 나서 다시 골을 파거나 씨를 박을 구멍을 만들어놓으면 뒤따라가면서 씨를 박거나 모종을 합니다.

농사란 혼자서 하면 능률도 오르지 않을 뿐더러 힘이 곱으로 든다는 걸 알게 되었습니다. 삽으로 파 엎고 고르고 뿌리는 단순 반복적인 일이 손에 익을수록 몸과 마음이 가뿐해지면서 생각조차도 오직 일하고 먹고 나누는 단순한 것들로 모아지는 것을 알 수가 있습니다.

눈곱딱지만큼의 상추씨를 뿌리면 한 광주리의 상추를 생산해내는 흙의 생산력이라니! 한 주먹의 콩을 심어 서너 바가지의, 아니 그 이상의 콩으로 되돌려주는 땅의 넉넉함이라니! 식탁은 우리가 가꾼 것들로 늘 풍성했습니다. 주체할 수 없이 많이 생산된 것들로 인해 우리는 이웃들에게도 땅이 우리에게 베푼 것 같은 넉넉한 인심을 나누어줄 수가 있었습니다.

여기에 내려와 농사를 짓게 된 세 번째 여름을 보내고—김장은 삼복 더위가 물러가면 곧바로 갈게 되더군요—우리는 겨울에 먹을 김장거리들을 갈았습니다. 봄에 뿌려졌던 것들이 우리가 흘린 땀의 분량만큼, 아닙니다, 흘린 땀의 몇 배의 성과물들을 우리에게 되돌려주었던 것처럼 이 가을 농사도 우리에게 항아리 가득가득 김치를 채워주리라.

팥 한 됫박, 녹두 반 되, 쥐눈처럼 새카맣고 조그만 약콩이한 주발, 들깨가 예닐곱 되…… 알고 있는 곡식의 종류들을심어서 셀 수 있는 됨질의 분량만큼을 그 가을에 거둬들였습니다. 비료를 받아먹지 않고도, 농약으로 분칠을 하지 않아도우리가 수고한 만큼을 거둬들일 수 있었던 여름농사를 마무리하며 우리는 우리가 수고하지 않고 결실한 또 다른 풍성한 수확을—도토리를 줍고 감을 따는 일—합니다.

고등학교때 애송하던 '주여, 지난 가을은 풍요로웠습니다'라는 릴케의 시처럼 정말 풍요롭고 배부른 가을이었습니다. 물을 주지 않아도 배추는 노란 고갱이를 속으로 감추고, 순무와무는 단맛을 뿌리에 가득 가두었습니다. 앞뜰 뒤뜰 감나무에주렁주렁 열린 감들은 떫은맛을 버리고 서편으로 넘어가는 노을 빛을 닮은 연시로 익어가며 단내를 풍기고 있었습니다.

그토록 풍성한 가을날이었습니다. 땅을 박차고 튀어오른 김장 무가 통통한 몸통을 드러내며 하늘빛을 닮아가던 그해 가을…… 그는 인도의 요가승을 닮아가고 있었습니다. 그의 내장은 퍼렇게 멍이 들어가고 있었습니다.

그리고 그가 떠났습니다. 그가 떠남과 동시에 그 땅도 이제쓸모가 없게 되었습니다. 항아리를 가득가득 채워줄 김장거리들이 밭에서 썩어문드러진 지 오래였습니다. 한때나마 세파에닦이고 도시생활에 찌들었던 우리에게 은총처럼 퍼부어지던노동의 기쁨과 풍요가 잡초더미 속에서 삭아가고 있었습니다.

일을 끝내고 마당에 나앉아 모기를 쫓으며 노래를 부르던 시간들이 유성의 흐름보다 더 빠르게 스쳐 무덤 속으로 사라졌습니다.

"난 절대로 강화에 안 가."

아이의 완강한 거부가 아니라도 그때엔 이곳에 올 수가 없었습니다. 땅은 그 무게만큼 저와 토일이의 가슴을 짓누르는 멍에가 되어, 우리가 과거로 되돌아갈 수 없는 것처럼 이 땅도 우리의 행복하던 '콩밭 매는 시절'로는 갈 수가 없었습니다.

참 이상한 일이지요. 한 세기가 끝나기 위해서는 많은 시련과 혼돈이 있게 마련인가 봅니다. 그가 세상을 떠나기 얼마 전 그에게 힘을 주시며 생명의 기를 불어넣어 주시던 문익환 목사님께서 갑자기 세상을 뜨시고, 그해 6월 어느 날엔 북한의 김일성이 사망했습니다.

남아프리카 공화국에서는 수백 년 동안 짐승의 세월을 살았던 흑인이 드디어 인간의 반열에 오르는, 흑인 지도자 만델라가 대통령으로 당선되던 광경을 텔레비전으로 보면서 흑인처럼, 덩달아 얼마나 눈물을 훔쳐냈는지요.

한 세기를 보내고 맞는다는 것은 엄청난 변화와 함께 크나큰 진통을 겪어야 하는가 보다라고 목사님 영전에 엎드려 울면서 생각했습니다. 이제 그도 곧 이 세상을 뜨겠구나 하는 설움이 목사님 앞에서 더욱 복받쳐왔고, 새로운 인간형을 탄생시키고 있는 남아프리카의 축제를 지켜보면서도 그런 생각에 목이 메어왔습니다.

그가 떠난 반 년 후에 저와 토일이와 친정어머니는 이곳을 팔기 위해 매매계약을 하러 다리를 건넜고, 읍을 지나 면소재지에 도착했을 때 우리는 뉴스를 통해 북한의 김일성 주석이 사망했다는 소식을 들었습니다.

이 집과 김일성의 사망이 무슨 상관이냐고요? 글쎄요⋯⋯. 어쨌든 땅을—땅을 사고 판다 하면 어쩐지 투기의 혐의가 짙게 느껴지니 어쩌지요—팔기 위해 이곳에 도착하기도 전에 북한의 호전적인 수령인 김일성이 사망했다는 소식이 텔레비전 화면을 발칵 뒤집어놓았습니다. 죽지 않았다면 얼마 후 남쪽의 대통령과 만나 남북 정상회담을 하기로 날짜까지 잡혀 있었는데 호전적인 수령이 사망했으니 어쩌면 호전적인 그의 부하들이 전쟁을 도발할 수도 있다는 염려와 공포가 이불솜에 물 배어들어가듯 모든 텔레비전과 신문에 아닌 밤중의 홍두깨처럼 흉흉한 소문이 되어 난무하고, 일대 소동이 태풍처럼 휘몰아쳤습니다. 다시 북풍은 되살아나고 세상이 흉흉한 가운데 모든 약속과 매매거래가 중단되었습니다. 이 땅은 결국 우리의 발목을 잡고 말았습니다. 강화도는 우리를 밀어내기도 하고 당기기도 하며 결국 15층 아파트에서 끌어내어 이곳까지 데려오고 말았습니다.

그가 떠나고 나니 솔직히 말해 그가 시에서 읊었듯이 서로가 서로를 갈라놓는 삼팔선 같은 철조망이, 우리 가족에게 둘러쳐진 철조망이 조금은 헐거워진 것 같은 홀가분한 기분이 들었습니다. 감시의 촉수가 어디에나 뻗쳐 있어서 언제 어디서라도 낚싯바늘에 꿰일 수도 있다는 개연성은 사람을 한없이 쩨쩨하고 주눅들게 만들곤 했는데, 그 장본인이 지상에 존재하지 않으니 아, 우리는 얼마나 자유로우냐!

결국, 김일성 사망 소동과 우리 가족을 코 꿰고 있던 분단이란 괴물이 우리에게 땅을 돌려주는 커다란 은혜를 베푼 셈이 되었지요. 삼팔선의 은혜로움을 알아챈 것은 한참이 지난 후였지만, 이 땅을 사게 되었을 때 꾸었던 꿈처럼 토일이가—분단 희생자 중 한 사람이 바로 자신의 아버지인 줄을 아직까지도 모르고 있는 아이가—없어질 뻔한 땅을 제 몫으로 돌려받게 되었으니 이곳이 어쩌면 우리 모자가 살아가야 할 필연의 땅인지도 모르겠습니다.

김일성 사망 소동이 가라앉자 이번엔 다시 땅을 팔라고 아우성이었습니다. 그러나 이제는 저의 마음에도 그의 무수한 발자국이 찍혀 있고, 우리의 땀과 행복한 날들의 기억이 스며들어 있는 곳에서 그의 아들을 뛰어놀게 하자는 생각이 들었습니다. 어깨를 짓누르던 애물단지가 이제는 소중한 보물처럼 여겨졌습니다.

그래, 여기에 조그맣지만 우리의 기억을 담아둘 집을, 꿈을 키워갈 작은 집을 짓자. 괴로움을 피하기 위해 애쓰지 말자. 고통스런 기억은 지우려 한다고 해서 없어지는 것이 아니라 그 고통의 바다에 빠져들어 부대끼고 들이마셔야만 진정으로 그 고통에서 헤어날 수 있는 것이라는 생각이 퍼뜩 들었습니다.

그가 떠난 그 다음해 3월, 저는 집을 짓기 위해 잠실에서 강화까지, 강화에서 잠실까지 왕복 대여섯 시간이 걸리는 거리를 오가며 집을 짓기 시작했습니다.

우연이 겹쳐지면 필연이 된다는 공식처럼 살 계획도 없이 시작한 집이 완성되자 다시 이곳으로 아예 내려와 살게 될 일이 생겼습니다.

아무도 없는 낯선 곳에서의 생활. 아빠가 없는 강화에 죽어도 가기 싫다던 아이가 언제 그랬냐며 나비처럼 가쁜한 걸음으로 학교를 다니고……, 그래서 우리는 맨정신으로는 올 수 없었던 염하강을 건너 아이와 둘만의 삶을 시작했습니다.

그의 흔적을 가슴에 묻고

산새소리가 가슴을 태우는 한낮입니다. 오늘은 유난히 햇살이 따가웠습니다. 목덜미에 꽂히는 햇살이 초하를 무색케 하는 더위입니다. 아직 나뭇가지에 잎이 트지도 않았는데 걸치고 나온 옷을 한 겹 벗겨냅니다.

가까운 듯 먼 듯 어디선가 산비둘기 우는 소리가 건너옵니다. 구욱국 구우욱국⋯⋯. 저 소리가 참 좋습니다. 어딘가 깊숙하고 그윽한 곳에 앉아 있는 듯, 산사의 툇마루에 앉아 풍경소리를 들으며 졸음에 겨워하는 듯 그런 아주 편안한 마음을 주는 소리입니다. 그 새소리를 찾아 나서고 싶습니다.

그때도 이런 봄날이었던 것 같습니다. 그때 조그만 시골 읍내 여학교에서 국어를 가르치고 있었습니다. 고등학교 수업이었는데 아마 점심시간 후 첫 수업이었을 거예요. 반장과 그 짝꿍이 빠졌더군요. 식후의 나른한 오수가 조수처럼 밀려오는 5교시 수업이라 선생도 아이들도 졸음을 견디기가 쉽지 않은 터였는데 반장과 그 짝꿍, 서울서 내려왔다는, 뭔가 문제 학생의 분위기를 풍기는 아이가 사라졌으니 수업이 제대로 될 리가 없었죠.

그때 수업을 제대로 했던가. 교실을 박차고 들판 어딘가로 달려나가고 싶은 충동을 불러일으키는 투명한 햇살과 겨우내 얼어 있던 몸을 풀어내는 봄기운이 교실까지 밀려와 수업을 하면서도 눈은 자꾸만 밖으로 향하고는 했지요. 아이들은 수업이 거의 다 끝날 무렵이 되어서야 숨이 턱에 닿도록 헐떡이며 교실로 돌아왔는데 그애들의 양볼은 발갛게 타고 있었습니다. 그애들은 교탁 앞으로 다가와 "새소리를 따라 새를 잡으러 자꾸자꾸 산 속으로 갔어요."라고 수업을 빠진 미안한 기색도 없이, 능청스럽게 말했을 거예요, 아마.

산비둘기소리가 먼 듯 가까운 듯 산등성이를 넘어오면 지금도 그때 그 아이들 같은 충동이 입니다. 산새소리를 따라 들판을 달리던 소녀들의 봄날 같은 시절이 문득 목이 메이게 그립군요.

산비둘기소리를 들으며 오늘은 순무를 심었습니다. 가을에 땅을 파고 깊숙이 묻어뒀다 3월이 되어 땅이 풀리자 구덩이를 파헤쳐 순무들을 꺼내었습니다. 연보랏빛 나는 동그란 순무 대가리에 노란 싹이 우쭉 자랐습니다. 꽁꽁 언 땅 속에서 얼어 죽지 않고 이렇게 꽃같이 노란 싹을 틔웠다는 게 대견스러워 조심스럽게 캐내어 소쿠리에 담았습니다.

무를 심을 때 싹이 약간 덮이도록 심으라고 합니다. 그러면 혹시 늦추위가 덮치더라도 싹이 얼지 않게 됩니다. 순무는 원래 겨울을 잘 견디는 식물이라서 밭에 그냥 둬도 봄이 되면 영락없이 살아나 싹을 틔우고 꽃을 피우며 씨를 맺는다고 합니다. 그렇지만 아무렇게나 겨울을 난 씨를 심으면 제대로 된 순무를 생산해내지 못하고 옹이지고 심이 박힌 못난, 무라고도 할 수 없는 변이종의 엉터리 무가 된다고 합니다. 자신이 먹을 생물에 정성을 들이지 않는 사람에 대한 경계를 주는 거겠지요.

유채꽃 같은 노란 순무꽃이 무더기무더기 필 날을 고대하며 욕심껏 많이 심었습니다. 꽃샘 바람에 다칠까 깊숙이 고랑을 파고 흙을 덮었습니다.

우리 집 뒷산 큰 상수리나무에는 까치집이 두 채(?) 있습니다. 잎사귀가 다 떨어진 겨울철이 되어야 그 까치집이 눈에 띄지 여름에는 신경을 쓰고 보지 않으면 까치집이 있는지 없는지조차 모릅니다. 여름 장마철이 되어 비가 장대같이 쏟아질 때면 은근히 걱정이 됩니다. 야트막한 동산이지만 산밑에 있는지라 플러스 극 마이너스 극으로 잔뜩 독이 오른 천둥구름들이 꼭 머리꼭대기에서 우르릉거리는 것만 같고, 저 멀리서 때리는 벼락도 우리 집 뒤꼍의 상수리나무를 치는 것마냥 아주 가깝게 느껴질 때면 잔뜩 겁을 집어먹고 나가 밖을 살펴봅니다. 그리곤 습관처럼 까치네들이 사는 두 채의 집을 쳐다봅니다.

뿌리를 뽑을 것처럼 휘몰아치는 태풍에도 끄떡없는 것을 보면 까치들의 집을 걱정한 내 기우가 오히려 무색해집니다. 까치보다 실은 더 걱정해야 할 게 인간들의 집이라는 걸 장마통에 터져나오는 뉴스들이 여실히 보여주고 있건만, 장대비가 쏟아지고 비바람이 휘몰아치면 여전히 까치집이 있는 상수리나무를 살피는 오만을 부립니다.

처음 우리가 이곳에 왔을 때는 다 쓰러져 가는 굴 속 같은 집이기는 하지만 흙으로 벽을 두른 집이 있었습니다. 새카맣게 그을음이 앉은 서까래며 흙이 너덜한 벽, 창호지를 바른 격자 문, 불을 지필 수 있는 아궁이. 어떻게 손을 볼 방도를 찾지 못하고 그 다음해에 지을 작정으로 집을 덜컥 헐었는데 미처 짓기도 전에 그가 세상을 뜨고 말았습니다.

그가 떠난 후 우여곡절 끝에 어찌어찌 집을 지었는데 짓는 순간부터 집이 완성될 때까지의 과정을 지켜보면서 저를 포함한 많은 사람들이 그 동안 우리 것을 얼마나 소홀히 여기며 홀대를 했는지, 새것이면 좋다는 일념으로 옛것과 자연을 파괴하는 데 얼마나 신명나 했는지를 거듭 확인했습니다.

지난 일년 동안은 새 집을 짓느라 버려진 자재와 허섭스레기들을 치우며 보냈습니다. 시멘트 벽돌과 붉은 벽돌들, 지붕을 이었던 아스팔트 싱글더미, 굳어버린 시멘트덩이, 깨진 타일, 비닐조각, 시멘트를 개었던 플라스틱 함지……. 끝없이 나오는 이런 것들을 주워내며 예전에 있던 흙집을 헐어낸 것에 대한 뼈아픈 후회와 반성을 해야 했습니다. 그러면서 생활의 편리만을 추구하는 문명의 발달이란 결국 자연으로 돌아가는 것을 방해하는 장애물이 아닌가, 현대인은 문명의 찌꺼기만을 남기겠구나 하는 자괴감이 들었고, 그 자괴감이 쓰레기를 줍는 짜증에 섞입니다.

옛집은 집으로서의 소임이 다하자 원래의 자리인 흙으로 돌아가 흔적도 찾을 수 없습니다. 그 집이었더라면 뒤꼍의 대숲과 더 잘 어울렸을 텐데, 집짓는 이가 일부러 멋있게 한다고 높이 세운 지붕보다는 낮으막했던 그 집이 더 알맞춤할 것이고, 동산의 상수리나무에 둥우리를 튼 까치들에게도 탁 트인 시야를 줄 수 있었을걸 하고 이미 없어진 지 오래인 집을 가지고 죽은 자식 뭐 만지며 애통해 하듯 안타까워합니다.

언젠가 러시아에 이주한 조선인 3세이든가, 빅토르 최라는 가수에 대한 다큐멘터리를 보며 크게 감탄했던 적이 있습니다. 소련 체제의 몰락에 일조를 한 고르바초프 시대 그 이전부터 억압으로부터의 자유를 노래하여 새로운 세계에 대한 열정을 불러일으켰다는 조선인 3세 가수에 대한 러시아인들의 추모 열정을 보여준 프로그램이었습니다.

그의 노래도 노래지만, 빅토르 최가 한때 화부로 일했던 장소의 화덕을 고스란히 보존하고 있는 것을 보고 충격을 받았습니다. 빅토르 최가 불을 땠던 비좁고 어두운 공간은 그를 추모하여 찾아온 사람들이 써놓고 간 낙서들로 어지러웠습니다. 그의 노래를 사랑했던 사람들은 그곳에 머물며 그의 고뇌와 고통을 체험하고, 그가 토로했던 울분을 공유하고자 변방까지 찾아온다는 것입니다. 화덕 앞에 웅크리며 누워 있는 순례자의 모습은 그의 노래보다 더 많은 감동을 불러일으켰습니다.

그 다큐멘터리를 보면서 그가 머물다 간 곳들을 떠올려봤습니다. 광주교도소, 전주교도소, 해남집, 목동 아파트, 그리고 강화 옛집. 해남 그의 본가와 강화 옛집을 제외하고 모두 너무나 큰 집들이어서 제가 관리해야 할 곳이 못 되었습니다. 그러면 해남집과 강화 옛집이 남습니다. 해남은 어머니와 동생네가 살고 있고, 2년 남짓 잠시 잠깐 머물다간 강화는…… 안채는 그가 있을 때 이미 헐어냈고, 집을 지을 동안 임시 거처로 하기 위해 남겨뒀던 낡은 시멘트 블록집에서 그는 책을 읽기도 하고 시를 쓰기도 했지요.

뒷산에서 삭정이를 긁다 불을 지피던 아궁이와 쥐들이 밤마다 퉁탕거리며 뛰어놀던 천장, 파리똥이 새까맣게 앉은 형광등…… 이곳에 집을 지어야 했을 때 빅토르 최의 화덕처럼 그가 불을 때던 아궁이도 남겨둬야 하지 않을까 하고 잠시 동안 고민에 빠졌습니다. 불을 때던 화덕까지 남기며 기념하는 사람들도 있는데…….

해남 집이 있으니까라는 것으로 고민을 끝내고 그곳에 집을 지었습니다. 이제 그가 땀흘리고 일하며 시를 짓던 한 장소가 사라졌습니다. 이제 그와 함께했던 흔적은 여기에 있지 않습니다. 그의 발자국이 진하게 찍혀 있던 곳을 마저 헐어내고 말쑥한 집을 지었습니다.

쥐똥나무 울타리를 만들며

박동은 선생님께.

방안에 들어앉아 생각을 굴리고 있을 겨를도 없는 바쁜 계절이 돌아와 글감을 멀찍이 미뤄놓았습니다. 이제는 누구에게도 글을 쓴다는 말을 할 수 없을 지경이 되었습니다. 생각해보면 문학소녀에서 문학지망생으로, 그리고 독자로 나이에 따라 자연스럽게 명칭이 변한 것 외에는 아무것도 변한 것이 없는 자신을 발견합니다.

글을 쓴다는 것은 저에게는 너무나 자연스런 자기 변명이자 도피처였습니다. 직장에 다니기 싫었을 때 구차한 변명을 늘어놓기보단 '글을 쓰려고'라는 한마디의 말이면 모든 게 용납이 되던 시절이 있었지요. 특별한 재능을 가진 것도 아니면서, 노력을 하지도 않으면서 막연히 쓰고 싶다는 생각 하나만 가지고 어쩌면 그렇게 천연덕스럽게 여러 사람들에게 말했는지 지금 생각해도 너무 뻔뻔하다는 느낌입니다.

학교에 다닐 때 '나는 왜 작가가 되었나'에 관해 쓴 여러 작가들의 글 중 《토지》를 쓰기 훨씬 전에 쓴 박경리 선생의 글이 생각납니다.

'나는 글쓰는 것 외에는 할 수 있는 일이 아무것도 없어서……'가 그분이 말씀하신 이유였던 것 같습니다. 중학교 때 동아일보에 연재되던 《파시》의 열렬한 독자였고 어쩌다 국문학을 배우는 학생이 되었던 저에게는 좋아하던 작가가 무심히 던진 그 말이 조금은 실망스러웠습니다.

딱히 작가가 되고 싶다는 생각은 아니었지만 문학에 대한 존경심은 대단한 때였고, 하고자 하면 무엇이나 다 할 수 있을 것만 같은 혈기방장하던 때여선지 그 글을 읽고 '말도 안 돼' 하고 생각했더랬지요. 사람에겐 많은 가능성이 있고 무한한 대지가 제게도 열려 있다고 생각했으니까요.

오만 같기도 하고 겸손 같기도 한 그 말이 묘한 여운을 주며 내내 뇌리에서 사라지지 않았습니다. 나중엔 저 자신도 언젠가 글을 쓰는 후배들에게 이런 말을 할 수 있었으면 하고 은근히 바라기도 했지요.

그가 떠나자 사람들이 저에게 위로삼아 '누구 마누라로 살기엔 너무 억울하잖아. 형이 형수한테 이름을 돌려주기 위해 자리를 비켜준 거라구……' 하면서 글을 쓰라고 권하더군요. 전 지금도 누구 마누라, 누구 엄마로 사는 게 저한테 더 어울린다고 생각하고 있고 내내 그렇게 살길 원했죠. 누구의 부인으로 불리는 것에서 누구 엄마로만 불리게 되면서 어쩔 수 없이 돌려받은 이름이 왜 그렇게 초라하던지요. 되돌려받은 이름 석 자가 돌덩이처럼 가슴을 짓누릅니다.

'글쓰는 일 외에는 아무것도 할 게 없어서……' 하며 저 자신을 말할 수 있기를 바랐는데 그 착각도 깨어진 지 이미 오래, 홀로 빈 들에 서 있습니다.

글쓰는 일을 포기하고 농사짓는 일에만 전념하기로 하니 한결 마음이 홀가분해집니다. 그런데 선생님은 끊임없이 행동으로 저에게 아프게 자극을 주십니다. 선생님의 왕성한 활동을 신문 인사 동정란을 통해 접할 때마다, 저에게 전화를 주실 때마다 저 자신이 어찌나 부끄럽던지. 늘 많은 사람을 넓은 품에 안으시는 그 넉넉함이 이제는 세계의 어린이를 품어안는 일에까지 뛰어드시는 것을 보며 자신 안에 갇혀 옴쭉달싹 못하고 있는 저 자신이 싫어졌습니다.

지난번 오셔서 이런저런 이야기하실 때에도 저에게 아프게 찌르셨습니다. 예순을 넘긴 연세에도 불구하고 끊임없이 일을 만들고 추진해나가는 그 힘……. 열흘간의 몽골 여행에서 돌아와 머리도 감지 못한 채 달려왔다고 하시면서 순애와 함께 묵무침과 감자를 맛있게 드셨지요. 퇴직을 하면 시골에 내려가 농사를 짓겠다며 농삿일에 관해 이것저것 물으시는 것을 들으며 선생님 얼굴을 물끄러미 바라보았지요.

일흔이 넘어서도 십수 미터 땅 속에 들어앉아 우물을 파시던 일, 혼자서 복숭아 밭을 일구시던 일, 서울 한복판에서 꿀벌을 키우며 일으킨 벌 소동 등 지금은 안 계신 선생님의 아버님 이야기를 재미있게 하시며 '나도 애, 농사 지을 수 있다. 하면 되지 못할 게 뭐 있겠냐'던 선생님을 보며 지칠 줄 모르는 힘의 원천을 거기에서 발견하고 고개를 끄덕였지요.

선생님 앞에서는 뭔가를 한다고 말하기가 쑥스러워지지만

저의 시골 생활을 누구보다도 대견해 하시고 궁금해 하시기에 이곳에서의 생활을 적어봅니다.

집을 짓고 나서도 어떻게 손을 볼 수가 없어서 일년을 그대로 보냈습니다. 사람들이 간간이 일손을 도왔으나 손볼 데가 한두 군데가 아니었습니다. 여름 장마가 닥치기 전에 물길도 만들어야 하고 하수구를 다시 손봐야 하고……. 집 짓고 남은 자재들도 아직 여기저기에 널려 있습니다.

뒤에 알게 된 거지만 제가 아직은 젊고—동네 사람들에겐 그렇게 보이는 모양입니다—남자 없이 혼자 사는 여자이기에 일손을 구하기가 여간 어려운 게 아니었습니다. 동네 사람들이 와서 일을 해주기가 불편하여 저희 집 일을 꺼렸던 탓으로 일은 언제나 쌓여 있게 마련이었습니다.

얼마 전에야 포크레인 공사를 하며 여기저기 관을 묻고, 높은 곳은 낮게, 낮은 곳은 높이며 집 주변 밭과 마당을 고르고, 장마철에 물이 흐르도록 고랑을 파고, 아랫집 밭을 뒤덮던 느티나무와 바위를 옮겼습니다. 그날은 어찌어찌해서 일할 사람을 구하게 되어 다행히 그 다음날까지도 밭을 가는 등의 일을 할 수가 있었습니다.

선생님, 여자가 혼자 산다는 것, 그게 이런 농촌에서는 얼마만큼 어렵고 힘든가를 저는 몰랐습니다. 알았다면 어쩜 여기에 내려오지도 않았을 겝니다. 언제나 씩씩하시고 남자들 몇 배의 일을 하시는 선생님에 비하면 한없이 작고 나약한 저 자신이기에 더욱 그런 생각이 들었습니다. 선생님만큼 나이가 들고 선생님 반만큼만이라도 씩씩하다면 그토록 힘들어하지는

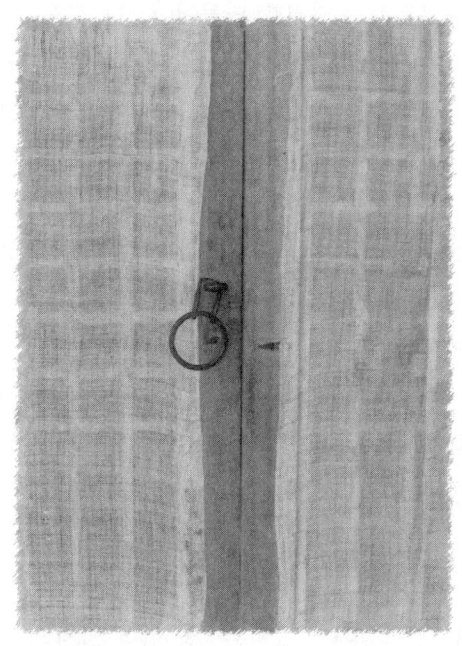

가장 소중한 것도 잃어버린 사람이 또 무엇을 잃을까
두려워하나 하는 생각과, 쥐똥나무가 무서운 가시 울타
리를 만들어주리라는 생각이 함께 들었지만, 정작 중요
한 것은 마음의 두려움을 없애는 일이었습니다.

않았을 테지만요.

담장을 두르든지 울타리를 만들어야겠다고 생각한 건 얼마
전이었습니다. 저는 시골집에 높은 담장을 두른다든가 하는
것을 좋게 생각하지 않아 별 생각 없이 일년을 지냈더랬습니
다. 그런데 얼마 전 몇 번 이상한 전화를 받고 겁이 덜컥 났습
니다. 누군가가 나를 노리고 있다, 나를 희롱하든지 아니면 겁
을 주어야겠다는 마음으로 전화를 건다, 어린 아들과 혼자 사
는 여자…… 외딴 집. 온갖 상상이 전화를 받는 그 순간부터
꼬리에 꼬리를 물고 이어졌습니다.

누굴까? 아이 이름을 아는 걸 보니 필경 저희를 아는 누군
가가 저희를 골탕먹이려고 작정을 하고 전화질을 하는 거였습
니다. 이장에게 어떻게 했으면 좋을지 물어보고 여성의 전화
에서 일하는 올케에게도 문의를 해보며 방도를 찾아보았지만
뾰족한 수가 나지는 않았습니다.

옛날 협회 상담실에서 들춰본 '성 상담 일지'의 한 대목 같
은 음란성 전화를 아침 댓바람부터 받는 더러운 기분…… 그
건 엄청난 모욕으로 다가왔습니다. 그런 전화를 받아야 하는
처지에 화가 치밀기도 했습니다. 전화에 대고 욕을 해대면서
도 혹시 아이에게 어떤 위험을 초래하는 것은 아닐까 더럭 겁
이 나 욕도 시원하게 하지 못하고…….

아, 내가 머리가 하얗게 센 파파 할머니였다면 이런 모욕은
없었겠지……. 예순이 넘으면…… 조금은 안심하고 살 수 있
을까? 문이란 문에 몽땅 철망을 두르는 일, 파출소와 비상전
화를 연결하는 일, 담장을 두르고 대문을 달아 문을 꼭꼭 걸어

잠그는 일⋯⋯. 할 수 있는 모든 방법을 궁리해보았지만 그 어떤 것도 저희 모자를 위험과 두려움에서 구해줄 수 없다는 결론이었습니다.

　그래, 쥐똥나무로 생울타리를 만들자. 쥐똥나무 울타리가 저희를 두려움에서 구해주지 못한다는 것은 너무나 자명한 일이지만 저희 집을 감쌀 울타리를 제 손으로 직접 만들어 간다는 사실이 제게 위안이 될 터입니다. 쥐똥나무가 자라면 제 마음의 울타리도 점점 견고해져 어떤 바람과 위협에도 끄떡없을 테니까요!
　포크레인 공사가 끝나자마자 저는 종묘원으로 가서 쥐똥나무를 잔뜩 사왔습니다. 이웃집에서 얻은 탱자나무 몇 그루와, 뒤꼍에 있는 시누대(海藏竹의 방언)를 떠다가 집 가장자리에 빙 둘러 심었습니다. 쥐똥나무 심기는 꼬박 이틀이 걸렸습니다. 울을 반이나 둘렀을까요, 나머지는 내년으로 미루고 삽을 집어던졌습니다.
　두려움 앞에서 사람이 얼마나 치사하고 쩨쩨해지는가를 쥐똥나무를 심으며 경험했습니다. 가져갈 것도 없는데, 빼앗길 것도 없는데 단지 전화 한 통에 벌벌 떨어야 하는 저라는 인간의 나약함에 화가 났습니다. 가장 소중한 것도 잃어버린 사람이 또 무엇을 잃을까 두려워하나 하는 생각이 드니 자신이 참으로 한심스럽고 딱하게 여겨졌습니다. 쥐똥나무와 탱자나무가 자라 단단하고 무서운 가시나무 울타리를 만들어줄 때를 기다리는 것보다 더 중요한 것이 마음의 두려움을 없애는 일이라는 걸 나무를 심을 때는 미처 깨닫지 못했던 것입니다.

철망을 두른 높은 담장으로도 막을 수 없는 두려움과 공포
에 대한 대비……. 그게 쥐똥나무 울타리는 물론 아니지
만…… 그 대비를 하기 위해 오늘은 쥐똥나무를 심었습니다.

사막을 건너는 법

누군가의 소설 제목에 '사막을 건너는 법'이라는 게 있었던 걸로 기억합니다. 그 글을 읽어보지 않아서 실제로 사막을 건너는 이야기가 있었는지 어떤지는 모르나, 작가가 말했던 사막이 황폐한 인간의 삶을 이야기하고 있고 그런 내용을 쓴 게 아닌가 하고 생각해본 적이 있습니다.

건너야 할 것들이 어찌 사막뿐이겠습니까만 저에게도 건너야 할 무수한 강과 사막이 가로놓여 있습니다. 우선 남편이 없는 빈 자리가 바로 저의 '사막'이고 그 자리를 더 큰 틈이 벌어지지 않도록 메워가며 '사막'을 건널 방법들을 찾아야 합니다.

이곳으로 이사를 오기 전 두 번 이사를 했습니다. 이사를 하면서 그가 선물로 받은 아주 귀한 도자기를 깨뜨렸습니다. 이삿짐 센터에서 온 청년이 짐을 나르다가 깨뜨렸다고 얼굴이 벌개져 말할 때 그래, 깨뜨려버려야 할 게 어디 도자기뿐이겠냐, 나 대신 이삿짐 센터 청년이 도자기라도 깨뜨려주었으니 얼마나 다행이냐 하고 치미는 화를 삭이며 청년을 용서해주었습니다.

　죽음의 병상을 찾아와 책을 출판하겠다고 한 사람들이 그가 세상을 떠난 후 책을 내고도 전혀 인세를 주지 않으려 할 때, 그래 아직도 떼어먹힐 것이 있다니 얼마나 다행한 일이냐, 그가 세상을 떠난 기념(?)으로 문화단체에서 상을 주자 우익의 우두머리를 자처하는 잡지가 그가 좌익 성향의 '대표적' 시인이라고 추켜세우는(?) 글을 발표하여 세상 여론을 환기시키는 것을 보고 죽은 시인에게 싸움을 거는 언론이 있는 사회, 얼마나 아름다운 사회냐고 도자기가 깨졌을 때처럼 마음에 옹이가 지지 않도록 이를 악물었습니다.

　혼자 산다는 것은 만만찮은 일이다, 만만치 않을수록 마음에 옹이가 맺혀 있으면 세상살이는 점점 더 힘에 겹고, 그래, 나 자신과 타인에게 관대하도록 하자는 다짐을 하고 또 하지만 어쩐지 원망은 쌓여만 갑니다.

　죽음의 짙은 그림자를 걷어내기 위해서는 받은 고통의 양만큼의 시간이 필요하고, 매일 마시는 물의 양만큼의 눈물을 쏟아내야 하며, 들이마시는 공기의 분량만큼 한숨을 토해내야 하는가 봅니다.

　한동안 부처님께 매달렸습니다. 부처님의 원만한 어깨와 깊숙한 미소를 띤 얼굴을 우러러 뵈오면 뵐수록 인간의 나약함과 옹졸함에 목이 메입니다. 파리처럼 달라붙는 원망을 털어버리려 부처님께 백팔배를 올리며 염송을 해보지만 가슴 한쪽에 자라고 있는 원망과 미움이 쉽게 사그라지는 것은 아닙니다.

종교에 몰두할 수 없는 체질인가 보다고 체념 비슷이 하며 술을 마셔보지만 술 항아리들이 비워질 때마다 빈 항아리엔 술 같은 공허가 출렁입니다. 매실주, 인삼주, 송순주, 포도 주…… 유리병에 매실과 솔잎과 포도 등을 담아 소주를 부어 놓고 맛이 우러나면 그것들을 떠다가 그와 함께 입술을 적시 던 날들이 빈 술병처럼 흐트러져 뒹굽니다.

독서, 아이가 유치원으로 가고 나면 시간은 켜로 쌓이고 책 도 산처럼 쌓여 있습니다…… 책을 잡아도 눈에 들어오는 것 은 흰 여백뿐 아무것도 머리에 들어오지 않고 여전히 모래바 람 부는 사막 한가운데에 앉아 있습니다. 양잿물을 삼킨 것 같 은 쓰라림과 두려움으로 책을 들 수조차 없습니다.

장성한 아들을 떠나보낸 엄청난 공백을 독서로 채웠던 박완 서 선생의 글을 읽고 저도 책을 손에 들어보았지요. 종교서적 들, 사후의 세계를 이야기하는 책들, 소설들…… 그가 떠나도 여전히 보내주는 잡지들……. 고마움 때문에도 열심히 읽으려 노력했지만 활자의 나열을 눈으로 좇을 뿐이었습니다.

텔레비전, 먼지처럼 켜로 쌓여 있는 시간과 고통을 마약을 마신 사람이 그러하듯 아주 가볍게, 아주 유연하게 통과시켜 주는 맛에 우리 모자는 폭 빠졌더랬습니다. 네모난 상자에 눈 을 박고만 있어도 시간은 저 홀로 흘러가고 우리의 빈 공간을 시끌벅적하게 메워주는 또 다른 식구가 되어 우리들 한가운데 를 차지하고 있었습니다. 메울 웃음과 눈물이 그 속에는 있었 습니다. 몸을 이리저리 비틀고 괴성을 질러대며 반쯤 벗겨진 바짓가랑이로 춤추고 노래하는 10대들의 노래에 0세대인 아이가 함께 흐느적이고, 천하무적의 로봇들이 깨부수고 쳐부수는 통쾌함이 아이의 몸에 밴 짜증을 풀어내는 동안 우리는 우리를 조여오는 고통과 두려움에서 놓여나 졸아들고 있는 마음을 풀어놓을 수 있었습니다. 둘만의 목소리로 채우기엔 너무 넓은 공간이기에 우리는 볼륨을 높였습니다…….

　　노동에서 멀어질수록 인간은 동물에 가까워진다
　　보라 논과 밭에서 도시의 일터에서 멀리 떨어져
　　남의 노동으로
　　하루를 살고 달포를 살고 삼백예순 날을 사는
　　그런 사람들의 생활이 어떤 것인가를
　　인간의 타락은 최초로
　　제 노동에서 떠나 남의 노동으로
　　먹고 입고 사는 계급이 생기기 시작한 때와
　　그 역사를 같이 한다
　　……

　토일이 아버지의 〈노동과 그날그날〉이란 시의 한 구절입니다. 그가 늘 입에 달고 살던 말이었지요. 그가 그런 말을 할 때 저는 그 뜻을 잘 몰랐습니다. 그가 시에서 말하는 것을 저는 꼭 논밭이나 공장 등에서 일하는 것만을 단색적으로 이야기하는 것으로 해석했고, 너무 도식적으로, 그렇게 강요해서는 안 된다는 의견까지 덧붙여 항변하곤 했지요.
　현란한 춤과 행복이 난무하는 텔레비전에 넋을 빼앗길수록 마음은 휴지처럼 구겨지고 허무는 바닥을 모르는 늪처럼 입을 벌리고 있었습니다.

　인간은 노동에서 멀수록…… 타락해 가고……. 그래, 아무
것도 할 일이 없는 이 텅 빈 도시를 떠나자. 미래에 대한 두려
움과 불확실성이 우리를 기진맥진하게 만들지라도 그래, 우선
이곳을 떠나 우리의 손길을 기다리고 있는 곳으로 가는 거다.
　혼자 술을 홀짝이는 것도, 백팔배를 올리며 한숨을 씻어내
는 것도, 텔레비전을 끌어안고 시간을 죽이는 것도, 그 어떤
것도 우리 앞에 놓인 공간을 채울 수가 없다…….
　우리는 어느 날 갑자기 그 동안 익숙했던 도시에서의 생활
과 낯익은 풍경을 버리고 숱한 일거리들이 주인의 손길을 기
다리고 있는 이곳 텅 빈 집으로 짐을 싸들고 내려왔습니다.
　우리를 기다리고 있는 것은 먼지처럼 가라앉은 고요와 살이
에일 것 같은 쓰라린 평화, 그리고 잡초 무성한 밭과 산더미처
럼 쌓여 있는 일이었습니다. 아빠에 대한 그리움과 야속함을
온통 짜증과 신경질로 터뜨리는 아이에게서 눈물과 우울을 걷
어내는 일, 그 일을 어쩜 이곳의 들판과 나무들과 새들이 대신
해줄지도 모를 일입니다.
　제가 여기에서 살아가고 있는 모습을 이야기한다는 게 또
예전 이야기를 하고 말았습니다. 도시에서의 생활이 할퀸 자
국에 소금을 뿌리는 것같이 상처만 깊게 할 뿐이라는 걸 어느
순간 깨달았던 것처럼 두려움을 이겨내는 방법도 어느 순간
깨닫게 되겠지요.

　쥐똥나무를 심고 이틀을 꼬박 몸살을 하였습니다. 큰 것은

아니지만 한 5백여 그루나 되는 나무를 심기 위해 구덩이를 일일이 파서 나무를 꽂고 흙을 덮는 게 예삿일은 아니었습니다. 초등학교 시절 벌거숭이 학교 뒷산에 나무를 심으러 다녔던 이후로 이렇게 많은 나무를 심어보기는 처음이었습니다.

도시에서만 사신 분들은 잘 모르겠지만 저희 땐 초등학생들도 식목일 무렵이 되면 며칠씩 학교 부근 산으로 다니며 나무들을 심고는 했지요. 그 시절 낙엽송을 심다 남학생과 말다툼을 벌이며 싸웠던 기억이 지금도 생생합니다.

씨앗들이 여무는 가을이 되면 공부는 접어두고 아카시아든가 싸리씨, 솔방울 같은 씨앗을 받기 위해서 허리에 보자기를 두르고 산에서 산으로 헤매며 다닙니다. 보자기에 각자의 분량을 다 채워 학교로 돌아와 선생님한테 손바닥에 시퍼런 도장을 받고서야 교실에 들어갈 수 있습니다. 그때 농촌 아이들이 학교 공부도 미뤄놓고 나무를 심으러 다닌 덕분에 지금 같은 울창한 숲을 이룬 것을 도시에서 학교를 다닌 사람들은 모를 거예요. 아마 그때의 경험이 생울타리를 만들 욕심을 내게 했는지도 모르겠습니다.

쥐똥나무를 심은 그 다음엔 가지가지 과일나무와 꽃나무를 심으려고 합니다. 자식을 두었다는 건 어쩜 욕심보를 하나 더 차는 것인지도 모른다는 생각이 듭니다. 아이가 있으니까 나무를 심으면서 내 자식이 '이건 할머니가 심으신 거다' '이건 할아버지가 심으신 거다' 하며 제 자식에게 과일을 따주고 꽃나무 그늘에 앉아 옛 이야기 할 날을 머릿속에 그려보며 나무를 심습니다. 애 아빠와 함께 심었던 나무들이 집을 짓고 터를 고르느라 많이 없어져 과일 나무들은 새롭게 심어야 했는데 그때 심었던 단풍나무가 훌쩍 자라 시간의 무상함을 일깨워줍니다.

　이른 봄을 위한 산수유나무의 병아리 깃털 같은 연노란 꽃이 연기처럼 뭉게뭉게 피어오르던 어린 날의 추억이여! 화사한 봄날을 위한 왕벚나무, 살구나무, 아기 입술 같은 빠알간 열매를 매달 앵두나무……. 울타리 한쪽에 만개할 개나리는 꺾꽂이를 하기 위해 줄기들을 잔뜩 꺾어다 밭가에 꽂아두었습니다. 개나리 곁에 더 붉은 진달래, 이건 뒷산 음지녘에 지천으로 있는 것을 캐어다 심으면 됩니다.

　여름날을 위한 것들로는 장미 몇 그루와 씨앗들을 뿌리면 됩니다. 이젠 가을을 위한 식목을 할 차례입니다. 노란 단풍과 열매를 선사할 은행나무—모든 이파리들이 다 떨어지고 천지가 퇴색해 가는 가을 허공에 노란 옷으로 갈아입고 서 있는 은행나무를 발견하면 기품 있는 귀부인을 만난 듯 반기게 될 그런 나무 말이에요—빨간 단풍과 배, 사과, 대추, 감……, 그리고 우리 손자들이 겨우내 구워먹을 밤, 밤나무를 심었습니다. 다음으로 황량한 겨울을 청청한 푸른 빛으로 지켜줄 나무들을 심을 차례입니다…….

고독한 대지에 나무를 심다

　3월과 4월 내내 나무를 심었습니다. 뒷산과 집 주변에 있는 나무들을 떼어다 심기도 하고 이웃집에서 얻어다 심기도 하고 종묘원이나 나무시장에서 사다가 심기도 했습니다. 밭 둔덕과 집 주변에 작은 것들이나마 나무를 심고 보니 허전하던 주위가 꽉 들어찬 느낌입니다.

　옆집에서 떠온 오죽은 뜰아래 반송 곁에 심고, 시누대는 서편에 심어 겨울철에 청청한 초록으로 마당을 지킬 수 있도록 했습니다. 집 주위에는 앵두나무, 왕보리수, 산수유와 황매화를, 밭 둔덕에는 왕벚나무, 살구나무, 복숭아나무, 은행나무와 감나무, 밤나무들을 심었습니다. 그 사이사이에는 구상나무, 소나무, 시누대, 오죽, 주목 같은 늘푸른 나무들을, 또 그 옆 빈자리에는 국화와 강화 인진을 심었습니다.

　꽃동산을 이룰 나무들을 무리지어 심어놓고는 그것들이 피워낼 화려한 꽃동산을 그려보고 그들이 맺어놓은 농익은 과실들을 입에 물어봅니다……. 생각만 해도 입안에 신맛이 가득

돕니다. 빨갛게 익은 연시가 밭두둑에 툭툭 떨어지고, 후두둑 후두둑 아람 떨어지는 소리에 아침 설잠을 깨는 가을날의 정경을 머릿속으로 그리며 이제 막 뿌리를 내리고 있을 나무들을 둘러봅니다.

'내일 이 지구가 멸망한다 해도 나는 오늘 한 그루의 사과나무를 심겠다'는 서양 철학자의 말이 떠오릅니다. 그는 한 그루의 사과나무를 심겠다고 했지만 저는 이 봄에 헤아릴 수 없이 많은 나무를 심고 또 심었습니다.

'아이그, 뭘 그렇게 날마다 심으시겨' 하면서 옆집 아주머니와 훈택이 할머니께서 라일락과 돌배나무, 토종밤 등과 같은 나무들과 상사화, 원추리, 백합, 튤립 같은 뿌리들을 가져다줘서 날이면 날마다 나무와 꽃뿌리들을 심느라 정신없이 봄을 지냈습니다. 이제 이 봄이 지나 여름이 되면 우리 집은 아마 나무사태 꽃사태를 이룰 테지요.

구근들을 심고 가을에 모아 파묻어둔 가지가지 국화들을 포기포기 나누어 심고, 장화리에서 캐온 강화 인진을 무리지어 심었습니다. 이 쑥은 단오 때 베어뒀다 필요한 사람들에게 나누어줄 참입니다. 부용화, 접시꽃, 붓꽃, 할미꽃, 해당화……. 듣기만 해도 반갑고 정겨운 우리네 옛 집에 피어 있던 꽃들을 뜨락과 꽃밭에 심는 일……. 그 꽃들을 동네 사람들로부터 받아 심으며 저는 잃어버린 제 유년기를 돌려받은 양 가슴이 설레기도 했습니다.

작년 여름, 우리 집 뜨락에 채송화와 함께 꽃 무리를 이루며 여기저기 핀 백일홍을 보며 누군가는 '아휴, 이 집에서는 장미가 외려 촌스러워'라고 감탄을 했지요. 이제 올해에 심은 것들이 모두 자라고 꽃을 피우면 우리 집은 그야말로 현란한 꽃동산이 될 테지요.

저의 친정 식구들은 식물에 대한 남다른 관심을 가지고 있는 사람들이라고 할 수 있지요. 아버지는 분재를, 어머니는 가지가지 꽃나무들을 잘 가꾸시고, 오빠와 동생은 난 전문가입니다. 저는 식구들과 달리 화분에 물 한 번 주지 않던 사람이었는데 막상 땅을 보니 이것저것 욕심을 내게 되고, 잃어버린 우리 꽃들을 텃밭에 모아보자는 생각에서 눈에 띄는 대로 모아 심어가는 중입니다.

나무와 꽃들을 심다 보니 어릴 적 식물채집을 한다고 뒷산과 들판을 뛰어다니며 풀을 뽑고 나뭇잎을 뜯어 책갈피와 신문더미에 눌러놓던 즐거운 기억이 되살아납니다. 중학교 땐가 처음 외국소설들을 읽으면서 그 소설들에 나오는 식물 이름들, 특히 이름을 잊은 어떤 작가의 소설에는 식물 이름이 거의 한 페이지를 차지했던 걸 보고 얼마나 자신의 무식을 한탄했던지, 그들의 박식에 얼마나 감탄했던지……. 그리고 나도 저들만큼 식물들의 이름을 알아야겠다는 생각으로 식물도감을 펴놓고 들판과 산에 나고 자라는 풀과 나무들을 익혀보았지만 결국 아는 것들이라고는 열 손가락 안에도 들지 않았습니다.

꽃과 나무들을 심는 일, 내가 먹고 남이 먹도록 땅을 파 곡식을 심고 야채를 심고 가꾸는 일이 책을 읽고 창작을 하는 것 못지않은 소중한 일이라는 걸 깨달았습니다.

나무를 심고 가꾸는 것보다 어디에나 피어 있는 들꽃을 들여다보는 것을 더 즐겨했던 어린 시절에 곧잘 외우고는 했던 테니슨의 '한 송이 풀꽃에 숨어 있는 비밀을 알면 전 우주의 비밀을 알겠네'라던 시처럼 나무를 심고 꽃을 심으며 제 안에 있는 생의 비의(秘意)를 캐려 오늘도 삽을 들고 나섭니다.

그저께는 살아서 천 년, 죽어서 천 년을 간다는 주목나무를 심었습니다. 싱그럽고 찌르는 듯 뾰족한 침엽이 좋아 작년에 한 그루를 심었는데 올해는 밭 한 귀퉁이에 몽땅 주목을 심을 작정으로 수목원에서 1백 그루를 샀습니다. 한 10년 잘 키워 놓았다가 다시 팔 요량으로 사온 것인데, 우선 과일나무를 심은 사이사이에 심고 보니 밭에 심기에는 턱없이 모자랐습니다.

나무를 심는 것은 10년 20년 후를 바라보고 심어야 한다는 말이 맞는 것 같습니다. 다음엔 적송이 자라고 있는 산에 가서 어린 소나무 몇 그루를 캐어다 심을 작정입니다. 울안 가득 과일나무와 꽃나무가 무성하고 사이사이 주목과 구상나무, 그 곁에 진한 송진내를 뿜으며 송홧가루를 날리고 있는 소나무가 있는 마당을 그려보세요.

소나무가 자라 잎이 무성하게 되면 그 잎을 따서 효소를 담그고 술을 담글 작정입니다. 그리고 솔잎을 넣은 베개를 만들어 벗들에게 보내어 솔 향내로 그들의 고단한 하루를 씻어내도록 하겠습니다……. 적송이 자랐을 한 20년 후쯤에요.

내일 당장 세계가 멸망할 지경에 처했을 때 사과나무 한 그루를 심을 배짱과 여유가 있을지는 모르겠지만 아무튼 사방을 둘러봐도 손을 내밀어줄 이가 아무도 없는 낯선 이곳에서 제가 할 수 있는 일이란 나무를 심는 일입니다. 나무들과 대화를

아이는 어제도 목욕을 하다가 통곡을 하였습니다. 아빠가 보고 싶다
고. 엉엉 우는 아이에게 저는 "그래, 엄마가 하늘로 올라갈 콩나무를
심어줄게!" 하고 달랬습니다.

나누고, 나무 뿌리에다 한숨과 눈물 한 방울 떨궈 흙으로 덮어주는 일이 어쩌면 가슴에 응어리진 것들을 풀어내는 일인지도 모릅니다.

늙어 일할 힘이 없을 때 바라만 보아도 배가 부르고, 그 열매와 잎이 일용할 양식거리가 될 먼 훗날을 위해 나무를 심는다는 것, 그리고 이 동산을 거닐 손자와 새들이 둥지를 틀 나무를 심는다는 것, 썩 괜찮은 일입니다.

아름다운 집을 만들고 싶다는 욕심을 버린 지는 오래이지만 사람이 사는 흔적을 하나하나 새겨가며 사람의 체취가 짙게 배어 있는 집, 꽃밭이 있고 장독대가 있는 집을 만들고 싶습니다. 돌나물이 파랗게 자라고 있는 장독대에는 크고 작은 항아리들이 가지런하고, 그 곁에는 맨드라미가 졸고 있는 그런 집을 만들고 싶어 돌을 옮겨다 장독대를 만들고 풀을 옮겨심습니다.

새로 지은 집에는 사람이 살아왔다는 흔적들이 모두 지워지고 말았습니다. 돌담은 허물어지고 장독대도 댓돌도 포크레인에 뭉개져 이제는 시멘트 덩어리와 유리조각들로 번쩍이는 집이 들어섰습니다. 낡았다는 이유만으로 옛것을 허겁지겁 헐어버리고 나서 다시 낑낑대며 옛 파편들을 주워모으는 어리석은 짓을 하고 있는 꼬락서니라니! 돌담도, 장독대도, 마음까지도 헐어낸 그 자리에 시멘트 벽돌집 한 채 지어놓고 그 집보다 더 견고하고 차가운 마음을 가둬두고 사는 어리석은 인간, 그게 바로 접니다.

등줄기가 휘도록 삼태기 가득 돌멩이를 주워 나르다 흙바닥에 엉덩방아를 찧고 주저앉으면 핑곗김에 뭣한다고 그 자리에 퍼질러앉아 시골영감처럼 담배를 입에 물고 저 끝간 데 없이 푸르른 하늘에 연기를 뿜어댑니다.

연록의 이파리들이 꽃구름처럼 화사한 상수리나무 가지 끝에는 짙푸른 하늘이 배경으로 걸려 있습니다. 한 점 티끌도 없이 무한대로 뻗쳐 있는 바닷빛 하늘을 눈이 아리도록 바라보며 담배를 피우는 맛, 이 눈물나도록 고마운 맛에 목이 메입니다.

죽음 저 너머의 또 다른 세계, 영원에 이어져 있을 것만 같은 푸른 하늘과 아, 소름끼치도록 무한한 자유에 오소소 한기가 끼칩니다. 저는 부신 눈으로 오래 오래 그 하늘을 쳐다보며 죽음을 생각했습니다. 10년 후, 20년 후 내다 팔겠다며 나무를 심다가 무심히 펼쳐진 파란 하늘을 올려다보며 때때로 죽음을 생각하는 저의 이 못난 짓거리라니!

"엄마, 〈잭의 콩나무〉에서 말야, 잭이 콩나무를 타고 하늘로 올라갔잖아. 우리도 그런 나무가 있다면 하늘로 올라갈 수가 있을까?"

하늘을 향하여 높고 곧게 뻗은 상수리나무 가지 끝에 동화 속의 잭이 올라가 본 것 같은 하늘나라가 열려 있다면 얼마나 좋을까 하고 엉뚱한 생각을 해봅니다. 우리 아이가 꿈꾸는 하늘나라가 저 상수리나무 끝에 열려 있다면, 그 하늘로 올라가는 콩나무를 심을 수만 있다면…….

아이는 어제도 목욕을 하다가 통곡을 하였습니다. 아빠가 보고 싶다고, 저도 제 친구들처럼 아빠와 함께 목욕탕에도 가고 싶고 마리산에도 올라가고 싶다고, 옛날에 아빠와 같이 목욕을 갔던 기억이 난다며 엉엉 우는 아이에게 저는 "그래, 엄마가 하늘로 올라갈 콩나무를 심어줄게!" 하고 달랬습니다.

아이는 엄마와 함께 하는 목욕이 성에 차지 않는 겁니다. 지난 주 제 친구를 따라 친구 아빠와 함께 목욕을 가서 친구 아빠의 두툼한 손이 씻겨주는 거친 손맛에 문득 아빠와 함께 벌거벗고 때를 밀던 일을 기억해내고 동성으로서의 일체감이 없는 엄마와 하는 목욕이 화가 나고 짜증이 나서 떼를 쓰는 아이…….

우리는 목욕을 끝내고 밖으로 나와 함께 강낭콩을 심었습니다. 아이 손에 쓰다버린 작은 호미가 쥐어졌습니다.

"이게 강낭콩이야. 이게 무럭무럭 자라면 하늘까지 뻗친대."

"정말? 야, 신난다."

아이의 목소리는 언제 떼를 쓰고 울었더냐 싶게 명랑합니다. 호미로 구멍을 파서는 빨간 콩알을 넣고 흙으로 덮으며 방금 전에 부렸던 성질을 까맣게 잊어버리고 콩을 심는 일에 몰두합니다. 아이도 물론 우리가 심는 콩이 하늘나라까지 올라가지 않는다는 걸 너무나 잘 알고 있습니다. 다 알고 있으면서도 짐짓 모른 체 시치미를 떼고 콩 심기에 열중하고 있는 아이를 보며 저 콩에서 정말 하늘로 올라갈 튼튼한 밧줄 같은 싹이 튼다면 얼마나 좋을까 하고 동화적인 상상을 했습니다.

아빠에 대한 그리움을 키우며 콩을 심는 아이, 콩나무 줄기를 타고 올라가면 아빠를 만날 수 있을지도 모른다는 아이의 막연한 상상처럼 푸른 하늘 저편에 또 다른 세계가 정말 존재하고 있을까, 그 세계가 있다면 그는 어떤 모습을 하고 있을까 하고 또 부질없는 생각에 사로잡힙니다. 한 삶이 끝나면……

영원한 단절일까……

　저는 그저께 영원히 살 것만 같은 늘푸른 침엽수—살아서 천 년, 죽어서 천 년을 간다는 주목—를 심었습니다.

유리왕의 꾀꼬리, 날아오르다

그 동안 봄이 훌쩍 무르익었습니다. 이제는 모내기 철입니다.

올해는 정말 바깥 일은 안 하고 방안에만 처박혀 있으리라고 작정했습니다. 그런데 천지가 생기발랄한 연록으로 옷을 갈아입으며 신록의 향기를 뿜어대며 유혹하는데 방안에 쪼그려 앉아 있으려니 그야말로 여간 고역이 아닙니다. 밖엔 온갖 새들이 마당으로 쏟아져 내려앉았다 날아가며 고혹적인 노래를 부릅니다. 역시 봄은 봄인가 봅니다.

감나무와 감나무 사이로 언뜻 꾀꼬리 두 놈이 희롱하듯 가볍게 날며 걀알걀! 꾀꼴! 꾀꼴! 하며 노래하고 날아가는 게 눈에 뜨입니다. 아, 유리왕의 꾀꼬리가…… 올해도 또 날아왔구나!

처음 이곳에서 걀걀 꾀꼴 꾀꼴 노래하며 앞서거니 뒤서거니 까불고 있는 두 마리의 노란 새를 보는 순간 깜짝 놀랐습니다. 한 번도 본 적이 없는데도 그 새가 꾀꼬리라는 것을 단박에 알았습니다.

> 펄펄 나는 꾀꼬리 암수 서로 어울리는데
> 생각하니 나는야 외롭구나
> 누구와 함께 돌아가리

翩翩黃鳥 雌雄相依 念我之獨 誰其與歸

바로 그 새입니다. 우리나라 최초의 서정시라고 일컬어지는 고구려의 두 번째 임금 유리왕의 〈황조가(黃鳥歌)〉, 그 시에 나오는 그 꾀꼬리입니다. 연둣빛에 가까운 샛노란 깃털, 고운 목청, 샘이 날 만큼 다정하게 쌍쌍이 나는 광경은 절로 자신의 짝을 생각나게 하는 모양인지 유리왕은 혼자 있는 외로움을 시로 읊었던 것입니다.

지금으로부터 2천여 년 전, 고구려의 유리왕이 사랑하는 여인을 떠나보내고 쓸쓸히 뜰을 걷고 있을 때 왕의 외로운 마음을 놀리기라도 하듯 희롱하며 쌍쌍이 날고 있던 그 꾀꼬리가 오늘 우리 집 마당에도 홀연히 날아왔습니다. 그때 아름다웠던 그 자태 그대로, 그때 그 고왔던 목청으로 노래 부르며 여기 강화도 시골마을을 찾아 날아왔습니다.

2천 년 전의 유리왕이 서로를 부르며 노니는 꼴을 시샘하여 '내 짝은 어디메 있느뇨' 하고 노래했다는데 나야말로 놈들의 수작이 너무나도 농염해 푸휴우! 하고 한숨을 쉬며 픽! 하고 웃어버립니다. 그 옛날과 어쩜 그리도 똑같담! 짝을 잃고 혼자 있는 외로움은 궁중에 사는 왕이나 시골 사는 백성이나 다 같은 모양이구나! 2천여 년 전의 꾀꼬리나 지금의 꾀꼬리나 그 울음소리하며, 연둣빛이 섞인 샛노란 그 깃털 하며, 짝을 지어 인가 가까이, 꼭 혼자 사는 사람이 있는 곳만을 골라(?) 날아 다니며 하는 짓거리가 어쩜 하나도 달라진 것이 없는지.

마치 국문학사 책갈피에 짓눌려 있던 시의 혼령이 새로 변하여 날아온 듯한 착각을 불러일으킵니다. 시의 광경을 그대로 연출하며 황홀히, 그리고 홀연히 날아와 노래 한 자락 남겨두고 사라지는 꾀꼬리를 보며 지금으로부터 2천 년 후, 먼 훗날의 꾀꼬리를 생각해보았습니다.

참 아름답고 신기하고 예쁜 새입니다. 뜰 앞 감나무에 잠깐 머물다 호로롱 날아간 그 자리에 노란 민들레 피었습니다. 감꽃도 소복이 떨어져 있습니다. 봄에는 꽃들만이 사람의 마음을 흔들어놓는 줄 알았는데 새들도 그렇다는 걸 이제야 알겠습니다. 온갖 새들이 여기저기서 짝을 불러내 짝짓기를 하여 일가를 불리는 자연의 순리……. 그래서 봄은 더욱 아름답고, 현란하게 채색하며, 외로움을 아는 사람에겐 더한 외로움과 쓸쓸함을 안겨주는 계절인가 봅니다.

일년이 지나 다시 보니 여기저기 자리바꿈을 해야 할 것들이 눈에 띄어 작년에 심었던 것들을 이리저리 옮겨 심었습니다. 그리고 나무 한 그루 심지 않고 봄을 보내는 것이 섭섭하여 영산홍이랑 감나무 몇 그루를 사다 심고 이것저것 씨앗들을 뿌리다 보니 홀딱 봄이 지나가고 말았습니다. 이제 눈앞에 아른거리던 꾀꼬리도 어디론가 숨어들어 둘만의 둥지를 틀었는지 감나무가 허전합니다……

그리고 다시 벌통을 사다놓았습니다. 아이와 단둘이 사는 집이라 그나마 벌통에 있던 나머지 벌마저 다 없어지고 나니 가뜩이나 허전하던 집이 더 허전한데 마침 하동에서 올라온 이동양봉가가 있어 얼마 전에 사다놓았습니다.

텅 빈 벌통만 달랑 있다가 수백 수천의 벌들이 와글와글 넘쳐나니 뜰에는 아연 활력이 넘쳐납니다. 재작년 처음으로 벌통을 갖다놓았을 땐 벌에 대해서 너무 무지해 쩔쩔매다 결국 벌 두 통을 다 날려보내고 말았는데 이번에는 잘할 수 있을 것 같은 예감이 듭니다.

벌에게도 약을 한다는 걸 알았습니다. 맨 처음 가져온 것은 농사로 치면 유기농업 같은 것으로, 항생제나 구충제 등 약제를 전혀 쓰지 않은 벌이었습니다. 그러나 두 번째 것은 항생제나 구충제를 상용하던, 습관적인 약 사용에 길들여진 벌이었습니다.

첫 번째 것은 겨울을 나고 봄이 되니 사람의 손이 가지 않아도 왕성하게 번식을 하며 식구를 늘리고 꿀을 물어왔습니다. 벌에 대해 너무 아는 게 없기도 하려니와 번식력이 왕성한 것에 대비를 못해 결국 벌들을 몽땅 날려보내고 말았지만, 어쨌든 약제를 쓰지 않아도 병충해를 입지 않고 건강했습니다.

반면 두 번째의 것은 먼젓번과는 정반대로 약품 사용에 길들여진 벌들이었습니다. 봄이 돌아왔을 때 먼저 사람이 하던 방식대로 약을 쓰지 않자 벌들은 산란도 못한 채 시름시름 죽어가 결국 또 실패를 보게 되었습니다. 비록 빈 벌통을 만들고 말았지만 그가 준 약을 쓰레기통에 던져버린 걸 후회하지는 않습니다. 곤충이나 식물이나 한번 약에 중독되면 거기에서 헤어난다는 건 정말 어려운 일인가 봅니다.

이곳에서 처음 꾀꼬리를 보았을 때의 감동이 요즘은 새로운 걱정거리로 바뀌었습니다. 고구려의 왕궁 뜰을 노닐던 꾀꼬리를 여기 강화에서 발견했을 때의 경이감, 지금처럼 땅을 오염시키고 망가뜨려놓는다면 그 경이감과 기쁨을 앞으론 맛볼 수 없게 될지도 모른다는 걱정이 입니다. 풀들을 노랗게 죽여버리기 위해 제초제는 앞으로도 계속 뿌려지게 될 것이고 병충해를 막기 위해 농약은 더욱 많이 뿜어질 것입니다.

2천 년 전 유리왕을 위로해주고 다시 이곳에 날아와 나에게 노래를 선사하고 생의 신비를 일깨워준 꾀꼬리가 1천 년 후에 다시 날아올 수 있다면…… 고운 자태를 뽐내며 날아와 고이 간직했던 목청을 가다듬어 어느 외로운 이의 마당에 날아와 간질여줄 수 있다면…….

그때는 꾀꼬리가 꾀꼬리라는 이름을 잊은 지 오래일지도 모릅니다. 노랫소리도, 깃털의 색깔도 달라진 이름 모를 새가 되어 있을지도. 꿀벌들은 자신들이 꿀벌이었다는 사실조차 잊어버려 꽃가루를 뭉칠 줄도, 긴 대롱을 꽃술 깊숙이 박아 꿀을 길어올릴 줄도 모르는 이상한 벌레가 되어 있을지 모르는 일입니다.

전에 누가 말하더군요. 왜 이런 시골구석에서 하릴없이 시간을 죽이고 있느냐고요. 글쎄요. 지금은 아무 생각 없이, 다만 나무 심는 기쁨을, 풀을 옮겨심고 꽃을 가꾸고 밭을 일구는 것만을 생각하고 싶군요. 그리고 이 조그만 텃밭에서만이라도 새들이 안심하고 먹이를 쪼아먹을 수 있다면, 유리왕의 꾀꼬

리가 변치 않는 모습으로 우리 집 감나무를 찾아왔듯이 1천
년 후에도 유리왕의 꾀꼬리가 변치 않는 모습으로 노란 날개
를 뽐내며 다시 이곳으로 날아올 수만 있다면…… 하는 공상
을 하며 이 궁핍한 시대를 건너가는 거라고 여겨주세요.

호사스런 넋두리였나요? 이곳에 있는 모든 피어나는 꽃들
을, 풀 향기를, 꿀벌들의 허밍을, 한낮의 고요를 깨뜨리는 수
탉의 긴 울음을 보내드리고 싶어 장황하게 쓰고 말았습니다.
어지러이 쏟아져내린 감꽃과 꾀꼬리 울음을 안겨드립니다.

2장 | 막막함이 안개처럼 밀려올 때

봄햇살의 위안

　오늘도 짙은 안개가 끼었습니다. 몇 미터 앞도 내다보이지 않는 심해와 같은 고요와 적막이 뜨락까지 밀려와 있습니다.

　아이는 코끝과 머리칼에 안개 알갱이를 구슬처럼 꿰면서 학교로 달려갔습니다. 거대한 솜뭉치 같은 안개 속으로 자전거 페달을 굴리며 미끄러져 가는 아이를 배웅하고 한참을 그 자리에 서 있다 들어왔습니다. 두터운 방음벽을 둘러친 것마냥 일체의 소리조차 가둔 안개 낀 길을 가는 아이의 등교길을 잠깐 걱정해봅니다. 안개에 눈먼 자동차가 아이를 받지나 않을까 당부에 당부를 해서 보냈으면서도 마음이 편치가 않습니다.

　폐부 깊숙이 스며드는 갯내음 섞인 안개 속에 서서 예전엔 왜 한 번도 이곳에서 안개를 보지 못했을까 하고 생각해봅니다. 참 이상한 일이지요. 바다가 가까운지라 이른 봄과 가을에 짙은 안개가 낄 때가 많은데 그 전에는 안개를 본 기억이 전혀 없습니다.

짙은 안개가 밀려온 날이면 저는 누군가의 거대하고 푸근한 품에 안기기라도 한 양 할 일을 미뤄놓고 차를 마시고 음악을 듣습니다. 오디오의 볼륨을 한껏 높여 소리의 바다에 마음을 풀어놓습니다. 맺힌 데 없이 매끄럽게 솟구치는 누군지 모를 테너 가수의 이끌림에 함께 솟구쳐보다가 이번엔 낮게 낮게 중얼거리는 첼로의 웅얼거림에 같이 일렁이며 흘러갑니다.

아주 어릴 적 학교길을 가다 웅덩이에서 김이 모락모락 피어오르는 것을 본 적이 있습니다. 뜨거운 물로 시퍼렇게 멍든 엉덩이를 씻기는 것처럼 김이 모락모락 피어오르는 웅덩이 곁을 지나며 그 웅덩이를 참 무서워했던 기억이 납니다.

어릴 때 살던 동네에도 얼지 않는 웅덩이가 있었지요. 커다란 웅덩이 옆에 작은 웅덩이가 나란히 있는데 여름이면 큰 웅덩이에서는 큰 아이들이, 작은 웅덩이에서는 작은 아이들이 미역을 감았습니다. 그런데 겨울이 되면 큰 웅덩이는 어는데 작은 웅덩이는 얼지 않는 거예요. 한 겨울에도 얼지 않고 김만 모락모락 피워내는 작은 웅덩이……. 이무기가 살아 얼지 않는 거라고 믿었던 우리는 웅덩이가 무서워 그 근처에는 얼씬도 못했는데 여름이 되면 언제 우리가 무서워했더냐 하며 거기에 뛰어들어 첨벙거리곤 했습니다.

어느 해 겨울이던가. 그 얼지 않는 웅덩이에 동네 아주머니가—그는 친구 어머니였어요!—빠져 죽었다고 사람들이 수군거렸습니다. 웅덩이 앞에 고무신을 가지런히 벗어놓고 물로 뛰어들었다고, 그 웅덩이 귀신이 사람을 홀려 죽게 만들었다고 아이들은 얼씬도 못하게 어른들이 명령했지요. 그땐 겨울이어서 그곳에 갈 일이 없었지만, 여름이 되어도 이젠 그 웅덩이에 가지 않았죠……. 때문에 안개에 대한 유년의 기억은 으스스한 죽음의 냄새 비슷한 것이었습니다.

이곳에 살면서 어느 날 갑자기 안개에 갇혀버린 자신을 발견하고 깜짝 놀랐습니다. 깜깜한 절망을, 절망보다 더 짙은 죽음으로 가는 길목에 잠시 발을 멈추고 있는 듯한 느낌을. '죽음으로 건너가는 망각의 강가에 안개가 짙었다.' 천국과 지옥의 보고서인 《신곡》에서 단테가 그렇게 표현해서였던가요? 아니면 텔레비전에 나오는 우리나라 저승사자도 늘 안개 속에서 등장했기 때문일까요. 그 죽음의 안개가 뜰 아래까지 밀려와 있다니.

집앞에 펼쳐진 들판을 얼마쯤 가면 바다라 하기엔 좁은, 한강 하구의 어느 지류쯤으로 여겨지는 강화해협이 있습니다. 강같이 좁은 바다라 해서 '염하(塩河)'라 이름 붙였는데 그 '염하'를 저는 곧잘 '염라'라고 듣습니다. '염라의 강', 수시로 그곳에서 피어오른 안개가 들판을 가로질러 달려와 우리 집을 섬으로 만들고 가둡니다.

이곳에서 자주 안개를 만나다 보니 예전에 느꼈던 안개에 관한 고정관념도 바뀌더군요. 이제 안개 바다에 잠겨 있어도 칙칙하다거나 어둡다는 생각은 하지 않습니다. 대신 안개를 핑계로 햇살이 퍼질 때까지 방안에서 뒹굴며 커피를 마시고 음악을 듣거나 텔레비전을 켜놓고 아침 연속극을 보며 혼자만의 아침 시간을 즐깁니다. 아이를 학교로 보내고 난 후의 어수선함이 채 가라앉지 않은 안개 낀 날 아침의 고요. 어쭙잖은 감정의 유희 같은 안개 긴 날의 칙칙한 우울을 한꺼풀 벗겨내기 위해 차를 마시고 음악을 듣는다는 것……. 오세요, 안개의 바다에 함께 누워 쨍! 하고 쏟아질 햇살을 기다리는 것도 썩 괜찮은 일입니다.

바다 깊숙이 가라앉았다 수면 위에 반짝 하고 튀어오르는 은빛 나는 갈치떼의 반짝임같이 어느 순간 안개가 걷히고 햇살이 비추면 저 역시 피부에 달라붙은 선율을 벗어버리고 발딱 일어나 빈 커피 잔을 싱크대에 던지고 모자를 눌러쓰며 밖으로 나옵니다.

오늘은 밭에 거름을 내야 하는 날입니다. 아랫께에 사는 이장 집에서 어제 쇠똥거름을 경운기에 잔뜩 실어다 마당 한쪽에 부려주었습니다. 이 집터에 먼저 살던 사람이라 어려운 일이 있으면 찾아가 의논도 하고 도움을 청하기도 하는 이웃인데 어제 쇠똥을 세 번이나 경운기에 실어다 주어 마당에 거름을 쌓아놓고 보니 부자가 된 듯 마음이 뿌듯합니다. 한 3년 거름 걱정 없이 지낼 듯합니다.

삼태기로 거름을 내다 고추 심을 자리와 오이 심은 곳에 깊숙이 묻어두고 나머지는 비에 젖지 않도록 비닐로 덮어두었습니다. 올해는 작년의 경험을 거울삼아 밭에 심을 작물들을 줄이기로 했습니다. 어머니도 이것저것 심는 것을 즐거워하시지만 가짓수가 많다 보니 일손이 많이 가므로 여름에 먹을 감자와 옥수수 따위와 고구마, 검은 콩, 들깨, 고추 같은 꼭 필요한 양념거리와 잡곡들을 중심으로 심기로 했습니다.

이제 얼마 안 있으면 고추 모종도 해야 할 터이고, 고구마

어느 날 갑자기 안개에 갇혀버린 자신을 발견하고 깜짝 놀랐습니다. 깜깜
한 절망을, 절망보다 더 짙은 죽음으로 가는 길목에 잠시 발을 멈추고 있
는 듯한 느낌을.

싹도 묻어야 할 때입니다. 옆집에서 오이와 토마토 모종을 주어 뒷밭에 심었습니다. 오이를 심은 곁에다가는 참외와 수박을 심고 남은 자리는 도라지씨와 황기씨를 뿌리려고 합니다.

선생님, 참 이상하지요. 딱히 그러려고 작정한 것도 아닌데 이곳에서 사는 게 마치 그가 주장하던 말들에 대고 '어디 당신이 한 말이 옳은지 어떤지 한번 시험해봅시다' 하고 그악스럽게 덤비는 꼴 같습니다.

먼젓번 글에서 제가 인용했던 '노동에서 멀어질수록 인간은 동물에 가까워진다'라는 그의 시를 저는 '노동에 가까울수록 동물적으로 단순명료해진다'고 그가 했던 것과는 다른 주석을 붙여봅니다. 그가 말한 '동물'의 뜻이 물론 '인간답지 못한 삶을 사는 사람들'을 말하는 것이기는 하지만, 몸에 흙을 묻히고 쇠똥을 만지며 사는 생활이 비인간적─예전엔 저도 그렇게 사는 것을 비인간적이라고 생각했죠─인 일만은 아니라는 것을 알았습니다.

삽으로 파헤치고 호미로 고르노라면 어느새 머리와 가슴에 비듬처럼 뒤덮인 뒤숭숭하던 감정들이 툭툭 떨어져나가 아무 생각 없이 일하고 있는 자신을 발견하게 됩니다. 흙에서든 어디에서든 땀흘려 일하는 노동이 최소한 도시생활로 인해 일그러진 몸과 마음에 생명력과 삶의 의욕을 갖게 하는 것만은 사실인가 보구나 하고 생각할 때가 있습니다.

아빠가 영원히 자신의 곁을 떠났다고 깨달았을 때의 상실감과 깊은 상처로 인해 금방이라도 자신을 태울 것 같던 아이의 불 같은 성질이 눅어져 예쁘고 씩씩한 소년으로 커가고 있는 아이를 보면서 자연의 치유력에 얼마나 감사했는지요.

가끔씩, 아주 가끔씩은 우리가 아주 고가의 호사를 누리고 있구나 하고 생각할 때가 있습니다. 들판과 뒷산을 정원으로 하고 때때로 두터운 이불솜 같은 안개에 감싸여 위안을 받고, 투명한 햇살을 헤치는 바람결에 생기를 회복하며 느긋한 포만 감으로 봄빛이 완연한 들판을 바라보는 호사를 말입니다.

심을 작물들을 줄이기로 하고도 올해도 여전히 갖가지의 씨를 모아놓았습니다. 먹을 수 있는 작물의 수는 줄였지만 대신 가지가지 꽃들을 심을 생각으로 작년부터 눈에 띄는 대로 꽃씨들을 모아들였습니다. 모아놓은 꽃씨봉지가 바구니에 가득합니다.

남편을 땅에다 묻고 왔다는 여자에 대한 관심이 남다를 테니 무엇보다도 더 단단한 각오를 해야 한다는 어머니의 당부가 아니라도 이곳에서의 생활은 다른 생각을 할 여지가 없습니다.

한 걸음도 물러설 곳이 없는 막막함, 죽음 너머, 지평선 너머를 이미 보아버린 허기진 그림자를 이끌고 찾아온 이곳……. 엄마의 일그러진 입술과 눈빛만을 응시하는 새끼를 품고 숨어든 언덕 위의 작은 둥지……. 이곳에 살림을 풀어놓았을 때 아이의 미래, 희망은 물론 절망까지도 함께 짐꾸러미에 구겨넣고 온 것을 알았습니다.

막막함이 안개처럼 밀려올 때

　한동안 아무 일도 하지 못했습니다. 올해는 밭 가꾸는 일도 미뤄야겠다고 단단히 마음을 다잡고 책상맡에 앉아 있곤 했습니다. 그 동안 버티게 해줬던 생활비도 바닥이 나서 필히 뭔가 대책을 세워야 했는데 이제까지 해온 일이라는 게 고작 연필 잡고 머리 굴리는 것밖에 없어 마음 단단히 여미며 시작했지요.

　처음엔 제법 풀려나가는 듯하더니 새 정부가 들어서고 주위에서 복직 운운하는 바람에 그만 거기에 마음이 흩어져 영 책상맡에 앉을 염을 내지 못하고 서울로 어디로 돌아다녀야 했습니다. 20여 년 전 빼앗겼던 내 자리를 되찾는 일, 그때는 그게 제가 할 수 있는 최선의 선택이었듯이 지금은 빼앗긴 제 자리를 찾는 일이 어쩜 지금의 내가 할 수 있는 최선의 일일지도 모른다고 생각했습니다.

　그러나 20여 년이나 해묵었던 일이 그렇게 만만하게 풀릴 리가 만무하지요. 턱없는 낙관으로 여기저기 기웃거린 꼴이 조금은 몰상스럽게 됐지만, 어쨌든 이 사회의 수십 년 굳어져 온 바윗장 같은 보수의 덫과 이미 기득권자가 되어버린 사람들의 단단한 더께가 하루아침에 벗겨져 누구를 받아주고 말고 할 리가 만무하다는 걸 다시 한 번 깨달았습니다.

그래도 뭔가 조금은 달라지고 있지 않을까 하는 기대와 꿈이 허망하게 깨지는 것을 지켜보면서, 또 몸으로 부대끼면서 조금은 쓸쓸하고 서글펐더랬습니다.

한눈을 파는 동안 별들의 운행처럼 땅의 운행도 빨라 이제 모내기 철입니다. 농사의 제일은 역시 쌀농사인가 봅니다. 밭에 심은 것들이 잎사귀와 줄기가 무성히 자라 넌출을 우쭐우쭐 뽐내지만 남들이 모내기를 하느라 부산히 경운기를 굴리며 무논가를 들락날락하는 것을 보면 공연히 마음이 스산합니다.

모판을 만들기 위해 마을 사람들이 한데 모여 작업을 할 때 그들을 멀리서 바라보아야만 하는 자신이 문득 가엾게 여겨집니다. 한자리에 끼지 못하고 멀찍이서 지켜보기만 한다는 것, 어렸을 때에도 그 비슷한 일로 마음 한구석이 허전했던 기억이 있지요. 농경시대인 60년대에 농촌에 살면서 벼농사를 짓지 않는다는 것은 어쩐지 남부끄럽고 조금은 쓸쓸하고 허전하기까지 했습니다. 다른 집 아이들이 자기네 집 마당에서 보리타작을 하고 남은 북더기를 태우며 그 불구덩이에 감자 따위를 구워 먹을 때 아이들의 입을 쳐다보며 침을 삼킬 때의 겸연쩍음. 아, 타작을 하던 그 아이네가 얼마나 부러웠던지.

또 어느 가을날 아침 잠을 깨우는, 이웃집 너른 마당에서 들려오는 왜롱 왜롱 왜롱 탈곡기 돌아가던 소리, 학교에서 돌아왔을 때도 여전한 왜롱 왜롱 왜롱……! 탈곡기를 돌리는 두 사람과 그 옆에서 연신 볏단을 집어 넘겨주던 그 집 여자들 곁에서 아이들도 덩달아 큰소리치며 분주히 뛰어다닐 때 멀리서 그 집 마당을 훔쳐보던 기억……. 지금 그 기억을 씹으며 동네 사람들이 모내기하는 것을 엿보듯 훔쳐봅니다.

그들처럼 밭이 아닌 논에서, 잡곡이 아닌 쌀을 생산해내고 싶습니다. 일용할 양식 중 주곡인 쌀을 생산해내는 일이야말로 농사 중의 농사라는 생각이 듭니다. 한치 앞을 내다볼 수 없는 요즘 같은 불안한 시대를 살다 보니 그런 생각은 더욱 간절합니다. 굶주려 죽어가고 있는 북한 사람들의 모습을 텔레비전을 통해 볼 때마다 불안은 자신도 모르게 엄습해옵니다.

식량의 75퍼센트를 수입해다 닭도 먹이고 소도 먹이고 돼지들도 먹이며, 사람들도 먹이는 것이 우리의 현실입니다. 식량의 75퍼센트를 수입해 먹으면서도 아무런 부끄러움이나 불안감 없이, 아무런 가책도 하지 않고 북한을 멸시의 눈으로 내려다보며 어깨를 으쓱하는 게 우리의 현실이긴 하지만 쌀농사는 여전히 우리 농업의 주류임에는 틀림이 없습니다.

쌀농사를 지을 수 있다면……. 잔치 마당 같은 이웃집 마당을 멀찍이서 바라보던 그때의 빈곤감과 부끄러움을 토일이도 느끼고 있는 것은 아닌지 모르겠습니다.

남들이 모내기하는 것을 허전한 마음으로 지켜보다 서리태라고 불리는 검정콩을 두 두렁 심었습니다. 뙤약볕 아래 허리 굽혀 호미로 구멍을 파고, 거기에 콩알 네댓 개를 넣어 흙으로 덮어나가노라니 더위 탓인지 무척이나 힘이 듭니다.

콩은 모내기 무렵에 심어야 한다기에 그때를 기다려 심는 것입니다. 콩 중에서 제일 맛이 있기도 하려니와 값도 제일 비싼 게 서리태입니다. 콩은 한번 심어놓으면 수확 때까지 거의 손이 가지 않으므로 자연 많이 심습니다. 가을에 털어보면 생각보다 수확이 괜찮은 편이라 올해도 많이 심었습니다. 작년에는 다들 수확이 시원찮다고들 하는데도 제법 양이 많아 팔아볼까 생각해보았으나 아직은 갚아야 할 게 많아 여기저기 조금씩 나눴습니다.

한나절 콩을 심고 나서 오후엔 옥수수를 심었습니다. 두 번에 나눠 심지 않고 한꺼번에 심었더니 정작 늦여름에는 먹을 게 없어 올해에는 두 번으로 나누어 심는 것입니다. 여름이면 찾아오는 사람들이 많으므로 옥수수나 감자 따위를 충분히 심지 않으면 난감할 때가 종종 있어 미리 대비해둬야 합니다.

산 밑이라 까치들이 많아 콩을 심는 것도, 옥수수를 심는 것도 여간 신경쓰지 않으면 안 됩니다. 놈들은 사람도 두려워 않고 심어놓은 것들을 마구 파헤쳐 파먹습니다. 그래서 콩 같은 알곡을 심을 때는 원래 심을 양보다 까치들 몫으로 몇 알씩 더 여투어둬야 그해 농사를 안심할 수 있습니다.

앞마당은 이제 아예 까치들의 운동장이 됐습니다. 닭장에도, 개 밥그릇에도 까치들이 들락거리며 앗아먹기 일쑤입니다. 뒷밭에 심은 것들은 아예 놈들 차지라 토마토는 불그레 물이 들기 시작하면 어느 틈엔지 쪼아 먼저 시식을 합니다. 놈들은 흡사 '어디 뭘 묻나 두고 보자' '어디 뭐가 매달려 있나 보

자' 하고 잔뜩 노리고 있다가 맛이 배어들기 시작하면 달려들
어 여지없이 쪼아먹습니다.

씨를 묻을 때 아예 까치 용으로 몇 알 더 여투어 묻어두고
도 싹이 나고 나서 다시 한 번 살펴봐야 합니다. 그래야만 그
해 수확을 제대로 할 수 있게 됩니다. 비닐 조각을 씌운 막대
를 세우거나 허수아비를 세워보지만 놈들의 영악함을 당해낼
재간이 없습니다.

이제 싹이 나고 그 싹들이 우쭐우쭐 자라면 까치와의 머리
싸움은 끝이 나고 그 다음엔 풀과의 싸움이 시작됩니다. 시골
에서 제초제를 뿌리지 않고 살아간다는 건 보통 인내심 가지
고는 견디기 힘든 노릇입니다. 시골에 와서 살면서 자랑으로
내세울 것이 있다면 아직까지는 제초제를 쓰지 않고 낫 한 자
루로 버티어내고 있다는 점일 것입니다.

이제 낫질에도 이력이 붙었습니다. 사람은 환경에 적응하는
동물이라는 말이 맞는 말이긴 한가 봅니다. 남편 없는, 아빠
없는 환경에 적응하기까지 우리는 몇 년이라는 시간을 흘려보
내야 했습니다. 우리의 땅도 주인을 닮는지 시간이 흘러감에
따라 땅이 무엇을 요구하는지, 어디는 어떻게 손을 봐야 하는
지 땅을 대하는 요령이 생겨납니다. 손을 쓸 수 없을 정도로
풀이 무성한 곳에는 풀을 제압할 나무를 심고, 키가 큰 풀이
자람직한 곳에는 돌나물이나 클로버 잔디 같은 땅을 기는 풀
들을 심어두면 조금이나마 일손을 덜게 됩니다.

저 하늘 끝을 보아버린 것 같은 막막함이 졸음처럼 안개처
럼 밀려오면 호미를 들고 텃밭에 나가 김을 매고, 그러면 멧새

는 날아와 뒷동네 소식을 지껄이다 갑니다. 멧새 떠나는 소리에 풀숲을 헤치던 장끼 한 마리 소스라치게 놀라 깃털 하나 떨궈놓고 뒤쫓습니다. 장끼 떠나는 소리에 깜짝 놀라 벌떡 일어서며 허리를 폅니다.

햇살이 따가운 한낮, 시린 마음에 등줄기가 저려와 뜰앞 벌통 앞에 쪼그려앉아 해바라기를 하면, 벌들도 벌통에서 모두 쏟아져나와 해바라기를 하며, 원무를 춥니다. 한바탕 춤 속에 들어앉아 있노라면 몸은 어느새 훈훈해지고, 가라앉은 한낮의 적요……. 적요 그 한가운데 일렁이는 충만한 생명력이 모든 가라앉은 것들을 솟구치게 합니다. 죽음은 우리를 낯선 땅으로 내몰았습니다. 그러나 땅은, 자연은 우리를 깊이깊이 안아줍니다.

이제 밭을 갈지 않고도 씨를 뿌릴 수 있는 방법을, 지렁이가 어떻게 거름을 만들어내는지를, 그 거름을 만들어내는 방식대로 어떻게 몸 안의 막힌 것들을 뚫어 순환시키는지를 조금씩 깨달아가고 있습니다. 고구마 싹은 어떻게 묻고, 서리태는 언제 심는지를, 까치를 위해 옥수수 알은 어떻게 묻는지를. 후투티 새의 머리장식이 얼마나 귀티 나고 화려한지를, 장끼의 꼬리가 얼마나 긴지를…… 그리고 유리왕의 꾀꼬리가 왜 강화도 외딴집 감나무 가지에 날아왔는지를, 그 노랫소리가 얼마나 농염한지를…….

마른 잎 떨어진 자리에는 새싹이 왜 돋아나는지를…… 알게 되었습니다.

이제는 누군가를 기다리지 않습니다

박동은 선생님께.

집을 지으신다더니 얼마나 진척이 되었는지 궁금합니다. 시골에 내려가 사실 준비를 차근차근 하시는 것을 보면서 참 부끄러웠습니다. 많이 게으르고 많이 모자라는 저의 삶을 늘 깨우쳐주시는 선생님이 이번에도 저에게 일침을 가하십니다. 일을 하는 사람은 항상 젊다는 것을 모범적으로 보이고 계신 선생님의 열정에 다시 한 번 존경을 보냅니다.

많은 사람들이 저에게 용기 있는 결단을 했다고 말들 하지만, 저야 어쩔 수 없는 상황이어서 그랬던 것이고, 선생님이야말로 아무나 흉내낼 수 없는 결단을 하신 거지요. 평생 살아온 도시 생활을 정리하고 혼자 몸으로, 더구나 노년에 시골로 내려가서 농사를 짓겠다는 것은 아무나 할 수 있는 게 아니니까요.

올해도 옥수수를 많이 심었습니다. 옥수수가 여물 무렵 순애와 함께 한번 들러주세요. 시골로 내려가 사실 준비를 하고 계신 터이니 아마도 전과는 다른 눈으로 보시게 될 것입니다. 저도 이곳으로 이사오기 전 참고가 될 만한 곳을 찾아가 견문을 넓히기도 하고 책을 찾아 읽기도 했으니까요.

이곳에 살게 된 게 벌써 세 해로 접어들었습니다. 이제 농촌 아낙으로서의 생활에도 틀이 잡혀가고 있는지 마음에도 여유가 생깁니다. 저의 마음처럼 저희 집도 환하게 밝은 꽃동산이 되었습니다. 그리고 식구들도 많이 늘었습니다. 시시때때로 홰를 치며 울어젖히는 수탉은 고요하기만 하던 집에 사람 사는 풍경을 연출해내고, 암탉은 식탁에 오를 찬거리를 만들기 위해 부산히 먹이를 쪼아댑니다.

또 한 가지, 실패에 실패를 거듭했던 벌 키우기는 이제 요령을 익히게 되어 마침내 분봉하는 데 성공하여 벌통이 셋으로 늘었습니다. 두 번의 실패 끝에 얻어낸 결실이라 대견한 마음에 하루에도 수없이 벌통을 들여다봅니다. 여왕처럼 갑자기 많은 식구들을 거느리는 바람에 생활은 전보다 더 부산해 힘은 들어도 사람 사는 집 꼴을 갖춘 것 같아 마음이 한결 넉넉해집니다.

사람들이 보기에는 소꿉장난 같은 거겠지만 이제는 텃밭에서 나는 것들로 대부분을 자급자족합니다. 한창 자라는 아이에게 필요한 육류와 생선류, 우유 등을 제외하곤 거의 대부분을 밭에서 거둔 것들로 식탁을 차릴 수 있게끔 되었습니다.

시골에 살게 되면서부터 몇 가지의 원칙을 세웠지요. 먹는 것은 가능한 한 모두 생산해 자급자족한다, 제초제나 농약은 절대로 쓰지 않는다, 그리고 누구의 도움도 빌리지 않고 일한다 하는 것을요. 내가 먹을 것만이라도 자급자족할 수 있다면 경제에도 많은 보탬이 될 터이고, 적은 땅일망정 농약이나 제초제를 뿌려 땅을 오염시키는 일은 하지 말자는 생각이었습니다.

그리고 남편이 없는 여자라는 것 때문에 누군가는 뒤에서 수군거릴 것이고, 또 누군가는 네가 얼마나 버티는지 보자 하며 지켜볼 것입니다. 그 가운데 당당히 서기 위해서는 혼자 힘으로도 얼마든지 할 수 있다는 것을 보여줘야 합니다. 남편 없이 여자 혼자 살아간다는 건 우리 사회에선 분명 하나의 장애임에 틀림없기에 말입니다.

처음 이곳에 내려왔을 때를 생각하면 지금도 한숨이 나옵니다. 오랫동안 갈지 않은 밭은 잡초가 우거져 호랑이가 새끼를 치게 생겼고 하수가 흐르는 도랑은 뭉개져 아랫집 밭으로 흘러들고…… 이장에게 일할 사람을 부탁해보았지만 도대체 구할 수가 없었습니다. 나중에서야 알게 된 사실이지만 일할 사람들이 없는 것이 아니라 여자 혼자 사는 집에 가서 일하는 것을 꺼렸기 때문이었습니다. 혼자 사는 여자가 경원의 대상이라는 것을 알게 됐을 때의 참담함이라니! 기분이 더러웠지만 어쩔 수가 없었습니다.

"내일 모레면 손자 볼 나이라구!"

누구에겐지 모를 분노가 치밀어 소리질렀습니다. 그리고 다시는 부탁하지 않았습니다. '당신들의 집보다 더 아름답고 멋진 뜰을 가꿀 테니 기다려보시오. 당신네들보다 더 잘 지을 테니 두고보시오'라고 중얼거리며 땀인지 눈물인지 흙먼지인지

안경알이 부옇게 흐려 주저앉을 때까지 일하고 또 일합니다.

저의 시골 생활은 그렇게 시작되었습니다. 머리에 백발을 이고 왔다면 달라졌을까 하고 간간이 생각해보지만 글쎄요, 모를 일입니다.

궁하면 통한다는 말이 이런 경우를 두고 하는 말인가 봅니다. 서툰 삽질로 파고 어쩌고 할 게 아니라 전에 책에서 읽은 대로 쟁기질이 필요없는 농사를 짓기로 결심을 했습니다.

책에서 읽은 대로라면 호미와 낫 한 자루만으로도 얼마든지 농사가 가능한 것이고 저희 집은 그런 농사를 짓기에 좋은 조건입니다. 흙은 부드럽고, 산밑이라 가을이면 낙엽이 수북이 쌓입니다. 토일이 아버지와 함께 농사를 짓던 때부터 비료나 농약, 제초제를 전혀 쓰지 않아 땅힘이 살아 있어 밭 어디를 파헤쳐도 지렁이들이 득시글거리고 두더지들이 쑤시고 다닙니다. 밭은 갈아놓은 거나 마찬가지여서 굳이 갈지 않아도 될 터입니다.

'땅을 깊게 갈아야 수확이 잘된다는 잘못된 고정관념이 바뀌어야 기계와 화학약품에 의존하는 농사에서 탈피할 수 있다'는 말이 어쩌면 옳은 말인지도 모릅니다. 시골에 산다는 게, 농사를 짓는다는 게 풀과의 싸움이고, 벌레, 해충과의 싸움인데 풀이나 벌레들을 무조건 퇴치할 것이 아니라 '적과의 동침'을 모색하고 공존의 방법을 찾는 것이 최선의 농사법이라는 생각으로 풀 한 포기 함부로 버리지 않습니다.

자연의 순리대로 살자. 풀 때문에 신경을 곤두세우느니 차라리 내버려두자. 까짓거 풀이야 자라거라, 벌레야 잘들 놀거라, 두더지야 땅을 쑤시고 다니거라, 지렁이야 어서어서 크거

라. 풀이 자라는 것을 증오심(?)으로 바라볼 것이 아니라 마음껏 자라도록 내버려두었다가 낫으로 베어내 밭에 덮어두면 지렁이가 그 밑에서 놀며 먹을 것이고, 지렁이가 먹고 토해낸 것들은 아주 좋은 거름이 되므로 많은 비료를 할 필요가 없습니다. 가물도 덜 타게 되고요.

지렁이가 김을 매어주고 밭을 갈아주는데 힘들여 밭갈이를 하고 김을 맬 필요가 없다는 주장처럼 실제로 지렁이가 많은 밭은 그렇지 않은 밭보다 훨씬 부드러워 갈지 않고도 씨앗을 묻는 데 아무 지장이 없다는 걸 알았습니다. 뿌리를 뻗고 자라는 데도 물론이고요. 제초제를 뿌려 지렁이와 곤충들의 씨를 말리느니 밭을 지렁이와 초록빛 청개구리와 곤충들이 톡톡 뛰어노는 운동장으로 만들어놓는다면 훨씬 적은 노동력과 비용으로 농사를 지을 수 있겠다는 계산이 서더군요.

작년에 처음으로 고추를 심어보았습니다. 고랑에 제초제를 뿌려두지 않으니 비라도 한 번 내리면 풀들이 우쭉 자랍니다. 그래도 풀이 자라도록 한동안 내버려두다 장마 전에 한 번 베었습니다. 장마 후에 다시 한 번 베고 그 다음에 또 한 번 베는 것으로 고추밭 관리를 끝냈습니다. 물론 다른 사람이 보기엔 풀도 뽑지 않는 게으른 사람으로 보이겠지만 실상은 작물들이 병충해의 침해를 막을 수 있는 좋은 방어막이 되었지 않았나 하는 생각이 듭니다. 그래서 그런지 저희 밭에는 단 한 차례의 농약도 치지 않았습니다.

단 세 번의 풀베기로 다른 집들이 하는 몇 가지의 일을 대신한 폭입니다. 사람들은 고추에 농약을 치지 않았다고 하면 좀체로 믿으려 하지 않습니다. 고추농사는 농약이 없으면 못하는 것으로 알고 있고, 약을 치고 나서야 안심을 합니다.

이제는 두려워하지 않습니다. 누군가 깊은 밤 유리문을 깨고 쳐들어올까 싶어 꼬박 밤을 지새며 문을 노리고 앉아 있던 날들의 공포가 시간이 지나면서 서서히 가시었듯이 이제는 누구 밭 갈아줄 사람이 없을까, 누구 일할 사람이 오지는 않을까 기다리지 않습니다. 닭똥과 개똥을 모아뒀다 콩포기에 묻어두고 요강에 오줌을 받아 옛날 할머니들처럼 들깨밭에 훌훌 뿌려 가을 추수에 대비합니다. 뿌린 양만큼 거둘 수 있도록.

"이 순무, 내가 날마다 오줌을 줘서 키운 거야. 아주 맛이 달아."

저는 제가 키운 곡식이나 순무 따위를 나누며 짐짓 그렇게 말하곤 합니다. 그러면 '아이 더러워, 그런 말 하면 어떻게 먹어요' 하고 얼굴을 찡그리는 사람도 더러는 있습니다. '맞아. 사람이 자기 똥 오줌을 3년 못 먹으면 탈이 난다는데……' 하며 맞장구를 치거나 한술 더 뜨는 사람도 간혹 있기는 하지만 대부분의 사람들은 얼굴을 찡그리게 마련입니다.

우리는 예전 사람들이 하던 방식의 농사가 얼마나 값진 것이었는지를 알고는 있지만, 그것은 이미 호랑이 담배 먹던 시절에나 있었던 이야기입니다. 똥이나 오줌을 줘서 가꾼 것들을 먹느니 차라리 농약에 오염됐을망정 보기에 좋은 것들만 골라 먹어야 하는 습성에 길들여져 있습니다.

똥은 이제 농촌에서조차 쓸모없는 똥 취급을 받습니다. 똥이 똥으로 취급당하지 않아야 옛날 유기농이 살아나리라는 생각입니다. 물론 저희 집에서도 똥은 여전히 똥 취급을 당해 수세식 변기에서 씻겨져 나가지만 오줌은 요강에 받아져서 거름으로서의 구실을 톡톡히 하고 있지요.

밤이면 가끔 청개구리가 알루미늄 새시 문틈으로 해서 집안으로 기어들어 저희를 놀라게 할 때가 있습니다. 이제 청개구리를 잡는 것은 토일이의 몫입니다. 보기만 해도 도망을 치던 아이가 제 손으로 잡아 엄마를 골리기도 하고 장난도 칩니다.

밭에 배어 있던 화학제품의 독기가 빠져나간 그 자리에 지렁이와 곤충들이 들어와 살게 된 것처럼 아이에게서도 이제 도시물이 서서히 벗겨져 나가고 한 그루 나무처럼 싱싱하게 뿌리를 뻗으며 지렁이와 개구리를 장난감 삼아 놀 수 있게 되었습니다.

작년에 고추 수확은 괜찮았느냐고요? 물론입니다. 3백 포기의 고추 모를 심어 다른 집들이 대여섯 차례 농약을 칠 때 단한 차례의 농약도, 단한 번의 비료도 주지 않고 서리가 내릴 때까지 고추를 땄으니 그만하면 됐지요. 그 고추로 김장도 담그고 고추장도 담갔답니다. 여름에 오시면 갖은 야채를 모두어 그 고추장으로 썩썩 비벼보세요. 그때를 대비해 커다란 놋양푼도 마련해놓았답니다.

지렁이와 꿀벌―자연의 의사들

서홍관 선생님께.

　내 인제 일어나 가리, 이니스프리로 가리
　거기 외 엮어 진흙 바른 오막집 짓고
　아홉 이랑 콩을 심고, 꿀벌통 하나 두고
　벌들 잉잉대는 숲속에 홀로 살으리!

　작년인가, 누군가 저희 집을 다녀가고 나서 적어보낸 시의 일절입니다. 아마 저희 집이 섬에 있다는 게 그렇고, 거기에 벌들이 윙윙대며 들락거리는 꿀벌통이 있어서 그이에게는 사뭇 시적으로 느껴졌던 모양이었습니다. 자신이 좋아한다는 시에 빗대 저희 집을 다녀간 기억을 아름답게 장식하고 싶어 시를 적어보냈다는 마음이 고마워 벽에 붙여놓고 가끔씩 들여다보며 읽고는 했습니다.

　글쎄요, 예이츠가 읊은 이니스프리 섬이 실재했던 섬인지 어떤지는 모르지만 저희가 사는 이곳은 시에서 주는 섬의 이미지하고는 아주 많은 거리가 있는 섬이라고 할 수 있겠지요.

며칠 전에 전주에 사시는 형님으로부터 안부전화를 받고는 편지를 쓰고 싶었습니다. 이상하지요, 전화는 형님한테 받고 편지는 동생한테 하고 싶다니……. 그리고 무슨 할말이나 있는 사람처럼 허둥대다간 할말을 놓치고 나서 며칠을 전전긍긍하며 지냈습니다.

꼭 하고 싶은 말이 뭐였을까. 아, 그렇군요. 그의 건강을 염려하여 늘 약을 지어 보내주시곤 하던 형님 목소리를 듣고는 그분의 동생인 서 선생님을 떠올렸고, 얼마 전 작가회의 회보에서 읽었던 선생님의 글을 떠올렸나 봅니다.

그가 떠나고 얼마 후 그를 진찰했던 의사들이 괴로워했다는 이야기를 몇몇 사람들이 전해주었습니다. 그 소리를 듣고는 몸둘 바를 몰랐습니다. 현대의학의 한계에 어쩔 수 없이 굴복하고 죽음에 이르른 것을 그를 진찰했던 의사들이 자책하며 괴로워했다니 여간 송구하지 않았습니다. 솔직히 이야기하자면 처음엔 원망하는 마음도 있었지요. 첨단을 달리는 현대의학에 종사하는 이들이, 첨단기구를 가지고 겨우 죽기 한두 달 전에서야 병을 알아냈다는 걸 어떻게 납득할 수 있었겠어요.

아니에요, 할말은 이게 아니에요. 꿀벌에 대해 이야기하고 싶어 의사이자 시인인 선생님한테 어떻게 편지의 서두를 쓰나 하고 궁리하다 예이츠의 시를 인용했는데 이야기가 그만 옆길로 새고 말았습니다.

사실을 말하면 최근 꿀벌의 매력에 흠뻑 빠져 있습니다. 꿀벌통을 하나 뜰에 놓아두고 들여다보는 재미로 산답니다. 아침에 일어나면 밖으로 나와 맨 먼저 벌통 앞에 쭈그려앉아 벌들을 살피는 것으로 하루 일과를 시작합니다. 요즘같이 해가 일찍 뜨는 철이면 햇살이 퍼지기 전인데도 벌써 벌통 밖이 수선스럽고, 부지런을 떠는 놈들은 꽃가루를 잔뜩 묻혀 들이기도 합니다.

벌통 주변에는 수명이 다해가는 벌들이 몸뚱이를 버둥거리며 죽어가는 게 눈에 띕니다. 그중 몇 놈을 집어들어 습진으로 살갗이 벗겨진 발가락에 갖다댑니다. 그러면 놈은 죽어가면서도 안간힘을 다해 침을 쏘아댑니다. 수명이 다해 죽어가고 있으면서도 독침을 쏘는 것은 자신을 지키기 위해서입니다. 독침을 쏘면 그 자신은 죽어버리지만 독침을 쏨으로 해서 발가락 습진을 고치고 있는 것입니다.

이곳으로 내려오기까지 결단을 하기가 쉽지 않았습니다. 말은 제주로 보내고 자식을 낳으면 서울로 보내라고 했는데 아이를 촌구석으로 끌고가도 될까, 시골에서 자란 아이가 훗날 겪을 문화적인 소외는……. 그리고 아이가 갑자기 병이라도 난다면……. 시골에 가서는 안 될 이유들이 열 손가락이 모자랄 정도로 꼽아졌습니다.

그러나 시골에서라면 굳이 아이를 떼어놓으면서까지 직장에 다니지 않아도 되겠다는 경제적인 문제와, 아이 마음에 새겨진 상처를 치유하는 데는 자연의 친구들인 새들과 벌레, 바람이, 넓은 들판이 더 잘 아물게 할 수 있을 거라는 단 두 가지 이유가 시골행을 결심하게 했습니다.

시골행을 결심하게 된 데에는 꿀벌도 일조를 했습니다. 한

마음에 새겨진 상처를 치유하는 데는 자연의 친구들인 새들과
벌레, 바람이, 넓은 들판이 더 좋은 의사가 될 것이라고 생각
했습니다.

동안 벌침을 맞아보고 내린 결론은 벌을 키울 수만 있다면 벌들로부터 건강에 대한 많은 도움을 받을 수 있으리라는 것이었습니다. 저희의 이삿짐에는 하얀 강아지 한 마리와 벌 두 통이 함께했습니다. 강아지는 토일이의 외로움을 덜어줄 새 식구였고, 벌은 저희의 건강을 지켜주는 파수꾼이랄까, 보험 카드라 할까, 그 비슷한 거였습니다.

아빠가 세상을 떠난 후 아이는 짜증과 울음으로 다섯 살 어여쁜 봄날을 보내고 있었습니다. 그 와중에 다리까지 심하게 다쳐 병원치료를 해야 했는데, 등에 업혀 병원 문을 들어설 때마다 엄마하고 영영 헤어지는 것은 아닐까, 죽는 것은 아닐까 하는 공포감에 바들바들 떨며 몸부림을 쳐댔습니다. 그때 토일이를 공포감에서 해방시켜준 것이 바로 꿀벌이었습니다. 서지도 걷지도 못하고 엉덩이로 뭉기적거리거나 깨금발로 뛰거나 업혀다닐 지경의 심한 발목 부상이 단 세 번의 벌침 시술로 말짱하게 나았으니까요.

아이의 발목 치료 후 한동안 벌침을 맞으러 다녔습니다. 특별히 어디가 아프다기보다 현대 의학의 한계선에서 절망을 맛본 사람 특유의 생에 대한 또 다른 집착이겠지요.

현대의학이 손을 놓아버린 남편의 죽음. 그는 가고 없지만 이제까지 전혀 접해보지 않던 색다른 치료법을 만나게 되자 죽은 사람을 살릴 수 있기라도 할 것처럼 가벼운 흥분이 일었습니다. 벌이 단내에 이끌려 꽃으로 날아가듯 벌침에 매혹돼 침술사에게로 달려가 뭔가를 확인해보고 싶은 간절한 심정은 벌에 쏘이는 순간의 통증조차 잊게 했습니다.

그가 선생님께 진찰을 받았던 게 93년 3월이었고, 그 전 해인 92년에도 고려병원 내과에서 소화가 안 돼 진찰을 받아보았지요. 훗날 알았지만 그 이전, 민주화 운동을 하던 김병곤 씨와 조영래 변호사가 암으로 세상을 뜬 지 얼마 지나지 않던 때 광주의 조 선생님께 암에 대한 검진을 받았다더군요.

암덩어리가 형체를 드러낸 93년 11월까지 초음파 등 첨단 기기들은 그의 몸에서 자라고 있던 암덩어리를 결국 찾아내지 못했습니다. 그이는 제대로 먹지도 못하고, 대소변을 시원스레 보지 못한 상태에서 애꿎은 소화제만 삼켰지요.

저희는 결국 막힌 하수구를 뚫어내듯 배설을 시원케 할 방법을 찾다 3일 동안 단식을 했고, 그 단식으로도 시원히 배설을 할 수 없어 책에 쓰여 있는 대로 배 위에 오래된 된장을 얹어놓는 된장 찜질을 하게 되었습니다. 아주 원시적인 방법이라 할 두 번의 된장찜질. 그렇게 해서 그는 막힌 하수구가 뚫리듯 시원스런 배설을 하게 되었고 얼굴엔 상쾌한 미소를 띠었습니다.

그런데 과학과는 거리가 먼 듯한 민간요법으로, 너무나 원시적인 방법인 된장찜질로 내장기관에 쌓여 있던 것들을 쏟아내고 나서 내려진 결론이 암이라니! 첨단장비 스크린 앞에 누웠던 것이 바로 한 달 전인데, '가벼운 위염'이라던 진단을 받은 것이 불과 한 달 전인데 체장암 말기라니! 그리고 석 달 후, 그는 떠났습니다.

얼마 전에는 미국에서 암 치료에 획기적인 약제를 발견했다고 떠들썩했습니다. 그 직후 우리나라에서도 미국에서 만들어낸 치료제보다 훨씬 강력한 효능의 약품을 만들어냈다는 보도를 했지요. 한 번 물리면 죽기까지 하는 치명적인 독을 갖고 있는 살무사의 독에서 추출해 '살모신'이라 이름 붙였다는 새로운 암 치료제.

그 보도를 보면서 '독이 독을 친다'는 민간 치료법을 생각했습니다. 죽음의 병인 암 치료제를 개발해낸 그 의학자는 어쩌면 저희 조상들이 써오던 비술에서 착안하여 그 약을 만들게 되었을지 모릅니다. 발길로 차내버린 전래의 치료술을 귀하게 여기고 받아들여 과학의 힘을 보태 획기적인 치료제를 개발해낸 의학자의 겸손과 과학정신을 보며 슬며시 이는 아픔을 지그시 눌렀습니다.

민간의학이나 자연치료를 비하하는 서양의술의 잣대로는 도달할 수 없는 발상의 전환이고 저 높은 첨단장비 위에 군림하는 서양의술의 오만으로는 깨칠 수 없는 편작의 경지가 난치병을 고칠 약제를 만들어내게 하는 것이 아닐까 하고 생각해 보았습니다.

'독이 독을 친다'는 말이 벌침을 맞을 때부터 머릿속을 뱅뱅돌며 저를 괴롭혔습니다. 할 수 있는, 해볼 수 있는 또 하나의 방법을 놓쳤구나 하는 아쉬움으로 한없이 쓰라렸던 그때의 기억이 되살아납니다.

그의 병중에 읽은 암에 관한 책 중에서 '암세포는 열에 약하다'라는 내용이 벌에 쏘이고 나면 항상 떠올랐습니다. 돌이킬 수 없는 회한을 불러일으키는 기억이었지만 어쨌든 벌에 쏘였을 때의 얼얼하고 뜨거운 기운이 어쩜 미국의 자연요법 의사들이 암환자에게 실시한다는 그 '열요법'과 비슷한 효과를 나타내는 것은 아닐까 하고 생각했습니다. 벌에 쏘일 때의 따끔한 기운과, 쏘이고 나서 벌겋게 부어오르는 피부……. 암 환자가 받게 되는 방사선 치료가 암세포를 방사선 열로 지지는 것이라면, 벌독이 일으키는 뜨거운 기운으로 암세포를 지져버릴 수 있지 않을까?

사람의 목숨을 빼앗기도 하는 벌의 독, 그리고 물렸다 하면 단숨에 목숨이 끊어지기도 하는 살무사의 치명적인 독, 그리고 독을 독으로 친다는 민간에서 전래되어 오는 비술.

그는 말기암 환자가 겪게 마련인 심한 통증에 시달렸습니다. 그 통증은 알약으로도, 주사약으로도 멈추게 할 수 없었습니다. 그는 통증으로 꼬박 날밤을 새기 일쑤였고 통증은 시간이 갈수록 그 정도가 깊어졌습니다. 보이지 않는 손의 채찍으로 그의 온몸은 찢겨나가고 그의 얼굴은 일그러질 대로 일그러졌습니다. 도리가 없었습니다. 그의 통증은 숨을 막히게 했습니다.

낮에는 알약을 삼키며 '약을 먹었으니 곧 괜찮아지겠지' '주사를 맞았으니 다시 나아지겠지' 하며 고통의 순간 순간을 견뎌내었습니다. 그러나 알약으로도 주사로도 고통을 잠재울 수는 없었습니다. 그러면 저희는 고통을 잠재울 마지막 수단으로 쑥뜸을 떴습니다. 알코올 냄새가 배어 있는 병원에서 간호사 몰래, 의사 몰래 쑥을 태운다는 것은 통증을 견디는 것보다 쉬운 일이 아니었습니다. 나중에는 간호사와 의사의 허락을 얻어 할 수 있었지만 낮에는 다른 환자를 생각해서도 해서는 안 되었습니다.

밤마다 행해지는 쑥뜸. 무슨 의식을 치르듯 마음을 가다듬고 몰래몰래 뜸을 떴습니다. 쑥이 태워지는 정도에 따라 그의 통증도 서서히 가라앉고 그는 숨을 내쉬며 그 사이 사이 깊은 잠이 들었습니다.

그의 통증을 가라앉히던 또 다른 방법인 지렁이 찜질……. 그것 역시 통증을 가라앉히는 데는 탁월한 효능을 보였습니다. 뜸을 뜨거나 찜질을 하고 나서 잠깐이지만 격심한 노동에서 풀려난 사람처럼 고통 없이 편안한 얼굴로 휴식을 취하던 그. 지금도 쑥과 지렁이의 고마움을 잊을 수가 없습니다.

자연의 의사들인 지렁이와 벌, 쑥, 그리고 된장, 언젠가 암 치료사로 등장할지도 모를 살무사까지……. 이런 자연의 치료사들이 자신의 몸 안에 감추고 있는 생명의 비의를 캐내는 작업을 현대의학이 수행해낸다면 질병과 죽음의 공포에서 조금은 비켜서게 되지 않을까, 그런 생각을 해봅니다.

미친 바람의 세월

　금지에게.

　거센 바람에 쫓기듯 집 안에 웅크리고 있다 전화를 했습니
다. 어머니가 받으시더군요. 바빠서 전화도 못하고 떠나게 되
었다고 말씀해주시더군요. 어머니께는 잘된 일이라고 말했지
만, 내심 얼마나 섭섭하고 허전하던지 전화를 끊고 나서 한참
을 막막한 심정이 되어 가만히 앉아 있었습니다.

　그래, 결국 다시 떠나야 했구나. 이제는 다시 돌아온다는 기
약도 하지 못하고 떠나야 했을 테니 비행기에 오르는 발걸음
은 무거웠겠지.

　이곳은 이제 본격적인 장마철로 접어들었습니다. 오늘은 아
침부터 내내 바람이 무섭게 불고 있습니다. 세차게 휘몰아쳐
오는 바람 때문에 나무들이 미친년 치맛자락처럼 출렁이며 뒤
채고 있습니다. 저렇듯 미친 듯이 마구 갈기를 날리며 불어대
는 바람을 보면 늘 어릴 적 보았던 미친 여자의 치맛자락을
연상하게 됩니다. 무슨 글에선가 오늘처럼 마구 불어대는 바

람을 미친년의 치맛자락 같다고 썼더니 왜 하필 그런 표현을 썼느냐고 누군가가 묻더군요.

미친년의 치맛자락 같은 바람. 글쎄, 무슨 의미가 있었다기보다는 그냥 그렇게 느껴졌을 뿐이었지요. 지금도 쉴새없이 불어대는 바람이 나뭇가지들을 비틀며 잎사귀들을 짓이기는 것을 보면 여전히 그런 말로밖에는 표현할 수가 없습니다. 아마도 내 마음 어느 한 자락에는 무언가에 미치고 싶은 강렬한 욕구가 있었는지도 모르지요. 바람처럼 매이지 않고 내키는 대로 떠다닐 수 있는 무한한 자유를 갈망하는 그런 욕구가.

바람을 가득 안고 찢기듯 뒤채는 나무들을 보며 흔들리는 모든 것들을 생각했습니다. 그리고 바람처럼 다가왔다 바람처럼 떠나간 사람들을. 미친 세월 탓이었을까?

지금 태풍을 예감케 하는 바람이 무서운 기세로 몰아치고 있습니다. 누군가의 거대한 손이 거대한 붓으로 먹물을 듬뿍 찍어 거대한 조선 종이에 좌악 좍 먹물을 뿌리며 수묵화를 그리는 것 같은 하늘. 그 시커먼 하늘과 땅 사이로 역시 비를 잔뜩 머금은 바람이 낮고 무겁게 불고 있습니다, 하루 원종일. 기상대의 발표대로라면 '서해안에 3~4미터 높이의 파도를 일으키는 바람'이라고 하는데 온통 나무로 둘러싸인 우리 집은 그야말로 폭풍의 바다 한가운데에 떠 있는 섬 같습니다.

미국에선 광대한 대륙을 휘몰아쳐오며 집을 날려버리고 다리를 부수며 나무들을 뽑아버리는 토네이도를 관광거리로 삼는다지요. 토네이도가 부는 지역에 사람들이 모인다는 뉴스를 본 적이 있습니다. 위험을 무릅쓰고 부시무시한 폭풍을 구경하러 몰려드는 사람들의 심정을 이해할 수 있을 것 같습니다.

온종일 바람을 맞으며 잔디를 심었습니다. 아무리 풀을 뽑고 또 뽑아도 당해낼 재간이 없어 할 수 없이 이번엔 잔디를 심어볼 양으로 그저께 잔디 열 평을 주문해다 놓고는 어제 오늘 꼬박 이틀을 심고 있는 거였습니다. 비가 내린 뒤라 땅을 파기도 쉽고 심은 뒤에 물을 줄 필요가 없는 장마철에 심는 게 수월할 것 같아 주문해다 놓고 틈나는 대로 심으려고 했는데 그냥 두자니 더위에 잔디가 뜰 것 같고, 미처 손길이 닿지 못한 곳에 있는 풀들은 장마가 끝나면 사람 키를 넘을 것 같아 내친 김에 일을 시작했는데 생각보다 쉬운 일이 아니었습니다.

누구에게서 배운 적도 없고 본 적도 없지만 내 나름으로 이렇게 하면 풀이 덜 나겠지, 이것을 심으면 손이 덜 가겠지 하고 꽃이 피는 다년생초와 나무들을 적당히 섞어 심었는데 하여튼 꽃힐 만한 곳이면 어디든지 날아와 꽃히며 싹을 틔우는 풀 때문에 심고 옮기고 또 파내는 일을 3년이 다 되도록 반복하고 있습니다.

"나는야, 하느님하고 이야기하고 하느님한테 의지하고 살지만 여기서 누구하고 이야기하고 누구하고 노노? 일만 하나?"

지난 봄 우리 집에 왔던 금지는 하루 온종일을 있어봐도 신문을 배달해주기 위해 들르는 우체부 외에는 아무도 만날 수 없는 시골생활이 따분하지 않느냐고 물었지요.

그래, 가끔은 아이가 없었다면 내 생활이 어땠을까 하고 생각해볼 때가 있습니다. 아이와 함께 아우성을 치다가 아이가 학교에 가고 나면 갑자기 할 일이 없는 사람처럼 허둥대기 일쑤고, 가끔은 할 일을 잊고 멍하니 있기도 합니다. 아니, 가끔은 할 일을 미뤄두고 오롯이 혼자만의 시간을 즐기며 커피를 마시기도 하지만 실은 아이가 학교에 가고 나면 더 바쁘게 아침을 보내게 됩니다.

닭과 강아지 먹이를 주고 며칠에 한 번씩이지만 벌통을 내검하고 아래 위 밭을 돌아보다 보면 오전 시간이 후딱 지나가 버리기 일쑤입니다.

"오늘은 벌통을 보았는데 새로 나온 여왕이 드디어 알을 많이 까놨더라……."

"오늘은 오이 넝쿨이 올라갈 막대를 꽂았거든……."

"오늘은 잔디를 심었거든……."

아이가 돌아오면 입은 부지런히 하루 중 있었던 일을 지껄이곤 하지요.

요즘 들어 아이는 부쩍 엄마의 흰머리칼을 들썩이며 뽑아내다간 제풀에 지쳐 흩뜨려놓고는 터무니없이 허옇게 세어버린 머리를 보며 말합니다.

"엄마는 왜 이렇게 머리가 하얗게 셌어? 염색하란 말예요."

"엄마는 왜 늦게 결혼했어? 엄마가 일찍 결혼했으면 내가 수정이 누나 오빠가 됐을 텐데……. 외삼촌이 엄마 동생이니까 누나가 나보고 오빠라고 해야 돼! 그치?"

아이 나름으로 이상하게 생각되는 것을 불쑥불쑥 말하면 뭐라고 딱히 해줄 말이 없어 그냥 피식 웃어주고 맙니다. 어느새 백발이 성성한 나이가 되어가고 있다는 걸 믿을 수가 없습니다. 조바심치던 젊은 시절은 어디에 숨었는지…….

오늘은 미친 듯이 불어젖히는 바람 속에서 잔디를 심으며 지나온 숱한 시간들의 마디마디를 생각했습니다. 내 삶의 출발점이었던 50년과 아이가 태어났던 90년을……, 우리의 젊음을 저당잡고 독하게 내몰아치던 70년대와 80년대의 어둡고 스산하던 시간들…… 미친 바람 같던 세월을……, 그리고 펑크난 타이어처럼 쭈그러져 아예 굴러가기를 멈춘 듯한 90년대의 끝자락에 선 우리라는 공동체.

특별히 뭔가가 되어보고 싶다는 생각을 하지는 않았습니다. 초등학교 시절에는 잠깐 역사가가 되어보고 싶다고 했고, 대학시절엔 소설가가 되고 싶다고 생각했을 뿐인데, 지금 생각해보면 그런 생각들이 내가 헤쳐나가야 할 소용돌이의 단초가 되었던 것 같습니다.

역사에 대한 무관심은, 사회에 대한 무관심은 죄악이라고 생각하며 무언가에 저항하지 않는 삶은 무의미하다고 생각했지요. 그때 경제가 얼마만큼 발전했니 어쨌니 하지만 누가 뭐래도 그 시대는 암울한 시대였고 저항의 시대였지요. 조그만 읍내 여학교 교사 생활이 무의미한 것만은 아니었지만, 교사를 정권의 말단 하수인으로 전락시켜놓고 유신의 당위성을 가르치라는 강요를 견뎌낸다는 것이 쉬운 일만은 아니었습니다.

주변에서 자신의 모든 것을 버리고 불섶으로 뛰어드는 사람들이 늘어나는 것을 보면서 공연히 어깨가 무거웠지요. 탄압이 거세어지면 거세어질수록 가슴을 누르는 돌덩이에 가위 눌려 온전한 삶을 살 수가 없었습니다. 경제는 발전했다지만, 모든 사람들은 가위 눌린 삶을 살아야 했습니다.

편안한 잠을 자고, 편안히 밥을 떠먹는다는 것이 부담스러

이승에서의 삶을 급히 마감하고 저 세상으로 옮겨간 아이 아빠가 살아온 세
월을 바람 속에서 내내 생각했습니다(토일이가 그린 엄마와 자신과 액자 속
의 그림으로 남은 아빠의 모습).

운 사회……　그런 사회는 분명 문제가 있는 사회임에는 틀림
없습니다. 아이들을 가르친다는 게 뭔가 속임수를 부리고 있
는 듯하고, 떳떳치 못한 어떤 부끄러움을 늘 앙금처럼 가슴 한
구석에 안고 있어서 아이들을 온전히 가르칠 수가 없었던 것
이었습니다.

　그때 이후로 한 번도 무엇이 되고 싶다거나 무엇을 소유하
고 싶다는 욕망을 가져보지 않았습니다. 운이 좋았던지, 아니
면 대학을 나왔다는 것이 이 사회에서는 일종의 기득권자가
된 것인지 나 자신 늘 많은 것을 가졌다고 생각했습니다. 착각
인지는 모르지만 말입니다. 많은 것을 가지면 가질수록 어깨
가 무겁고 죄스러운 게 우리의 70년대와 80년대였지요.

　아이에게 아빠가 감옥생활을 오래 해서 병이 들어 일찍 돌
아가시게 된 거라고 말해줬더니 아이가 묻더군요.

　"감옥은 나쁜 놈들을 가두는 곳이긴 하지만, 아빠 같은 사람
도 가두니까 어쨌든 감옥은 나쁜 곳이야, 그치?"

　그래, 아이의 말이 옳았습니다. 아이는 물론 제 아빠가 '나
쁜 놈'과는 다른 사람이라는 것을 알고 있기는 하지만 아빠가
감옥에서 병을 얻어 돌아가시게 되었다는 것이 많은 혼란을
주고 있는 것 또한 사실입니다. 아이가 또 물었습니다.

　"그럼 엄마도 감옥 갔다왔어요?"

　나는 그냥 웃고 말았지요. 그 시대, 그 미친 바람 같은 시대
를 뭐라고 설명해줄 수가 있을까요.

　아이는 곧잘 엄마는 몇 살이냐고 물을 때가 많습니다. 그러
면 너와 같은 나이라고 말해주지요. 일곱 살 때도, 여덟 살 때

도, 그리고 아홉 살 때에도 그렇게 물어왔습니다. 40년을 건너 뛴 모자지간의 세대차를 좁히는 것이 남은 내 화두이긴 하지만, 아이가 물어올 때마다 명쾌하게 대답해주지 못하고 늘 쩔쩔매고는 하지요.

아이의 질문은 음흉하게도 엄마의 나이를 묻는 단순한 질문이 아니라 자신이 하고 싶은 많은 말들을 감추기 위한 아이 나름의 연막이라는 걸 어느 순간 알기 때문에 '몇 살' 하고 쉽게 말하지 못하는 겁니다. 다른 아이들의 엄마처럼 엄마는 왜 젊지 않느냐는 것을 아이는 늘 그렇게 물었지요.

다른 아이 엄마보다 날씬하지 않은 엄마, 흰머리가 많고 행동이 둔해 왠지 늙어 보이는 엄마……. 인정하지 않으려야 않을 수 없는 모든 것을 담아 아이는 '엄마는 왜 이렇게 뚱뚱해?' '엄마는 왜 이렇게 흰머리가 많아?' 하고 묻습니다. 장난기 섞인 말에 자신의 진심을 내비치며 엄마를 슬쩍슬쩍 골려먹곤 하지요.

풀과 꽃나무들을 뽑아내고, 우쭉 키가 자란 국화들을 다른 곳으로 옮기고 잔디로 바꿔 심는 일을 하면서 우리네 인간의 삶도 이처럼 누군가의 손에 의해 다른 세계로 옮겨 심어지는 것은 아닐까 하고 생각했습니다.

미국에서 고국으로 돌아와 뿌리를 내리고 싶어했지만 목회자 세계에서조차도 여자를 받아주지 않으려는 이 척박한 땅에서 2년이 넘게 일자리를 찾아 헤매다 다시 예전의 일터인 미국으로 되돌아갈 수밖에 없는 친구와, 이승에서 삶을 급히 마감하고 저세상으로 옮겨간 아이 아빠가 살아온 세월을 바람

속에서 내내 생각했습니다.

먼 이국을 떠돌다 박토이지만 이 땅에 뿌리를 박으러 왔다가 쫓기듯 다시 미국으로 되돌아갈 수밖에 없었던 친구와, 경우는 다르지만 오직 불의에 항거하기 위해 세상에 나온 사람처럼 상처투성이의 삶을 살다 떠나간 아이 아빠. 두 사람의 떠남이 무지막지한 힘으로 몰아치는 바람 속에 생생하게 살아나 아프게 하고 있습니다. 어쨌든 떠난다는 것은 쓸쓸하고 허전한 일입니다.

풀 뽑은 자리에 잔디를 심고 또 심었습니다. 머리칼을 마구 헝클어뜨리고 몸을 쓰러뜨릴 듯 거칠게 불어대고 있는 이 바람이 상처에 바르는 연고처럼 차라리 쓰린 마음을 조금씩 아물게 하는 것 같았습니다. 한결 후련해진 가슴엔 아무것도 남아 있지 않았습니다.

오늘밤이나 내일 폭우가 쏟아질 거라고 기상대가 예보를 하고 있습니다. 시커먼 구름들이 점령군처럼 하늘을 뒤덮어버리고 있습니다. 얼마나 많은 비가 쏟아질지…… 미친 바람은 또 무엇을 날려버리려는지…….

추신 : 봄에 왔을 때 심은 쥐똥나무와 측백나무도 잘 자라고 있습니다.

두려움의 실체는 무엇입니까

어젯밤에는 굉장한 폭우가 쏟아졌습니다. 어디서 몰려든 것인지 아침부터 검은 구름들이 꾸역꾸역 몰려들더니 밤 어느쯤부터인지 비가 쏟아지기 시작하는 것이었습니다. 물통에 담은 물을 쏟아붓듯이 퍼붓는 비에 아이가 질렸는지

"엄마 무서워."

하고 이불을 폭 뒤집어쓰고 달려듭니다.

"까짓거 사내대장부가 뭐가 무섭다고 그러니? 엄만 하나도 안 무섭다."

큰소리를 치며 등을 쓸어주었더니 아이는 금세 잠이 들어버렸습니다.

아이가 잠들고 나니 빗소리는 더 거세어진 것 같았습니다. 다행히 천둥 번개가 치지는 않았지만 깜깜한 밤에 듣는 빗소리는 음산하고 귀기 서린 소리 같아 정말 싫을 때가 많습니다.

두렵다는 감정도 일종의 자기 최면이라는 걸 알았습니다. 처음 이곳에 왔을 때 실은 밤마다 두려움에 잠을 잘 수가 없

었지요. 어둠이 주는 공포, 그 공포는 정말 어찌할 수가 없었습니다. 어둡기 전에 미리미리 문을 꼭꼭 걸어잠궈도 누군가가 벌컥 열어젖히며 들어설 것만 같은 착각으로 눈을 감을 수가 없었지요.

도시에서와 달리 밖은 또 얼마나 깜깜하던지…… . 늘 부옇게 뜬 도시의 밤하늘만을 보다 깜깜절벽 같은 밤과 대면했을 때의 절망감, 두려움…… . 어두워지고 나선 한 발짝도 문 밖을 나설 수가 없었습니다, 일년이 넘도록. 문을 잠그고도 아이에게 확인시키고, 그러고 나서 자기 전에 또 한 번 살펴보고 나서야 잠자리에 들 수가 있었고 술을 마시지 않으면 잠을 들 수가 없었습니다.

뜬 눈으로 밤을 지새우다시피 하고 아침에 일어나 내가 밤새 두려워했던 실체가 도대체 뭐였을까 하고 밖으로 나와 주변을 둘러보면 어제도 있었고 그제도 있었던 그 나무 그 물건들인데 그렇게 두려워했던 것이었습니다. 이제까지 한 번도 이곳에 와서 무서워했다는 것을 말하지 않았지요. 누군에겐가 이곳에 사는 것이 무섭다고 발설을 하면 금방이라도 그 두려움의 실체가 달려들 것만 같아 이를 악물고 '무서운 것은 없어, 무섭긴 뭐가 무서워' 하고 수없이 중얼거리며 무서움을 이겨냈습니다.

끊임없이 자신과 아이에게 최면을 걸었습니다. 그리고 내가 무섭다고 말하길 기다리며 '밤에 무섭지 않아?' 하고 묻는 사람들에게도 늘 그렇게 말했습니다. 어느 틈엔지 그 무섬증과 공포가 서서히 사라지는 것 같았습니다.

혼자 지키며 듣는 밤 비 내리는 소리, 그 소리는 정말 그악스럽게도 공포감을 강요하고 있습니다. 라이터와 초를 챙겨놓고 텔레비전을 크게 틀고 시선을 온통 거기에 쏠리도록 했지만 빗소리는 신경줄 마디마디 파고들며 나를 일깨워놓는 것입니다.

노아의 홍수가 이런 비였을까. 집을 떠내려보낼 듯이 비는 여전히 멈출 줄을 모르고 줄기차게 쏟아져 내리는데 물은 잘 빠져나갈 수가 있을까, 올라오는 언덕받이로 물이 흐르지 않도록 물길을 해놨는데 이렇게 엄청난 비가 쏟아지고 있으니 길은 또 엉망으로 파여나가겠지. 산에서 쏟아져내려오는 물길을 아까 밝을 때 제대로 뚫어놓지 않았으니 마당으로 물이 넘쳐나는 것은 아닐까.

금지, 당신의 하느님께 빌어줘요. 노아의 홍수처럼 우리 집을 물로 넘치지 않도록 해주시라고……

도저히 그대로 있을 수가 없어 집안의 전등이란 전등은 다 켜놓고, 바깥의 것들도 다 켜놓고는 현관문을 열고 밖으로 나갔습니다. 밖은 그야말로 칠흑의 밤인데 빗소리가 온 천지를 자욱하게 메웠습니다.

우산을 펼쳐들고 현관 문을 조금 나서 산에서 내려오는 물이 흐르도록 만들어진 수로가 있는 왼쪽 수돗가로 나갔지요. 아직 물이 넘치는 것 같지는 않았지만 물이 빠지지 않고 있는 것을 보니 이대로 가다가는 분명 마당에까지 물이 넘칠 게 분명해. 물이 넘치면 아랫집 밭으로 쏠려버릴 텐데 어쩌지……. 창고에도 물이 넘쳐 흘러들겠지.

지붕에서 쏟아져내린 물과 마당에 퍼부어진 빗물이 모아져

길 복판으로 콸콸 쏟아져내리는 것을 바라보다 비와 어둠에
쫓겨 안으로 들어왔습니다. 텔레비전도 끝났는지 화면엔 수없
는 별이 지지직 하고 반짝거리고 있었습니다.

아이가 자기 전에 말했어요.

"엄마, 무서우면 관셈보살 해요."

그래, 그가 가고 난 뒤 우리는 부처님과 관세음보살님에게
더 가까워졌지요. 우리는 곧잘 무릎을 꿇고 합장하여 관세음
보살을 부르며 잠을 청하곤 했습니다. 그런데 이제 조금씩 부
처님도 관세음보살님도 잊어가고 있는데 오늘은 아이 말처럼
관세음보살님께 잠을 자게 해달라고 빌어야 할까 봅니다.

금지, 난 하느님의 사도인 목사를 친구로 둔 것이 얼마나 좋
은지 모르겠습니다. 두렵고 어려울 때, 내 마음에 있는 부처님
의 힘으로도 두려움이 가시지 않고 힘에 부칠 때 목사 친구를
통해 친구의 하느님께도 도움을 청할 수 있으니…….

하여튼 밤새도록 비는 줄기차게 내렸습니다. 아침이 되어서
도 비는 여전히 내리고 있었습니다. 예상했던 대로 산에서 흘
러내린 물은 마당을 휩쓸고 지나갔지요. 물 쓸린 자국이 여기
저기 드러났고 창고엔 물이 그득 차 있었습니다. 수로는 산과
밭에서 흘러내린 토사물로 꽉 막혀 있었고. 이리 될 줄 알고는
있었지만 막상 닥치고 보니 어찌할 바를 모르고 눈물이 마구
쏟아져내렸습니다. 길 아래쪽도 엉망이고 짐작하던 대로 마당
을 훑어내린 물이 아랫집 밭을 휩쓸어내렸고 움푹 파여나간
길로는 차도 다닐 수가 없었습니다.

시골에 산다는 게 이런 거라는 걸 예상치 못했던가. 아닙니

다, 알고는 있었으면서도 막상 닥치고 보니 그저 당황하게 되고 누구에겐가 모르게 막 화가 났습니다. 누구에게랄 것 없이 욕을 해댔습니다.

'못된 인간, 약아빠졌어. 그래 자기 혼자 편하려고 먼저 가버렸냐? 못된 인간, 약아빠진 인간……'

한참을 씩씩거리며 욕을 하고 나면 화가 좀 풀리는 것 같아 누가 듣거나 말거나 혼자 중얼중얼거렸습니다.

'실수였어. 빗물이 빠져나갈 곳을 만들어놓지 못한 것과 관을 묻어놓고는 낙엽이 쓸려 들어가지 못하도록 철망을 쳐놓은 게 결국 토사물을 쌓아놓게 만들었고 마당으로 창고로 남의 밭으로 물이 넘치게 하고 말았어.'

어제 저녁 그 철망을 치우려고 끙끙대다가 설마 넘치랴 하고 그냥 뒀던 게 화근이었습니다.

아이를 학교에 보내고 나서 삽을 들고 아직도 산에서 물이 콸콸거리며 쏟아져 내리는 뒤편으로 가서 막고 있던 낙엽과 나뭇가지들, 뒤엉킨 풀을 치우고 관을 막았던 철망을 걷어내었습니다. 그리곤 쌓여 있던 모래더미를 삽으로 퍼내고 나니 고여 있던 것들이 일시에 쓸려 떠내려갔습니다.

다음엔 빗물이 흘러갈 구멍을 뚫을 차례입니다. 물길을 잘 낸답시고 커다란 ㄷ자 관을 묻은 게 오히려 물이 흘러갈 길을 막은 꼴이 돼 며칠 전에도 토일이와 함께 끙끙대며 두터운 시멘트 관에 구멍을 뚫으려다 말았습니다. 그런데 그것을 뚫어놓지 않은 탓으로 빗물이 고스란히 마당으로 흘러내려 마당을 망쳐놓게 되었던 것이었습니다. 그걸 뚫어놔야 합니다.

비는 여전히 내리고 있었습니다. 토일이의 비옷을 입고 곡괭이를 들고 10센티미터 남짓 되는 두께의 그 시멘트 덩어리를 깨기 시작했습니다. 곡괭이가 힘에 부치면 망치로 두드리고, 가벼운 망치질에 다시 팔에 힘이 돌아오면 곡괭이로 바꿔 들어가며 조금씩 조금씩 깨나가기 시작했습니다.

옛날에는 부실한 것들도 많았다고 하더니만 이놈은 철근과 자갈과 모래가 얼마나 단단하게 얽혀 있던지 좀처럼 부서질 기미를 보이지 않는군요. 온몸이 땀인지 빗물인지로 흥건히 젖어들었건만 시멘트 덩어리는 좀처럼 깨질 줄을 몰랐습니다. 그러길 얼마, 마침내 단단하기만 하던 시멘트 덩어리가 부서지기 시작하자 그 다음부터는 점점 그 부서지는 덩어리들이 커지기 시작했습니다. 물이 흘러가기에 충분할 정도의 구멍을 내는 데 거의 반나절을 허비해야 했습니다.

나는 늘 혼자이니까 혼자 이야기하고 혼자 문제를 내고 혼자 답안을 내는 데 익숙해 있습니다. 어머니가 수시로 오셔서 도와주시고 우리를 생각해서 많은 사람들이 찾아주지만 어떻든 대부분의 시간을 혼자 보내므로 머릿속은 온갖 생각들이 뒤엉켜 있습니다.

오늘 돌덩이보다 더 단단한 시멘트 관을 깨뜨리며 미국으로 다시 돌아가는 길을 택할 수밖에 없었던 친구를 생각했습니다. 학연이라는 끈을 가지지 못했기에, 여자이기에 부딪혀야 하는 두터운 인습의 벽을 깨뜨리지 못하고, 그래도 조금은 여성에게 관대한 나라, 지난 10여 년 동안 공부하고 목회일을 보아왔던 미국으로 되돌아갈 수밖에 없는 현실에 은근히 화가 치밀었습니다.

하느님의 이름으로 끌여들여서는 다시 내치는 사람들과 부딪치다가 깊은 상처만 입고 떠날 수밖에 없는 친구를 보며 왜 그렇게 화가 나던지……. 누구를 비난하고 싶은 생각은 없지만 단지 여성이라는 이유 하나만으로 능력을 인정하지 않고 일자리를 주지 않으려는 우리의 현실에 절망하고 떠난 친구의 마음이 얼마나 쓰라렸을까 하는 생각이 드니 무력하기만 한 자신에게 짜증이 났습니다.

깨뜨려야 할 것이 어디 시멘트 덩어리뿐이랴만, 친구가 깨뜨려야 할 게 어디 편견뿐이랴만, 친구가 곡괭이를 들고 좀더 버텼으면 좋았을걸 하는 아쉬움이 남습니다.

아이가 학교에서 돌아오자마자 뒤란 쪽으로 데리고 가 오전 내내 깬 시멘트 관을 보여줬습니다.

"엄마, 이거 어떻게 깨뜨렸어요? 먼젓번에는 못 깼잖아!"

"응, 엄마 힘이 세잖아."

나는 양팔을 들어올려 팔뚝에 볼록하게 알통을 만들어 보여줬지요. 팔목은 여전히 시큰거리고 팔뚝은 묵지근하지만 돌쇠처럼 팔뚝의 힘을 아이에게 자랑했습니다.

"어젯밤에 네가 물이 넘치면 어떻게 하냐고 걱정했잖아. 엄마두 물이 넘칠까 봐 잠을 하나도 못 잤어."

"지난 번에 깼으면 물이 안 넘쳤을 텐데, 그치?"

"엄마 힘이 얼마나 센지 이제 알았지?"

아이가 저도 깨뜨려보겠다고 곡괭이를 들다 도로 놓았습니다. 그래, 곡괭이는 아직 아홉 살인 아이가 들기에는 너무 무거운 연장이었습니다. 아이가 건네주는 연장을 다시 들고 보니 곡괭이는 정말 무거운 연장이었습니다.

어느 시골 학교의 첼로 연주회

문호근 선생님께.

문 선생님, 여러 차례 토일이에게 주신 편지 잘 받고는 있습니다. 선생님께서 저희 모자에게 베풀어주시는 따뜻한 배려와 사랑, 얼마나 감사하고 고맙든지 무어라 말할 수가 없습니다. 선생님께서 주시는 편지를 받아 읽는 토일에게 우리에겐 이렇게 사랑해주시고 염려해주시는 분이 계시니 우리는 정말 행복한 사람이야 하고 말하곤 하지요. 그러면서도 답장도 못 드리며 차일피일하다 보면 또 선생님께서 먼저 편지를 보내주시어 늘 죄송스런 마음입니다.

장로님께서도 건강하시고 정 선생님께서도 안녕하시겠지요. 신문지상을 통하여 선생님 근황이나 정 선생님 근황을 더러 보아 알고는 있으면서도 이렇게 묵묵부답인 채로 살며 사람노릇을 못하는 것 용서하세요.

토일에게도 선생님께 편지를 드리라고 하지만 토일이놈도 이 핑계 저 핑계를 대며 선뜻 쓰지를 못하고, 막상 써놓은 편지를 보면 마음에 안 들어 편지는 이러이러하게 쓰는 거라고 이르며 다시 쓰라고 했더니 그만 성질을 내고 쓰지 않고 마는군요.

저는 이곳에서 아주 만족스럽고 행복한 생활을 하고 있습니다. 이번 여름 비 난리를 겪고 나면서 저희는 얼마나 많은 분들이 저희를 사랑해주시고 염려해주시는지를 뼈에 사무치게 알았습니다.

비가 밤새도록 쏟아지고 난 아침, 눈을 뜨니 마을 앞 논은 온통 물바다를 이뤘더랬습니다. 전기도 끊어진 지 오래인 듯 냉장고의 얼음칸에 있던 것들이 조금씩 녹아나고 있었고 텔레비전도 켤 수가 없었습니다. 토일이가 처박아두었던 라디오를 찾아 건전지를 넣고 나서야 간밤에 내린 비가 620밀리리터라는 걸 알 수 있었습니다. 뒷산에서 흘러내린 물이 작년보다는 적지만, 이미 마당을 휩쓸고 내린 것을 알 수가 있었습니다. 집으로 올라오는 긴 언덕빼기가 차가 다닐 수 없을 정도로 푹 파여나간 것을 빼면 뒷밭도, 앞쪽의 밭도 말짱합니다. 우리는 안도의 한숨을 내쉬며 멀리 푸르던 논이 온통 흙탕물이 가득 들어찬 것을 멀찍이서 바라보았습니다.

토일이는 장화를 찾아 신고는 물 구경을 한다고 벌써 아래께에 사는 청년을 따라나선 지 오래입니다. 간밤에는 얼마나 무섭게 비가 쏟아붓던지, 그리고 뇌성벽력은 또 얼마나 무섭게 내리치던지……. 그러더니 온통 물바다를 이루고 전기도 끊어지고 전화도 불통입니다.

다시 전기가 들어오고 전화선이 연결되자 저희 집에는 안부 전화로 전화선에 불이 붙을 지경이었습니다. 하룻밤 새 620밀리리터라는 엄청난 양의 비가 강화도에 쏟아졌다는 보도를 접한 저희를 아는 모든 분들이, 멀리는 창원, 부산, 제주에서도 전화번호를 누르고 또 눌러 저희 모자의 안부를 물으셨습니다.

이 여름을 지나오면서 다시 한 번 이렇게 사랑을 받고 사는 저희가 얼마나 복된 존재들인가 하는 것을 깨달았습니다. 간혹 시골에서 사는 저희들의 모습을 보고 걱정을 해주고 안타까워하시는 분들도 있지만, 이렇게 많은 사랑 속에 산다는 것은 아무나 누릴 복이 아니라는 생각에 목이 메었습니다.

아이에게도 비록 아빠는 안 계시지만 저희처럼 많은 사랑을 받고 사는 사람도 많지 않다는 것을 늘 이야기해줍니다. 아이도 그런 걸 잘 알고 있을 것입니다. 아빠 있는 다른 아이보다, 도시에 사는 다른 어떤 아이보다 더 풍요로운 생활을 할 수 있다는 것은 대단한 축복입니다.

아이와 함께 뒹굴며 낄낄거리다 문득 그와 함께 했던 기억들을 깡그리 잊고 이렇게 살 수 있다는 사실에 놀랄 때가 있습니다. 한 집안의 울타리였고 벌어다 먹여 살려주던 가장을 떠나보내고 이렇듯 천연덕스럽게 웃고 떠들 수 있는 인간의 망각 장치가 고맙다면 고맙고요. 시간이 약이라던 어른들의 이야기 그대로 다 잊어버리고 더할나위없는 행복의 시간을 일구며 살아가는 저희입니다.

유적지가 많은 곳에 살다 보니 늘 많은 방문객들로 부산스런 생활을 보내게 됩니다. 저희가 살고 있다는 것 때문에 거창이나, 부산 같은 곳에 사는 분들은 일부러 유적지 탐방을 겸해 들르기도 합니다. 달랑 두 식구가 오도마니 있었을 텐데, 시골에 사는 덕분에 사람 그리운 것을 모르고, 외롭다거나 쓸쓸하다고 생각할 겨를이 없다는 것이 얼마나 다행인지요.

한 가지 아쉬운 게 있다면 문화로부터의 소외입니다. 저희 집을 찾는 분들 중에는 사진작가도 있고 화가도 있고 시인도 있고 기자도 있고 교수도 있고…… 어쩌면 한국의 지성과 예술, 여러 분야에서 활동하는 분들을 만나고 있습니다만, 어쩐지 시골에 산다는 공간적인 거리감 때문인지 문화생활과 너무 동떨어져 있다는 느낌을 떨쳐버릴 수가 없습니다.

시골생활을 한 일년쯤 하고 나니 그런 생각은 강박관념처럼 머리를 꽉 조여왔습니다. 서울에 갈 일이 있을 땐 인사동 화랑에 들러 아이에게 그림을 보여주기도 하고 '이집트 문명전'이나 '중국문화대전' 같은 전시를 별렀다 보러가기도 했습니다.

제가 문화로부터의 소외라고 했지만 가만히 생각해보면 문화생활을 가까이에서 접할 수 있을 것만 같은 도시에 살 때도 문화에서 멀리 떨어져 있기는 마찬가지였습니다. 미술이나 음악을 좋아하기는 하였지만 도시에 살던 수십 년 동안 오페라 구경을 간 것이 한 번이었을까 두 번이었을까, 음악회에 간 것은 열 손가락 안에 꼽을 정도일 테니까요. 전시장은 비교적 자주 찾기는 했지만 사회운동에 관심을 기울인 이후론 그것도 역시 손에 꼽을 정도였습니다.

저희 집을 찾아오는 이들과 더불어 음악을 이야기하고 그림을 이야기하고 예술을 이야기해도 어쩐지 손에 잡히지 않아 늘 허전하고, 더욱이 그런 환경에 아이를 방치하고 있는 것 같은 조바심과 갈증으로 아이에게 미안한 마음이 들었습니다.

아쉬운 대로 음악은 그럭저럭 해결하고 있습니다. 그럭저럭 해결한다고 쓰고 보니 마치 점심 한끼를 그럭저럭 때운다는 말로 들립니다만, 음악을 듣는 것으로 만족하고 있습니다.

신문에 선생님께서 어떤 오페라를 연출했다는 기사를 보곤 "토일아, 우리 문호근 아저씨가 만든 오페라 보러 가자." 하기도 하고, 예술의 전당으로 가신 후엔 "우리 전에 예술의 전당에서 이집트 문명전 봤잖아, 거기에 아저씨가 계시대. 우리 언제 거기로 음악을 들으러 가자." 하고 말하는 것으로 우리의 갈증을 메워오곤 하였지요.

선생님, 토일이가 아주 아기일 때 정 선생님과 함께 오셔서 "토일이의 음악교육은 우리가 책임지지." 하시던 말 기억하세요? 제 기억이 생생한 한에는 그 말씀은 여전히 유효하다는 걸 선생님께 환기시켜드리고 싶습니다.

음악과 함께하는 생활이어선지 아이가 꽤나 음악을 좋아하는 편이지요. 물론 H.O.T나 젝스키스 등 신세대들의 노래들을 무엇보다도 좋아하지만, 제가 알기로 아이는 어떤 음악을 듣든 소화해내는 능력이 있는 것 같다는 생각이 들 때가 많습니다.

선생님, 토일이가 가장 좋아하는 음악이 뭔지 아세요? 바흐의 여섯 개의 무반주 첼로 조곡이에요. 아마도 텔레비전 광고음악으로 쓰였던 걸 몇 번 들었던 모양인데, 마침 그 무렵 그 CD를 사게 되었고, 그 CD를 듣자마자 자기가 너무나 좋아하는 것이라며 심심하면 그 음악만 틀어댑니다.

선생님께서 오페라 연출가가 된 게 우연히 오페라 아리아를 듣고 그 길로 나서게 되셨던 것처럼, 저는 이 아이도 음악이든지, 아니면 다른 어떤 예술가가 되든지 예술을 알고 예술을 생활로 하는 그런 사람이 되길 바라고 있습니다. 창작이라는 것, 창조라는 게 생각처럼 쉬운 일이 아니라는 것도 압니다. 하지만 지나온 어려운 시절을 되돌아보면 고갈되지 않는 샘물은 역시 예술이 아닐까 하는 생각에 아이에게 예술을 하는 사람이 됐으면 좋겠다는 생각을 말해주곤 합니다.

시골에 사는 햇수가 늘어날수록 아이의 감수성도 많이 열려가는 것을 알 수 있습니다. 물론 앞으로 어떻게 변해갈지 모르는 일이지만 '엄마, 밤의 소리가 아주 기묘해' 한다거나 달을 보기 위해 수시로 밖을 들락날락하는 것을 보며 닫혀 있던 감수성이 조금씩 열려가는 것을 느끼게 됩니다.

자연의 은총이 아이에게 흠뻑 쏟아져 이 다음에 아이가 어른이 됐을 때 어릴 적 상처를 아물려주고 보듬어주고 살찌워주던 자연의 은총을 되돌려줄 수 있는 사람이 되거라 하고 기원하게 됩니다.

문화로부터의 소외, 달리 생각해보면 방법이 없는 것도 아니었습니다. 문화생활을 동네 슈퍼 가듯이 할 수 있는 도시를 무작정 목마르게 쳐다보고 있는 것은 감이 익어 입안으로 떨어져내릴 때를 기다리는 일처럼 목이 타는 노릇입니다. 그래서 생각한 것이 제가 할 수만 있다면 이곳으로 도시의 문화를 끌어내려야겠다는 생각이었습니다.

제가 아이를 데리고 시골로 내려왔을 때부터 지금까지 머리를 어지럽히는 문제가 바로 아이의 교육문제입니다. 그 문제 앞에서라면 어떤 잘난 이론가도 무릎을 꿇고 아이를 대도시

안에 가두죠. 작은 학교를 내세우고, 농촌의 서정을 노래하던 사람들도 기어코 자신의 아이만은 시골학교에 보낼 수 없는 게 우리의 풍토입니다. 저 역시 이 아이를 이런 시골구석에서 키워도 될까 하는 문제에 이르면 영 자신이 없어집니다. 그 갈등은 아직도 끊이지 않고 이어져 훗날 아이한테 원망을 듣지나 않을까, 이 다음에 후회로 가슴을 치지나 않을까 하는 걱정으로 어느 땐 가슴이 두근거리기까지 합니다.

지난 여름방학 직전, 토일이가 다니고 있는 불은초등학교 교실에서는 아주 작은, 작지만 가슴 설레는 작은 음악회가 열렸습니다. 전교생 120여 명을 교실 마룻바닥에 앉혀놓고 열린 음악회는 아이들의 가슴을 설레게 하고, 눈과 귀를 화들짝 열어주었습니다.

피아노 반주와 어울린 첼로 연주회. 그 음악회는 대한민국의 그 어떤 연주회장에서 열린 음악회보다 멋지고 훌륭한 음악회였습니다. 아이들은 마룻바닥에 쪼그려앉아 처음으로 덩치 커다란 첼로라는 악기를 보고 그 악기가 빚어내는 선율을 들었습니다. 교과서에도 실려 있는 베토벤의 미뉴에트 같은 악곡과 텔레비전에서 들은 귀에 익은 음악을 첼로 연주로 들으며 경이와 신기함으로 눈망울을 반짝였습니다.

아이들은 무더운 교실의 후끈거림과 땀냄새, 그리고 옆 친구의 끈적이는 어깨와 어깨를 부딪치는 짜증도 잊고 음악을 들려주고 서양음악에 대해 자상하게 설명해주는 연주자의 입과 손놀림에서 눈을 뗄 수가 없었습니다. 한동안 아이들의 화제는 당연히 그 첼로 연주회였습니다. 아마도 어른이 된 이 다음까지도 아이들의 뇌리에는 초등학교 마룻바닥 교실에 쪼그려 앉아서 들었던 그 첼로 선율이 어린 날 추억의 한 페이지로 남게 되겠지요.

토일이네 학교 교실에서 열린 첼로 연주회에 많은 의미를 부여하려는 것은 아닙니다. 그 음악회는 막연히 도시를 바라볼 것이 아니라 도시를 여기로 끌어내려야 하지 않을까 하는, 내 아이에게 문화생활의 단편이나마 건네주고 싶다는 소망이 어찌어찌해서 결실을 얻게 된 음악회였고, 아주 소중한 음악회였습니다. 음악회를 열어주게 된 저로서도 여간 뿌듯하지 않았습니다. 저뿐만 아니라 아이들도 선생님도 부모들도 뿌듯한 음악회였으리라는 생각이 듭니다.

밭에서 방금 따낸 오이와 농장에서 꺼내온 달걀과 밭에서 따온 풋고추 한 봉지가 한 시간 넘게 걸린 해설을 곁들인 연주회 개런티의 전부였지만, 도시의 전유물이었던 음악을 시골학교 작은 교실에서 듣는 맛은 아주 남달랐습니다. 음악을 듣는 우리는 물론이지만 아마도 도시인에게만 들려줬던 첼로 선율을 농촌의 아이들에게 들려주었던 연주자도 분명 이곳 시골학교 교실에서의 연주회 기억을 오래오래 추억하게 되지 않을까 합니다.

문 선생님, 문화와 삶의 공유. 몇몇 사람만이 소유하고 독점하지 않는 사회를 만들기 위해 수십 년 동안 싸워오지 않았던가요. 소외되고 있다는 열등감과 모멸로 농촌은 신명을 잃어가고 소리를 잃어가고 있습니다. 오곡이 여물고 과일이 단물

을 과육 가득 갈무리해두려는 햇살 따가운 가을 들판에 소리
치지 못하고 갇혀 있는 신명을 일깨울 꽹과리라도 누군가가
쳐댔으면 좋겠습니다. 꺾인 무릎을 일으켜세울 신명나는 가락
으로 말입니다.

언젠가 신문에서 이 가을에 오페라의 축제를 연다는 기사를
읽은 적이 있습니다. 이번 가을엔 벼르고 별러서 선생님도 만
날 겸 오페라를 보러 가려고 작정하고 있습니다.

빗속에서 춤을

　예전에 저는 비를 참 좋아했습니다. 비가 쏟아진다고 해서 비설거지를 해야 할 일이 있는 것도 아니고, 남들이 물난리를 겪으며 야단법석을 떨어도 그건 나하고는 상관없는 일이어서 빗속을 느릿느릿 걸으며 젊은날의 한 페이지를 기꺼이 적시곤 했지요.

　그런데 이곳에 살게 되면서부터 비는 저에게 얼마간은 두려움의 대상이 되어버렸습니다. 물론 졸아든 수도꼭지의 급수량을 가득 채워주고, 말라가는 작물들의 목을 축여주는 생명의 물이라 그지없이 반갑기는 하지만, 빗줄기가 사납고 거칠게 내리꽂히면 마음부터 술렁이기 시작합니다.

　오늘도 비는 주룩주룩 내리고 있습니다. 비에 젖은 바람이 모든 것을 쓰러뜨립니다. 옥수수 대궁이며 콩이며 풀들을, 해바라기며 백일홍이며 채송화를 쓰러뜨리고, 키 큰 느티나무의 길게 늘어진 어린 가지들을 마구 찢어내고 있습니다. 모든 걸 쓰러뜨리고 흥건한 비에 잠기게 하는 폭풍우입니다.

빗줄기가 거세어지는 바람에 집 주변과 밭을 둘러보려고 삽을 들고 빗속으로 나섰습니다. 딴에는 하느라고 했다지만 모든 게 서투르고 어설퍼서 큰 비라도 올 것 같으면 어디 막히는 곳은 없을까, 물이 엉뚱한 곳으로 흘러가지는 않을까, 또 길이 쓸려내려가기라도 하면 어쩐다지 하고 마음이 먼저 콩당거립니다. 잠결을 파고드는 빗소리에도 그렇고 지붕을 때리는 빗소리가 거세면 거셀수록 가슴은 마냥 졸아들었습니다.

삽을 들고 집 안팎과 밭고랑 여기저기를 살피며 도랑을 깊게 파고, 빗물이 엉뚱한 곳으로 흘러가지 않도록 흙을 파다 물길을 막다 보면 젖은 몸에서 하얀 김이 피어오릅니다. 한숨처럼 피어오르는 수증기를 보며 깊은 숨을 내쉬며 살 속으로 파고드는 한기를 떨쳐냅니다.

이제 물길도 잘 터놓았고, 둔덕에도 물이 흘러내리지 않도록 마무리를 해놓았습니다. '그러니 신이여, 비를 뿌리려거든 비를 뿌리소서.' 이미 손을 본 탓인지 오늘은 그다지 손을 볼일이 적어 한결 가벼워진 마음입니다. 빗줄기를 즐길 여유조차 생깁니다.

우산을 받쳐들고 쏟아지는 빗줄기 속을 느릿느릿 걸으면 종아리와 치맛자락을 적시며 들길을 걷고 싶습니다. 마당에 서면 푸른 물결로 출렁이는 들판이 눈앞에 펼쳐져 있습니다. 바람의 갈기가 머리칼을 날리고 치맛자락을 후려치는 바람 부는 들판, 그 들판을 내달리고 싶습니다.

빗줄기는 여전합니다. 뒷산에서 흘러내린 물이 밭을 돌고 집 허리를 돌아들며 도랑을 이뤄 콸콸 쏟아져 내립니다. 지붕과 마당에 쏟아붓는 빗물이 모아져 만든 작은 도랑이 마당을 가로질러 아래로 흘러내립니다. 철망도 걷어놓았고 산과 밭에서 물과 함께 흘러내린 토사물도 퍼내었으므로 이제 비를 걱정하지 않아도 됩니다.

저는 초기 경전인 《수타니파타》에 있는 '신이여, 비를 뿌리려거든 비를 뿌리소서'라는 구절을 참 좋아합니다. 부처님의 말씀 치고 가슴을 적셔오지 않는 말씀이 어디 있으랴만 이 구절을 읽으면 바스라질 듯 메말랐던 가슴이 한 줄기 소나기라도 맞은 듯 시원해지곤 합니다.

'나는 성내지 않고 마음의 끈질긴 미혹도 벗어버렸다. 마히 강변에서 하룻밤을 쉬리라. 내 움막은 드러나고 탐욕의 불은 꺼져버렸다. 그러니 신이여, 비를 뿌리려거든 비를 뿌리소서'라거나, '나는 그 누구의 고용인도 아니다. 스스로 얻은 것에 의해 온 세상을 거니노라. 남에게 고용될 이유가 없다. 그러니 신이여, 비를 뿌리려거든 비를 뿌리소서' 하는 말씀들.

젖은 몸을 씻고 차를 마십니다. 저 아래쪽에서 오토바이의 왜앵! 하는 소리가 들리더니 빗속을 뚫고 빨간 오토바이가 언덕을 올라오고 있습니다. 오토바이 소리를 듣고 토일이가 달려나가며 소리를 지릅니다.

"아우아! 아우아! 안녕하시오아! 아우아아!"

"아우아! 아우아! 방학했어, 아아! 여기 신문 있어, 아우아아! 편지 있어, 아아!"

토일이와 우편배달부 아저씨는 외계인처럼 자기들만이 아는 묘한 억양으로 소리를 지르며 우편물들을 주고받습니다.

아우아! 아우아! 이 소리는 이 동네 아이들과 우편배달부 아저씨 사이에 주고받는 은어입니다. 그들은 그들만이 아는 소리로 반가움을 그렇게 표시합니다.

빨간 오토바이에 노란 비옷을 입은 우편배달부의 모습이 빗속에서 한층 도드라져 보이고, 아이와 함께 격의 없이 지르는 '아우아!' 소리가 칙칙한 빗줄기 속에서도 경쾌하게 들립니다.

처음 신문을 구독하게 되었다고 했을 때 '이제 죽었구나' 하고 얼굴을 찡그리며 매일 배달할 수가 없다며 가끔씩 빼먹기도 하더니 언제부터인지 마음을 바꿔 하루도 거르지 않고 우리 집을 들릅니다.

우리 집을 찾는 이 중 아이가 제일 반기는 사람이 그이고, 이곳에서 제가 매일 만나는 유일한 사람이기도 합니다. 50이 다 된 어른이면서도 그는 그가 들르는 모든 집 아이들의 친구입니다. 허튼 권위로 꽉 찬 어른들의 세계를 벗어나 아이들과 기꺼이 친구가 되고는 하는 우편배달부와 아이가 떠드는 것을 보면 웃음이 저절로 터져나옵니다.

그는 새로 지급받은 빨간 오토바이를 아이에게 자랑하고 있습니다. 비에 씻긴 그의 빨간 오토바이가 빗속에서도 여전히 반짝거리는 게 단박에 새 오토바이임을 알 수가 있습니다. 한참을 떠들던 그가 신문과 우편물들을 건네주고 오토바이를 돌려 가벼운 폭발음을 내며 빗속으로 다시 사라져 갔습니다.

우편배달부 아저씨를 배웅하고 난 아이가 "엄마, 나 마당에서 춤출래." 하고 웃옷을 벗어던지고 마당으로 뛰쳐나갑니다.

"애, 애! 감기 걸려!"

"괜찮아요!"

"그러려면 아예 바지도 벗고⋯⋯!"

아이는 그 말이 떨어지기가 무섭게 바지와 팬티를 벗어던지고 알몸이 되어 마당을 이리 뛰고 저리 뜁니다. 아이는 한 마리 작은 말이 되어 마당을 뛰어다닙니다. 비는 여전히 화살처럼 지상에 내리꽂히고 있습니다. 곧바로 꽂힐 것만 같은 비의 화살이 아이의 몸에 부딪쳤다가는 다시 튕겨나가며 아이를 간질입니다.

아이는 춤을 추기도 하고 악을 쓰며 노래를 하기도 합니다. 풀밭 위에서 비를 맞으며 춤을 추고 악을 써대며 노래를 부르는 아이의 몸은 자유, 그 한마디 말로밖에는 표현할 어떤 말이 없습니다. 아이만이 할 수 있는 자유의 몸짓, 그리고 그 몸짓이 풍기고 있는 싱그러움과 아름다움……. 아, 나도 저 아이처럼 옷이란 옷을 훌러덩 훌러덩 벗어던지고 비를 맞을 수 있다면…… 저처럼 거리낌없이 날뛰며 소리지르며 춤추고 노래할 수 있다면…….

"엄마, 너무 너무 시원해! 엄마도 나처럼 해!"

"그럴까? 그렇게 시원하니?"

"응, 너무 시원하고 간지러워. 재밌어……."

폭우 속을 달리는 한 마리 말처럼 흠씬 젖은 몸으로 노래하고 춤을 추어대는 아이를 보며 갑갑증으로 가슴이 콱 막히는 듯합니다. 한 마리 야생마처럼 날뛰는 아이 곁에서 어미 말이 되어 같이 날뛰어보는 것……. 아름다운 풍경이 아닐까? 생각만으로도 피식! 웃음이 터져나옵니다.

아이가 연출하고 있는 그림 위에 여러 형태의 누드 여인들을 풀어놓아 봅니다. 르누아르의 여인들과 푸른 보리밭을 배경으로 누워 있는 누드 여인을 즐겨 그리던 어느 여류화가의

그림과 열심히 때를 벗기는 목욕탕의 여인네들의 아름다운 몸
뚱이들…….

"토일아, 넌 좋겠다!"

"엄마두 나처럼 하면 되잖아요, 엄마두 하세요."

아이의 춤추는 모습은 너무나 아름답고 싱그러워 혼자 보기
가 아까웠습니다. 유연하게 비트는 아름다운 율동, 티끌이 덮
이지 않은 맑고 검은 눈동자와 고운 눈매, 양볼의 보송보송한
솜털, 몽골 반점이 선명한 빵빵한 엉덩이…….

아이의 춤을 바라보며 춤은 아니더라도 웃옷이나마 벗어던
지고 천천히 천천히 아이와 함께 비가 쏟아져 내리는 마당을
걷고 싶은 충동이 스멀거려 참기가 어렵습니다. 나는 마치 그
러기라도 할 양 주위를 두리번거렸습니다. 주위엔 아무도 없
습니다. 비는 여전히 그칠 줄 모르고 주룩주룩 쏟아져 내리
고…… 아무럼 누구라도 여기, 우리 집에 올 리가 없습니다.

우리는 지금 비에 갇힌 비의 나라 사람들입니다. 누구의 시
선도 끼여들 여지가 없습니다. 누구의 눈치도 여기에 얼씬거
리지 못합니다. 비가 모든 걸 차단해주고 있습니다. 새들도 숨
을 죽이고 날기를 멈추었습니다.

보리밭에 누워 있는 누드화처럼 관능적이지도 않고, 사막의
능선을 배경으로 한 서양 누드 사진처럼 모래바람을 일으킬
것 같지도 않은, 다만 내 안에 꽉 찬 허위와 인습의 누더기를
훌훌 벗어던진 홀가분한 몸으로 주룩주룩 쏟아지는 비를 맞고
싶습니다.

옷을 벗어버릴 용기가 없어 아이가 뛰노는 마당에 상상의
그림 하나 그려놓습니다. 그리고 다시 그 상상의 그림에 붓을

들어 개칠하듯 울타리를 그려 넣어봅니다. 몸을 가려줄 울타리를 말이죠. 두려움을 이기기 위해 심었던 가시가 있는 울타리 나무들이 이젠 비오는 날의 자유와 퍼포먼스를 위해 다시 심어져야 할 것 같습니다.

가시가 있는 나무—덩굴장미, 탱자나무, 쥐똥나무, 찔레나무, 엄나무 등—만을 골라 심은 그 곁에 늘 사철 푸르르고 키가 우뚝한 나무들이 울타리로 둘러쳐져 있는 풍경 안에서 오늘처럼 비가 쏟아지는 어느 날, 오늘 이 아이가 그랬던 것처럼 제 몸의 자유를 구가하며 제 흥에 겨워 흥건히 비를 맞으며 춤을 출 날을 그려봅니다.

저 나무들이 자라 완벽한 울타리가 되어 있을 어느 여름, 장대비 쏟아지는 날…… 그땐 나무들이 자란 만큼 내 안의 공간도 헐거워져 두려움도 부끄러움도 다 헐렁해져 있을 테고. 비가 내리면 가끔은 아이처럼 벌거벗고 춤도 추고 소리도 지르고 싶겠지요.

미풍양속을 해치는 상상을 하고 있는 건가요? 그렇다면 용서하세요. 정 그런 생각이 드신다면 내가 좋아하는 말씀으로 마음을 대신하지요.

내 뗏목은 이미 잘 만들어져 있다. 거센 흐름에도 끄떡없이 건너 벌써 피안에 이르렀으니, 이제는 뗏목이 소용없노라.
그러니 신이여, 비를 뿌리려거든 비를 뿌리소서.

3장 | 곡식이 여물듯 마음도 여물어갑니다

백일홍처럼 질긴 생명력으로

순애에게.

올해도 백일홍이 우리 집 마당을 화려하게 수놓고 있습니다. 백일홍 꽃송이가 새로 얼굴을 내밀 때마다 지난 여름 백일홍 곁에 피어 있는 네댓 송이 장미를 보고 '아유, 이 집에서는 장미가 외려 촌스러워!' 하던 순애의 말이 떠오릅니다.

그때가 한창 여름이었는데 이 편지를 쓰고 있는 지금은 가을이군요. 작년에는 여름의 백일홍을 말하고 있었는데 지금은 가을의 백일홍을 이야기하고 있으니 백일홍은 어쨌든 여름을 거쳐 가을을 나는 꽃임에 틀림없습니다. 역시 백일홍(百日紅)입니다. 이름 그대로 1백 일을 넘게 빨간 정열을 뿜어내고 있는 백일홍. 꽃들 사이에서 맺어진 묵계이며 세속에서 흔히 무상함을 말할 때 쓰이는 화무십일홍(花無十日紅)이라는 말이 어쩐지 이 꽃에게만은 해당되지 않는 것 같아 묘한 느낌을 줍니다. 화무십일홍이어야만 꽃이 꽃으로서의 귀함과 사랑을 받을 터인데 유난히 꽃을 좋아하는 우리 아랫집 아주머니 같은 이조차 '너무 오래 펴 지겨워서' 백일홍을 심지 않는다고 하니 귀하게 떠받들여지기는 애당초 그른 꽃인지도 모릅니다.

어릴 적 시골에 살던 이후로 백일홍을 본 기억이 없습니다. 중학교를 읍내에서 다녔고 그때부터 농촌의 생활과는 먼 거리에서 살았으니 백일홍을 다시 만난 게 아마도 수십 년이 지나서였던가 봅니다.

봄이면 호미를 들고 동무네 집을 돌며 꽃모종을 모으고 넓지 않은 텃밭과 울타리가 온통 꽃으로 꾸며진 꽃동산 같은 농가에서 살던 어릴 적 기억을 생생하게 간직하고 있는 탓인지 식물이나 꽃들에 대한 기억들을 조금은 강하게 간직하고 있는 편인데, 어쩐 일인지 초등학교를 졸업한 이후로는 어디에서고 백일홍을 본 기억이 전혀 없습니다. 그런데 여기에 백일홍이!

백일홍을 처음 보았을 때의 느낌은 마치 어릴 적 길거리에서 손을 놓쳐 잃어버린 여동생을 수십 년 만에 다시 상봉하게 된 듯한 반가움과 은근히 스며나오는 다정함 같은 그런 따사로운 느낌이었습니다. 저렇게 이쁜 꽃이 백일홍이라니!

순애가 왔을 때는 처음으로 밭자락 끝과 빈 터 여기저기에 무더기무더기 씨를 뿌려놓았던 백일홍이 꽃사태를 이루며 한창 피어나고 있었던 때였습니다. 이를 갈기 시작한 예닐곱 살짜리들의 드문드문한 이 같은 홑백일홍, 더욱 색채들이 현란해진 노랗고 빨간 것들, 그리고 그 사이에 인디언 핑크까지 가지가지로 뒤섞인 색채들의 겹·홑 백일홍들은 바라보는 눈을 부시게 합니다.

올 가을에도 우리 집 뜰에는 백일홍이 지천으로 피어났습니다. 구름 한 점 없는 푸른 하늘 아래 내리꽂히는 투명한 햇살을 받아선지 꽃빛도 지난 여름보다 더 선명해진 듯합니다. 우리 어머니도 여기에 오시면 "꽃이 너무 좋아 안에 들어앉아 있기가 아깝다." 하시며 평상에 앉아 꽃들을 바라보시곤 합니다.

백일홍 곁에 따갑고 짱짱한 햇살을 받으며 고추가 몸을 태워 마르고 있고 올해 처음 달린 배 세 개가 날로 통통해지며 단물을 가득 채우고 있습니다.

백일홍이 이렇게 파란 하늘과 잘 어울리는 꽃인 줄은 몰랐습니다. 이제 막 피어나기 시작한 진보라와 꽃분홍 과꽃이며 마당가나 슬라브집 옥상에 말리고 있는 고추가 누렇게 익어가는 논을 배경으로 연출하고 있는 색채 조화는 그 어떤 화가의 손길을 거친 그림보다 압권입니다. 땀의 결실들이 그대로 미적 조화를 이루고 그 조화는 더할 수 없는 아름다움으로 다가와 보는 이들에게, 거기에 사는 이들에게 잔잔한 기쁨을 주고 행복을 줍니다.

오늘 아침 살갗을 스치는 안개 너울과 안개가 지나간 흔적이 구슬처럼 꿰어져 있는 거미줄망을 보며 행복은 자잘한 데서 찾아야 한다는 걸 읽습니다. 닳고 닳은 지폐를 세고 또 세며 배추 한 단 사들고 들어올, 도시 생활에 지친 순애에게 나의 이 작은 행복과 풍성함을 전하고 싶습니다.

나이는 아래이면서도 혼자 감내해야 하는 내 삶을 늘 걱정해주고 염려해주는 순애. 그 마음씀을 고마워하면서도 표현하지 못했는데 오늘은 마당가 가득 흐드러지게 피어 있는 백일홍을 빌어 고마움을 표현해보려고 하는데 제대로 되고 있는지 모르겠습니다.

어기적어기적 걸어다니며 고추씨를 쪼아먹느라 널어놓은 고추를 흩어놓는 수탉을 쫓으며 넉넉해진 마음을 친구에게 보내고 싶었습니다. 이렇게 마음이 넉넉해진 걸 보니 가을은 가을인가 보군요.

정말 지루하고 집요한 여름이었습니다. 구름이 꼬였다 하면 대륙과 대륙이 부딪치는 듯한 천둥소리를 내며 벼락을 내리쳐 집을 태우고 전화선을 태우고 우르릉우르릉 땅을 뒤흔들어놓아 높은 산골짜기를 사태지게 하던 지난 여름의 폭우였는데, 지금은 언제 그런 심술을 부렸더냐 싶게 시치미를 뚝 떼고 연일 뜨겁게 땅을 달구며 등줄기에 땀방울을 흐르게 하고 있습니다.

하늘은 끝닿은 데 없이 푸르고 목덜미와 팔뚝을 까맣게 태우는 따가운 햇살은 모든 곡식들과 과일들을 여물게 하고 있으니 변화무쌍한 자연의 조화라니!

올해는 심한 봄가뭄으로 마늘은 씨알이 굵지 못했고, 기나긴 장마 비에 병들고 짓무른 고추는 벌겋게 타들어가 수확이 변변치 못합니다. 도시에서는 벌써부터 김장걱정을 한다더군요.

"고추 값이 비싸다던데 고추는 좀 했어요?"
하고 누가 묻기라도 하면 아주 자신 있게
"네. 우린 먹을 건 건졌어요! 고춧가루 걱정 없어요."
하고 말합니다.

서리 내릴 때까지 꽃을 피우고 병든 잎 하나 없이 고춧대가 시퍼렇고 꼿꼿하던 작년과는 비교가 안 됩니다. 하지만 아직도 하얀 꽃을 피우고 있는 푸른 잎사귀와 줄기를 보면 비료 주고 농약을 듬뿍 뿌렸어도 병충해를 막지 못해 벌겋게 타들어간 다른 집 고추밭과 비교가 돼 자신도 모르게 어깨가 으쓱해집니다.

우리 집 고춧대는 풀밭에서 자랍니다. 제초제를 뿌리기보다는 풀을 자라게 하여 고춧잎에 달려드는 병충해의 방패막이가 되게끔 하고, 비료를 뿌리기보다 퇴비나 쇠거름을 주어 땅의 힘을 기르게 하면서 작물을 자라게 한 것이 기나긴 장마비를 견디게 하였나 봅니다. 자연의 순리를 거스르지 않기 위해 비료나 약을 쓰지 않았던 것이어서 자연의 재해와 당당히 겨뤄 병충해를 버티게 하여 남보다 오래 고추를 딸 수 있게 되었던 것이지요.

봄에 화초 씨앗들을 한군데에 부었다 모종한 터에는 잡초와 호박덩굴이 무성하게 엉켜 있었습니다. 그런데 여름이 다 지나갈 어느 무렵 풀더미와 호박덩굴을 헤치고 백일홍 두어 송이가 꽃분홍 얼굴을 수줍은 듯 세우며 이슬에 젖어 있는 것이었습니다. 다른 화초들은 잡초에 짓눌려 녹아 없어져 버렸는데 백일홍만이 잡초를 젖혀내면서 살아남아 마침내 덤불 위로 머리를 꼿꼿이 세워 꽃송이를 피워올리고 말았던 거지요.

백일홍은 강화도를 상징하는 꽃입니다. 강화 군청에서는 백일홍 가꾸기를 장려하여 봄이면 씨앗을 마을마다 나눠주기도 하고 면에서는 모종을 키워 집집이 나눠줍니다. 군데군데 가로변 꽃밭도 백일홍으로 꾸밉니다. 다른 어떤 화초보다 생명력이 강한 백일홍을 보면 흡사 그 꽃을 심고 가꾸는 강화 사

숱한 외침을 견뎌내며 강화도를 지켜온 사람들의 질긴
저항정신과 생명력처럼, 모진 환경에도 잘 버티며 자
라나 질리도록 오래 피어 있는 백일홍의 생태가 닮은
게 어쩌면 당연한지도 모릅니다.

람들의 질긴 생명력과 흡사하다는 생각을 하게 합니다.

저 큰 돌을 어떻게 운반해다 어떻게 들어올렸을까 생각케 하는 남한 최대의 지석묘를 만들어낸 사람들, 몽고의 침략을 막아내고자 끝끝내 항거한 사람들, 조선 말의 프랑스 함선과 미국 함선을 맞아 끝까지 싸워 목숨을 버린 사람들이 바로 이 땅 강화 사람들이었습니다. 숱한 외침을 견뎌내며 이 섬을 지켜온 사람들의 질긴 저항정신과 생명력처럼, 모진 환경에도 잘 버티며 자라나 질리도록 오래 피어 있는 꽃이 여기 강화에 지천으로 있습니다. 그 땅의 사람들과 식물의 생태가 닮는 게 어쩌면 당연한지도 모를 일이지요.

잡초더미에서도 삭아버리지 않고 뿌리를 뻗어내고 잎사귀를 키워 결국 화사한 얼굴을 태양 아래 내밀게 되기까지의 우여곡절을 꽃만 보는 사람들이 어찌 다 알 수가 있겠어요.

10여 년 전에 이곳에서 교사생활을 했던 순애가 이곳 사람들의 기질을 너무 이기적이라고 했던 말이 기억나는군요. 그때라면 지금과는 달리 거의 폐쇄적이라고 할 만큼 소외되고, 북쪽에 치우친 탓에 개발의 물결에서 완전 차단된 지역이었기에 강화 사람들 기질의 원형이 지금보다 강하게 남아 있었을 때라고 할 수 있겠지요.

옛부터 뭍에 있는 사람들은 토박이 강화 사람들, 특히 강화 여인네들을 '뻔뻔 강화년'이라고 불렀다고 합니다. 나쁘게 생각하면 타산적이고 영악하다는 뜻으로 들리기도 하지만, 달리 생각해보면 숱한 전란과 외침에서 살아남아야 하는 생존의 방식이 투영된 것이 아닌가 하는 생각을 해봅니다. 가족과 땅을 지키고 살아남기 위해서는 배타적이고 타산적이어야만 했던 것이 외지인에게 그렇게 비칠 수밖에 없었을 테니까요. 그 말은 자생력이 강한 사람들이라는 뜻이라고 보면 좋겠지요.

전에 이웃집 아주머니를 따라 외포리에 있는 그 아주머니의 친정에 간 적이 있습니다. 우리 이웃 아주머니에게서는 그런 것을 발견하지 못했는데 강화 여인네의 원형이라고 할 그 친정 어머니를 보는 순간 제주도 여인네들과 너무나 흡사한 얼굴형을 마주하고 깜짝 놀랐습니다.

70년대, 제주도 원주민 마을이라고 할 해녀마을에서 그곳 여인네들을 처음 보았을 때의 인상이 아직도 생생합니다. 하나같이 동글납작한 그녀들의 얼굴은 잘 닳은, 닳고 닳아 더 이상 깨질 여지도, 부서질 어떤 군더더기도 붙어 있지 않은 아주 단단한 자갈돌 같았습니다. 인류학적으로 섬이고 유배지였다는 점, 저항의 뿌리가 깊은 땅이라는 비슷한 유형의 지역적 특성이 비슷한 유형의 얼굴을 만들어냈는지 어떤지는 모르겠으나 한동안 어떻게 해서 강화 여인의 얼굴과 제주 여인의 얼굴형이 그토록 닮은 꼴이어야 하는지 무척 궁금했습니다.

닳고 닳아 더 이상 부서지거나 깨어지지 않고 영원히 단단한 채로 구르며 존재할 수 있는 원형질 같은, 강인한, 완강하면서도 동글동글한, 어쨌든 내면의 힘이 느껴지는 그런 형의 사람들이 모여 강화를 버팅기게 했는지도 모른다고 스스로 결론을 내리고 말았습니다. 잡초더미를 헤치고 솟아나온 백일홍도 어쩌면 숱한 외침을 견뎌내고 저항해 온 강화 사람들의 기질을 받고, 그 기질이 까만 씨앗 안에 간직되어 있다가 마침내 꽃으로 터져나온 것은 아닐까 하고 생각해봅니다.

우리의 것, 우리 꽃의 원래 모습들이 다 닳아지고 다 삭아 없어진 터에 강화에만 백일홍을 집집마다, 밭 귀퉁이마다, 길거리 풀숲에 키우며 꽃을 피우고 있다는 사실만으로도 그냥 반가웠는데, 풀을 대신할 수만 있으면 하는 마음으로 여기저기 백일홍 씨를 뿌렸는데 마당에 백일홍 사태가 졌습니다.

누구보다 가장 먼저 논을 갈고 가장 먼저 모를 내 가장 먼저 벼를 베어낸 우리 동네 이장은 전형적인 강화 농부라고 하겠습니다. 오직 땅만을 사랑하여 한눈 팔지 않고 땅을 일구고 소를 키워 자식을 키워내고 농토를 늘려나간 우리네 할아버지들 같은, 토일이 할아버지 같은.

누구보다도 먼저 논을 갈고 누구보다 잘 먹여 윤기 자르르 흐르는 살찐 소를 키워낼 줄 아는 농부⋯⋯. 햇빛에 그을어 반들반들 윤이 나는 그의 검은 피부와 햇빛에 더욱 새카매진 우리 토일이의 윤기나는 콧등과 목덜미를 보며 만일 우리 아들도 농사꾼이 되면 저처럼 부지런한 농사꾼이 될 수 있을까 하고 비교해보았습니다. 아직 내 아이를 농사꾼으로 만들어야겠다는 생각을 해보지는 않았지만, 그의 부지런함만큼은 본받았으면 합니다.

백일홍은 여전히 화려한 색깔과 빛으로 가을 뜰을 수놓고 있습니다. 정말 이름 그대로 1백 일을 넘게 피고 지고, 피고 지고 하는가 봅니다. 7월 어느 날 피어나기 시작한 꽃이 9월이 가도, 중순을 지나 10월을 향하여 내달리는 지금도 질긴 생명력만큼이나 질기게, 줄기차게 꽃이 핍니다. 지난 여름의 시련과 고통을 까만 꽃씨에 갈무리해두며 서서히 이울어 가는 꽃봉오리들이 이제는 여기저기 눈에 띄지만 10월이 온다고 해서 쉽사리 꽃 피우기를 멈출 것 같지 않은 기세입니다.

어쩌면 나의 삶도 이 꽃과 조금은 닮지 않았나 하고 생각해 봅니다. 아니, 닮은꼴이길 바라고 있는지도 모르겠습니다. 백일홍 같은 질긴 자생력으로 이곳에 뿌리를 박으며 억척스럽고 영악한 뻔뻔 강화년이 될지 어떨지 두고보아야겠습니다.

정빈에게 열심히 자연과 역사를 가르쳐주기 위해서도, 또 혼자 자신을 삭이고 있을 한 친구를 위해 이곳 강화 들판을 찾아주는 우정에 대한 보답이 되었으면 하는 마음으로 백일홍 꽃다발을 안겨주려고 하다 보니 장황해졌습니다.

역사의 바다, 강화에 오세요

나카무라 선생님께.

선생님, 안녕하신지요.

벌써 4년 전입니다만 참으로 한국 사람답게 약속된 시간을 한 시간이나 넘기고 말았으니 지금도 그때 일을 생각하면 얼굴이 뜨거워집니다. 한국 사람들이 약속시간을 잘 지키지 않는다는 걸 아셨던지 그냥 웃어넘기셨지만 큰 결례를 하게 되어 마음이 편치 않았습니다.

선생님과 만난 다음해인 96년 4월에 강화도라는 섬으로 이사했습니다. 살다 보니 이곳의 역사와 지리환경에 관심을 갖게 되었고, 자연스레 근대사를 연구하시는 선생님께 지난번 결례에 대한 변명을 겸해 편지를 드려야지 생각했습니다.

근대사를 연구하고 계시니 조선시대 한양의 관문이라 할 강화도에 대해서는 잘 아시리라 생각합니다. 강화도는 서울에서 볼 때 서북쪽에 자리하고 있으며 한강 하구의 물이 섬을 에돌며 서해로 흘러나가고 있어 조선시대에는 뱃길로 한양까지 들어가는 유일한 통로였습니다. 조선 말 서양 함대들은 서울로 가기 위해 이 강화도 해협을 거슬러 올라가려고 했고, 조선은 이 강화해협 후미진 곳에 포대를 쌓아 이들의 침입을 막았습니다. 때문에 조선 말의 강화도는 언제나 피비린내나는 싸움터가 되어야 했지요.

그 싸움터 중 하나가 바로 우리 동네에서 얼마 떨어지지 않은 곳에 있습니다. 광성진, 덕진진이라 불리는 그곳은 지금은 잘 복원되어 있지만 고종 8년인 1871년 신미년에 있었던 미국 함대와의 전투에서 이곳에서 싸우던 조선 병사는 한 사람도 살아남지 못한, 쑥밭이 된 싸움터입니다.

이곳으로 이사온 후 저와 저의 아들―그때 보셨던 그 어린 애가 이제는 초등학교 3학년으로 훌쩍 자랐습니다―토일이는 아마도 이곳에 열 번도 더 왔을 겁니다. 집에서 그리 멀지 않은 곳에 있기도 하지만, 이곳으로 오는 길 또한 훼손되지 않은 길이고, 광성보에 딸린 이곳저곳이 마음에 들어 유적지 탐방차 들른 사람들에게 이곳을 들르도록 권하기도 하고 직접 안내하느라 자주 오는 곳입니다.

저의 집은 광성보 쪽을 향한 언덕 위에 자리잡고 있어 밭을 매다 허리를 펴기 위해 일어서면 눈은 저절로 그쪽을 향하고, 그러면 저는 문득 '저 너른 들판 위로 조선 병사들을 몰사시킨 미국 병사들이 마을 앞 저 들판을 가로질러 강화성으로 쳐들어갔겠구나' '함대를 앞세워 쳐들어온 프랑스 병사들이 이 들판을 가로질러 전등사 외규장각 서고로 달려가 책을 훔쳐내고 불을 질렀겠구나' 하고 상상합니다. 저희 집을 찾아온 사람들에게 마치 그때 그 현장에 서 있기라도 한 양 목에 핏대를 올리며 설명해주곤 합니다.

저의 집 뒤편 텃밭에 올라가면 그 옛날 서양함대들이 한강을 거슬러 올라가기 위한 지름길이었던 강화해협이 보입니다. 강화해협이라는 말은 문자깨나 쓰는 사람들이나 지도상에 나오는 말이고 흔히는 염하(塩河), 거기에 강이라는 말까지 붙여 염하강이라 부르는 바다가 있습니다.

그 해협의 불쑥 튀어나온 한 지점에 버티고 있는 광성진에 딸린 포대 겸 망루였을 용두돈대에 서서 빠른 물살과 소용돌이치고 꿈틀거리며 도도히 흘러가는 서해의 흙탕물을 바라보노라면 120여 년 전의 전투가 실감나지 않지만, 돈대에서 돌아나와 그때 죽어간 무명용사들의 무덤 앞에 서면 그때의 죽음을 어렴풋이나마 알 수 있을 것 같습니다.

무차별 포격으로 죽어간 조선의 장수와 무명용사들의 한숨이 해풍에 섞여 아이들의 땀방울을 식혀줍니다. 어둡고 암울했던 시대를 살아가는 조선인으로서 미국 병사들을 맞아 총탄을 맞고 죽어가야 했던 무명의 병사들. 그때로부터 한 세기를 훌쩍 건너온 지금에 무명용사들의 무덤 앞에 서 있는 우리는 그이들에게 무엇을 말할 수 있을지. 입 다물고 다만 돌에 새긴 글귀만을 읽고 가야 하는지.

처음 선생님을 만났을 때 "나는 김지하 시인을 좋아한다. 김남주 시인에 대해서는 근대사를 연구하다 보니 관심이 생겼다. 지금 그의 시를 번역하고 있다."고 하셨지요. 좋아하는 시인이기보다는 근대사 연구에 도움이 되어 알게 됐다는 말이 묘한 느낌을 갖게 했습니다. 어쨌든 이곳의 근대사와 현대사의 현장들을 두루 밟아보시면 70년대와 80년대의 한국 젊은 이들이 왜 자신들의 청춘을 길거리에 버렸는지, 그리고 선생님이 관심을 두셨던 김남주 시의 사상적 단초는 무엇이며, 그의 시는 왜 그렇게 쓰여져야 했는지를 이해하실 수 있을 겁니다. 김남주 시의 내력을 그의 고향인 해남이나 광주보다 더 잘 집약해놓은 곳이 이곳입니다.

강화도는 선사시대에서부터 현대까지 역사의 현장들이 연표처럼 점점이 찍혀 있는 곳입니다. 이곳을 돌아보시고 나면 한 섬에, 한 지역의 땅에 이렇게 한 나라의 역사가 집약되어 있다는 점에 새삼 놀라실 것이고, 아울러 한국사를 통사적으로 일별하게 된다고나 할까, 아니 다이제스트 판으로 한국사를 단숨에 읽는 폭이라 하겠습니다.

강화도는 역사의 바다입니다. 이제 그 바다 한가운데 살게 되면서 그 동안 단순하기 짝이 없는 일상 속에서 살아오느라 잃어버리고 있었던 역사에 대한 관심을 다시금 회복하였습니다. 마치 중학생처럼 역사책을 사다 뒤적이기도 하고, 설레는 마음으로 현장들을 돌아보기도 합니다. 한국사 연표가 점점이 찍혀 있는 땅. 역사란 무엇인가, 그 속에 살던 사람들이 지금 우리에게 던져주는 의미는 무엇인가 하는 질문을 던지게 하는 이 땅에 살게 된 것을 저는 그가 저에게 준 선물이라고 생각합니다.

저희 동네 이름이 고능리입니다. 능이 있는 동네라고 하여 능촌이라고도 불립니다. 동네 이름이 능촌인 것으로 미루어

능이 있었던 동네구나 하고 짐작할 수 있지만, 지금은 덤불에 뒤덮여 흔적조차 찾기 어렵다고 합니다.

죽은 시인의, 남편의 초상이 긴 그림자를 드리우고 있는 것 같은 이 강화도 땅에 살게 되면서 깨달은 것은 사람은 가도, 한 시대는 가도 머물던 땅의 얼룩은 지워지지 않는구나 하는 것이었습니다. 텃밭을 헤치는 호미 끝에 심심치 않게 걸려 나오는 깨진 도자기 파편들에서 그걸 읽습니다.

역사는 전적지에만 있는 것이 아니었습니다. 저희 집 마당가 바윗장에도 새겨져 있고, 텃밭에서 캐낸 사기 파편에도 숨겨져 있습니다. 질박한 삶을 살았던 사람이 쓰던 투박한 그릇 조각, 호사와 영화를 누렸을 사람이 쓰던 굽다리가 날렵한 대접 조각들……. 그리고 마당가에 놓여진 선사시대의 고인돌을 연상시키는 넓적한 바윗돌. 과거에서 현재로 면면이 이어져 흘러가는 역사의 물줄기는 어쩜 여기 촌가에서도 소용돌이를 일으켰을 것이며, 그 소용돌이는 이 땅을 지키고 사는 사람들에게 깊은 상처를 새겨놓았을 것입니다.

사기 파편을 들고, 고인돌 같은 바위 위에 누워 저 멀리 광성보가 있는 들판을 내려다보며 제 아이가 살아갈 훗날은 또 어떤 역사일지 먼먼 그날을 상상해봅니다.

저희 동네엔 어림잡아 1천여 년이나 된다는 은행나무가 있습니다. 여전히 울울창창한 나뭇가지들은 지금도 하늘 높이 받들듯하며 뻗어나가고 있습니다. 1천 년 동안 마을 한 모퉁이에서 보고 겪었을 숱한 빛과 그림자들을 그 나무는 다 잊었을 터입니다. 처음 열매를 매달던 그때처럼 덩치에 비해 터무니없이 작은 열매들을 가득 매달고 바람에 찢기며 그렇게 서 있는 나무에 비하면 인간의 삶이란 얼마나 하잘것없고 순간이든지……. 역사가 어떻고 세월이 어떻고 하며 떠드는 것이 그 나무 앞에 서면 그저 초라하고 우습고 하찮아 보입니다.

한반도의 배꼽 부위에 해당한다는 강화. 육지와 접해 있는 형상이 마치 어머니의 품에 안겨 있는 아기와 같다고도 말들 하지요. 그래서 한반도의 중심, 핵이라 칭하기도 하고, 미래로 나아가는 땅이기도 합니다.

이곳에 살던 선사시대의 선인들은 자신들 수장의 위대함을 영원토록 남기기 위해 남한에서 제일 큰 돌을 옮겨 돌무덤을 만들었습니다. 삼국시대에는 이 강화를 차지하는 나라가 강성한 나라였기에 여기에서는 밀치고 당기는 힘겨루기가 끊이지 않았습니다. 몽고와의 힘겨루기에서 패배한 고려가 몽고군을 쫓아낼 원력을 모으기 위해 단군시조의 제단을 쌓아 하늘에 제사하고 팔만대장경을 새긴 곳도 이곳입니다.

누군가 강화는 패배한 역사만을 새긴 땅이라고 혹평한 적이 있습니다만, 그것은 패배의 뒤안길에서 오히려 아롱지게 피어나는 영혼의 빛나는 정수를 보지 못하고 내린 섣부른 결론이라 하겠습니다.

한번 오십시오. 오셔서 단군 할아버지의 제단이 있는 마리산에 올라 깊은 심호흡을 한번 해보십시오. 그리고 서쪽으로 끝없이 펼쳐진 갯벌을 조망해보십시오. 거기에 서면 잡힐 듯 잡힐 듯 아련히 다가오는 무언가를 만날 수 있으실 겝니다. 그리고 거기 참성단에서 하늘을 향해 향을 피워올리던 조선인의 염원이며 현재를, 그리고 미래를 만나보십시오. 그리고 선생님을 향해 일시에 몰려오는 서풍을 온몸으로 맞이해보십시오.

끝없이 펼쳐진 평야를 홀연히 막아선 높직한 산들, 산인가 하면 바다가 나타나고, 바다인가 하면 바다는 간곳 없고 검은 대륙이 천연덕스레 자신을 드러내고 있는 광대무변한 갯벌을 만나시게 되면 선생님의 가슴은 훨씬 넓어질 것입니다.

유배지에서 보낸 편지

강용주 어머님께.

용주 어머님, 며칠 전에 텔레비전 화면을 통하여 어머님의 얼굴을 보고 얼마나 울었는지 모릅니다. 어머님의 단아하고 고우신 얼굴이 마침내 쏟아져 내리는 눈물로 구겨지는 것을 보며 참았던 제 눈물도 주르르 볼을 타고 흘러내렸습니다. 저의 가슴이 이렇게 아파오는데 어머님 가슴은 어떨려고요. 화면에는 어머님의 눈물 닦는 모습에 겹쳐 어머님과 늘 발걸음을 함께했던 김성만과 황대권 두 분 어머님들의 모습도 비춰보이더군요.

여전히 점잖으시고 말수가 적으신 황대권, 김성만 어머님과 그 어머님들을 닮은 아들들의 목소리를 들으며 역시 그 어머님에 그 아들이구나 하는 생각을 했습니다. 감옥 문 앞에 나와서서 크게 숨을 내쉬는 김성만과 황대권의 모습을 보는 저의 마음이 이렇게 설레고 두근거리는데 14년 동안이나 아들을 기다려온 두 어머님의 마음이 오죽했겠어요. 그리고 늘 함께 다니시며 같이 목소리를 내었는데 아드님만 그렇게 떨어져 감옥에 남게 되었으니 어머님 가슴은 저리다 못해 아렸겠지요.

> 이 몸은 비록
> 옥중에 갇혀 있지만
> 정신은 결코
> 감옥에 구속되지 않네
> 큰 일을 하려면
> 정신을 더욱 크게 가져야지

이 시는 베트남의 국부라고 불리는 호치민의 옥중 시입니다. 오랜 프랑스의 식민지에서 해방되기 위해 싸우다가 감옥에 갇히게 됐을 때 쓴 시라고 하는데, 그의 옥중시를 보면 우리나라 젊은이들이 쓴 옥중시들과 어찌나 흡사한지 그의 시를 읽으며 많이 놀라곤 하였지요.

광주에 내려갔을 때, 아니면 또 어떤 장소에서 어쩌다 어머님을 만나게 되면 어머님께서는 아무 말씀도 않으시고 제 손을 꼬옥 잡아주셨죠. 저도 어머님의 말씀 없는 가운데 잡은 그 손의 따스함과 힘을 읽고는 손을 마주잡고 가만히 주름진 얼굴을 바라보았죠.

용주 어머님, 저는 용주 어머님의 강함을 알아요. 몸은 비록 옥중에 갇혀 있지만 정신은 결코 감옥에 구속되지 않는 아드님의 용기 있고 뜨거운 정신을, 그리고 그 어머님에 그 아들이라는 것을 어머님의 얼굴에서 단박에 읽을 수 있었어요.

한없이 너른 치마폭으로 모든 아픔과 고통을 감싸안고 천지를 헤매고 다니시는 어머님들의 뜨겁게 쑤셔대는 발뒤꿈치의 통증을 식히고 이제는 두 다리를 쭈욱 뻗고 깊은 숨을 내쉴 김성만, 황대권 어머님께 아주 잘된 일이라고 말하시고는 돌아서며 눈물을 훔칠 수밖에 없는 어머님의 심정을 이 땅의 모든 어머님들은 다 알 거예요.

김성만, 황대권이 14년 동안의 감옥생활을 마감하고 석방되었다는 소식을 차 속에서 들으며 저는 강화로 돌아오고 있었습니다. 김성만, 황대권이 살았던 14년 동안의 감옥생활과 아이 아버지가 살았던 10년 동안의 감옥생활······.

10년, 14년, 20년, ······ 40년.

강변을 달리노라면 한 인간을 40년이 넘도록 감옥에 처넣어두고서도 부끄러워하지 않는 이 나라이지만, 그래도 이 땅은 참 아름다운 나라구나 하는 생각이 듭니다.

한강 하류는 강의 넓기가 꼭 바다 같습니다. 강의 넓이는 하류로 갈수록 넓어지고 더욱이 강 하류 어디쯤에선가는 임진강과 합수하고, 그 아래 또 어디쯤에선가는 치밀어 올라오는 서해 바다와 합수하여 바다도 아닌, 강도 아닌 큰 물을 이루며 도도한 물결을 이뤄 서해 넓은 바다로 흘러갑니다.

저는 그 강 하류를 달려 그 하류 끄트머리에 있는 섬, 아들이 기다리고 있는 집을 향하여 정신없이 달리고 있습니다. 머릿속에는 해가 넘어가기 전에 어서 집에 도착해야 한다는 생각으로 오직 단순반복적으로 구불거리는 길과 서편으로 넘어가며 금빛 빛살을 내리쏟고 있는 부신 햇살을 피해 눈을 찡그리며 앞만 응시하고 가속도 페달을 밟아대고 있습니다.

길처럼 구불대는 강물은 언뜻언뜻 시야에 들어왔다 사라졌다 하며 철책선 너머로 유유히 흐름을 계속하고 있습니다. 저는 가끔 자동차의 가속도 페달을 밟으며 내가 지금 무엇을 향해 이처럼 전속력으로 달려가고 있는 거지, 하는 생각에 사로잡힐 때가 있습니다.

아이를 데리고 찾아든 이 낯선 땅, 이 땅은 예전엔 왕족들의 유배지였습니다. 왕족도 아닌 저는 스스로를 유폐시키기 위해 그 유배의 땅으로 찾아들었습니다. 저는 지금 백일홍 꽃이 만발한, 눈부신 꽃분홍 분꽃과 옥잠화 향기로 가득한 향기로운 유배지, 저의 집으로 돌아오며 어머님의 아들, 그 고집센 아드님을 생각했습니다. 그리고 오직 자신의 신념을 위해 모든 것을 버리고 10년, 20년 …… 40년 동안 유폐되어 있는 이 땅의 옹골찬 사람들과 0.75평 그들의 적소(適所)를 생각했습니다.

처음 강화에 와서 북쪽 마을인 철산리 근처에 갔을 때 저는 깜짝 놀랐습니다. 북한이라는 땅이 어디 먼 먼 어느 장소이겠거니 하고 여기고는 했는데 강 건너 저 산자락이 바로 북한의 산자락이라고 하는군요. '어이!' 하고 손짓을 하면 금방이라도 '어이!' 하는 대답을 누군가가 되돌려줄 것만 같은 아주 가까운 곳에 그 땅은 있었습니다.

저는 한 번도 거기 검문소가 있는 가까이까지 가보지를 못했습니다. 왠지 겁이 나고, 나 같은 사람은 단지 북쪽 땅을 바라봤다는 것만으로도 무슨 올가미가 씌워질 것만 같은 두려움에 온몸에 소름이 돋고, 발걸음은 더 이상 나아갈 수가 없었습니다. 그런데도 그 불온한 땅은 너무나 가까이에서 민둥산인 벌건 몸뚱이를 드러낸 채 강 어귀에 버티고 있었습니다. 아하,

그래서 구명조끼를 입고 헤엄쳐 내려온 사람도 있었나 보구나! 하는 탄성이 절로 나왔습니다.

용주 어머님, 아이 아버지가 떠나고 나서 강화도라는 낯선 시골에 와서 살면서 참 많은 것을 깨닫고 많은 것을 얻었습니다. 마을길 굽이굽이에는 이 땅에 사는 많은 사람들의 한숨과 눈물이 역사책 갈피처럼 스며 있었습니다. 역사의 땅 강화에 와서야 아이 아버지가 살아내었던 지난 10여 년 동안의 감옥 살이의 의미를 온전히 이해할 수가 있었습니다.

용주 어머님, 어머님께서 70 평생을 한숨으로 살아오신 것처럼 우리 민족은 얼마나 많은 한숨을 쉬었고, 얼마나 많은 눈물을 뿌리고 살아야 했던지를 이 강화에 살면서 비로소 알았습니다. 그리고 또 얼마나 많이 제 발등을 찍는 어리석은 짓을 하고 살았던가를요.

긴급조치라는 이름으로, 유신이라는 이름으로 사람 목숨을 파리 목숨처럼 교수대에 매달아놓았던 세월이 있었지요. 입과 귀를 틀어쥐고 국민의 가슴을 밟아오던 그 시절이 말입니다. 경제개발이라는 명목으로 반대파들을 무자비하게 탄압하고 가두던 70년대, 박정희 독재정부에 저항하지 않는 젊은이는 진정한 젊은이가 아니었습니다. 70년대는 그랬습니다. 감옥에 처넣어진 많은 젊은이들은 감옥에서 시인이 되어 있었고, 시인은 시를 무기로 저항했던 70년대였습니다.

그리고 아드님의 80년, 광주입니다. 청산될 줄 알았던 군사독재가 다시 그 명분을 쌓기 위해 광주에서 총칼을 들고 백성들의 머리에 피를 뿌리고 있을 때 어머님의 아들, 고교생 강용주 학생은 여린 알밤송이 같은 머리로 그 총칼에 대어들어 저항해야 했지요. 그후 의과대학생이 되었을 때 다시 유학생 간첩단의 일원이라는 무시무시한 범죄자의 이름으로 갇히는 몸이 되어 14년 동안 감옥에서 애를 태우더니……. 다들 풀려나오는데 여전히 0.75평 감방에 버티고 있군요…….

저희가 싸워왔던 70년대와 80년대, 아드님이 살아나온 80년대와 90년대가 그들의 인생을 얼마만큼 망가뜨렸는지는 그들을 가뒀던 사람들이 더 잘 알 테지요. 그들의 육신은 망가뜨려지겠지만 그들은 얼마나 크고 높은 인간적인 성숙과 완성을 향하여 나아가고 있는지를 그들은 아마 모를 것입니다. 어머님께서 아들을 믿으시는 것처럼 사람들은 그들이 얼마나 이 나라를 사랑했고, 그 사랑의 열병으로 고통을 겪었는지, 겪고 있는지를, 그 사랑 때문에 죽어가고 다친 사람은 얼마나 많은지를 아는 사람은 알고, 모르는 사람은 내내 모르겠지요.

용주 어머님, 외로워하거나 슬퍼하지 마세요. 역사란 아이러니의 파도에 뒤채는 물결 같은 게 아닐까 하는 생각을 합니다. 세속의 평가도 그렇고요.

60년대에 중학교를 시골 읍내에서 다녔던 저의 어린 시절의 이야기인데, 그때는 단체로 영화관람을 했지요. 그때 본 영화 중에서 내내 잊혀지지 않는 영화가 있습니다. 그 당시에 유명한, 악한으로 잘 나오는 허장강이 광해군으로 나오는 영화인데, 그가 얼마나 무서운 폭군 같고 능글맞았는지 극장 안 여중생들은 그의 일거수 일투족에 소름이 돋기도 하고, 박수를 치며 깔깔대기도 하고, 엉엉 통곡을 터뜨리기도 하였죠.

왕이 되기 전까지는 왕자이면서도 온통 어릿광대짓만 하던
그가 부왕이 세상을 뜨자마자 드디어 어린 영창대군을 쫓아내
어 불에 태워 죽이는 등의 악행을 저지를 때면 극장 안은 온
통 여학생들의 통곡소리로 떠나갈 듯했고 여학생들의 교복 소
맷부리는 온통 눈물로 젖었지요. 마침내 그 폭군에 맞선 반정
의 군사들이 허장강을, 아니 광해군을 몰아내자 다시 장내는
그 반정의 군사들에게 보내는 박수소리와 내쉬는 안도의 한숨
소리로 술렁였지요.

광해군이 쫓겨나 유배된 곳이 여기 강화도에 딸린 작은 섬,
교동이라는 섬입니다. 북한과 가장 근접해 있는 섬이 바로 그
교동이라는 섬입니다. 저는 가끔 서울에 일을 보러 나갔다가
집으로 돌아오는 길목길목에서, 권력의 아귀다툼에서 밀려나
삭탈관직당하고 유배를 떠나는 사람들이 걸었던 그 길을 묘한
감회에 젖어 달려오곤 하지요. 어린 새끼가 어미가 돌아오기
만을 목을 빼고 기다리고 있는 집을 향하여 자동차의 가속도
페달을 조바심치며 밟아대는 게 흡사 어둡기 전에 배소에 닿
아야 하는 죄인의 마음인 듯 조여오는 것을 느낍니다.

유배되어 가는 자의 비통과 외로움 같은 것이 목젖을 꽉 조
여올 때도 있습니다. 삭탈관직을 당할 자리에 서보지도 못한
주제이면서도 섬으로 유배되고 있다는 쓸쓸하고 허전한 느낌,
그런 느낌을 기울어가는 태양과 저녁놀이 조명으로 받쳐주기
라도 하면 사뭇 비장하기까지 합니다. 그러면 고개를 돌려 강
변을 둘러친 철책선들을 바라봅니다.

광해군의 잔악함에 엉엉 소리내어 울다가 광해군을 내치러
몰려온 반정의 군사들에게 박수를 쳐대던 여중생들처럼 광해

군 시대의 백성들도 어쩌면 영창대군이 쫓겨나는 장면에서 엉엉 소리내어 울다가 반정군사들에게 박수를 쳐댔겠죠. 그러다 신흥강국 청나라에 뒤통수를 맞게 되는 호란을 당하여 백성은 짓밟히고 임금은 청나라 병졸 앞에 무릎을 꿇고 말았죠. 광해군이 유배되어 살았다는 강화 교동, 북한 땅과 아주 근접한 땅인 그 유배지를 보면 어릴적 보았던 영화와, 그 영화관에서 벌어진 작은 소동을 떠올리며 실소를 합니다.

용주 어머님. 우리의 삶도 그와 같은 게 아닐까요. 철모르던 어릴 적 영화 한 장면 장면에 의해 희비가 엇갈리던 것처럼 우리의 일상사도 그렇게 조정되며 웃고 박수를 쳐댔던 것은 아닐까요. 시간이 흘러흘러 광해군을 폭군의 사슬에서 풀어놓고 햇빛에 내놓아 재평가를 해야겠다고 하듯이 어머님이나 저희가 살았던 시절도 햇빛에 널어놓을 때도 쉬이 오지 않을까 그런 생각을 해봅니다.

노쇠한 명나라를 등 뒤에서 어르는 한편 다른 한 손으로는 신흥 강대국 청나라에게 화해의 악수를 내미는 광해군, 로마의 네로에 비견되는 조선 폭군의 이 절묘한 북방외교가 임란의 전란에서 살아남은 백성에겐 얼마나 귀한 휴식이었지를 반정의 깃발을 내건 사람들이 알 리가 없었지요. 백성이야 어떻게 되든 그저 권력을 틀어쥐기만 하면 됐으니까요.

그가 유배되었던 유배지에 사는 백성의 한 사람으로서, 폭군의 자리에서 강대국 사이에서 살아남기 위한 뛰어난 외교술의 군왕으로 재평가를 받으며 최근 텔레비전 화면에 재등장한 광해군을 보면서 묘한 생각을 했습니다.

쇠잔한 왕조 명나라와 새로 일어서는 청나라 사이에 낀 소국 조선의 왕으로서 명분보다는 전란에 휩쓸리지 않으려는 안간힘으로 북방외교를 펼치는 왕을 내치려고 하는 사람들을 중학생의 어린 머리로도 이해할 수가 없었는데 그때 교과서 어디에도 광해군의 북방외교가 조선이 선택해야 할 외교정책이었다고 쓰여 있는 곳은 없었습니다. 교사도 말해주지 않았습니다.

명분을 내세우며 권력을 틀어쥐려고 했던 조선의 아첨배들이나 자신의 권력기반을 다지기 위해 간첩을 조작해내고, 통일을 외치는 사람들을 감옥에 처넣었던 사람들이나 속성은 다 같은 게 아닐까 하는 생각이 들 때마다 씁쓰레한 침이 고입니다. 분단을 권력의 도구로 이용하길 즐겨했던 70년대와 80년대를 거쳐온 나라, 21세기를 바라보는 문명국가임을 자처하면서도 40년이 넘도록 인간을 가둬두고도 편안히 잠을 잘 수 있는 야만적인 나라, 그 나라를 어머님의 아들은 사랑하고 있는 것입니다.

마지막 남은 한 방울 눈물조차 증발시킬 것 같은 펄펄 끓는 뜨거운 햇볕을 받아 하얗게 빛이 바랜 면회 길을 생각나게 하는 8월 어느 날의 귀갓길. 그 면회 길을 가듯이 운전대를 잡고 있는 온몸으로 서쪽으로 기울고 있는 뜨거운 햇볕이 쏟아져 들어와 목을 조여옵니다.

아이가 기다리고 있는 아름다운 유배지, 집으로 돌아오는 길목에서 바라보는 짙은 산 그림자가 기울어 가는 석양빛으로 인해 더욱 짙어지고 있습니다. 내일 다시 떠오르기 위해 쉬러 들어가는 태양처럼 어머님도 잠시 마음을 쉬도록 하세요, 그날을 위해.

백운거사 이규보 시집을 읽고

박 선생님께.

선생님, 이제 들판이 텅 비었습니다. 거둘 것 다 거두고 쭉정이와 껍질과 등걸만 남는 계절입니다. 바싹 마른 상수리나무 잎이 바람에 떨어져 여기저기 쓸리며 뒹구는 가벼운 마찰음으로 뜰은 때때로 수선스럽고, 그럴 때마다 가을이 깊어가는 것을 문득 깨닫습니다. 이 계절에 사모님께서도 여전히 명랑하시고 건강하시리라 믿습니다.

선생님께 편지를 쓰고 싶어도 국어를 가르치시니 무슨 책이나 잡히지 않을까 염려스러워 글을 드리지도 못하고, 토일이에게 시켜 카드나 하나 달랑 보내드리고 마는 게 고작 선생님께 대한 저의 마음의 표시이고 말아 죄송스럽고 송구할 뿐입니다.

사모님과 함께 이곳에 다녀가신 게 지난 2월 이른 봄이었는데 그새 계절이 몇 번씩 바뀌어 이제 겨울의 문턱에 선 늦은 가을입니다. 집 주변을 둘러싼 상수리나무들은 잎사귀들을 떨귀내느라 쉬임없이 부산을 떨며 가지를 흔들어대고 있고, 바람에 흔들리는 나뭇가지 너머로 오늘만은 11월의 음산한 하늘을 벗어버리고 온통 바닷빛 일색입니다.

저 먼 남쪽 끝 창원에서 북쪽 끝 한 모퉁이에 붙어 있는 섬 강화도에 있는 저희 모자를 보시겠다고 올라오셨는데 변변히 대접도 못해드려 송구스러운 마음이 가득했는데 오늘 시집 한 권을 읽은 김에 그 시집을 읽고 난 마음을 빌어 선생님께 편지를 씁니다.

선생님께서 오셨을 때 이규보 묘소를 갔지요. 우리가 사는 옆동네 길직리에 있는 고려의 문장가 이규보의 묘. 가끔 찾아가기는 해도 실제로 그의 시를 제대로 읽어보지는 못했는데 지난번 서울에 갔을 때 번역시집을 영풍문고에서 발견하고는 반가운 마음에 얼른 샀습니다. 하지만 볼 짬이 없어 책장 한쪽에 얹어놓고 있었는데 요즘 일거리도 다 마무리를 지었기에 던져놓았던 책을 찾아 읽고 있는 중이지요.

"이규보 선생의 묏자리를 보니까 아, 이런 곳이 명당이로구나 하는 것을 알겠더라구요."

하면서 선생님 내외분을 모시고 고려 문장가의 묘소로 안내를 했지요. 겨울의 잔영이 길게 늘어진 저녁 무렵 찾아든 묘소에는 늙은 소나무 두어 그루가 묘소 입구에 서 있었고, 고려적부터 주인을 지키고 서 있는 돌로 깎은 두 마리의 순한 양이 먼 남쪽에서 이곳까지 찾아온 두 분을 조용히 반기고 있었지요.

이규보에 대한 학자들의 평가는 분분하여 어떤 이는 최씨 무신 정권 아래서 출세 가도를 달린 출세지향의 전형적인 지식인이었다고 하기도 하고, 또 어떤 이는 민중적인 시각에서 그 당시 사회상을 담은 시를 쓴 시인이라고 평하기도 합니다.

지난 봄 이곳에 있는 인천 카톨릭 대학교에서 '강화도의 사상적 맥락과 정신 문화'에 관한 심포지엄이 있었습니다. 그때 이규보의 문학에 대해 자세히 알게 되었지요.

저는 실은 강화에 살았던 인물 중에서 이규보 선생보다 조금 더 관심 쏠리는 분이 이건창 선생입니다. 처음 제가 강화에 산다고 하니 다산(茶山)을 연구하시는 박석무 선생님께서

"아, 강화도에는 강화학파가 있어요. 양명학파라고도 하는데 그중 이건창 선생이 유명한 분이에요. 그분의 할아버님은 이시원 선생이신데 1866년 프랑스 함대가 강화도를 점령했을 때 자결, 순국하신 분이세요. 그 손자인 이건창 선생은 유배생활도 하신 분인데……"

하시며 강화의 정신적 토대를 이루고 있는 여러 분들에 대해 한참을 설명해주신 적이 있습니다.

저는 그때 강화학파가 무슨 학파인지 들어본 적이 없기에 어리둥절 듣고만 있었는데 후에 찾아 읽은 책과 심포지엄을 통하여 좀더 자세히 알게 되었습니다.

그후로 저희 집을 찾은 손님들이나 역사 유적을 찾아오는 분들을 안내해주기 위해 자주 들르는 곳이 집에서 가까운 광성보나 이규보 선생 묘소와 함께 사기리에 있는 이건창 선생 생가입니다. 앞에 세워둔 스테인리스 현판에 쓰여진 글을 읽히기 위해 간다고 할 정도로 맛도 멋도 없는 새로 지은 세 칸짜리 작은 초가이지만 말입니다.

박석무 선생님 설명처럼 이 보잘것없는 서너 칸 집에 사셨

던 분들이 조선의 저항의 학맥을 이어가다 외적의 침략을 받아 자결하시거나 유배를 당했다고 쓰여진 안내판을 읽으며 서 있어보지만 한적한 섬 한 귀퉁이 초라한 농가에서 어떻게 풍전등화 같은 조선의 현실을 알았을 것이며, 그토록 고뇌하다 자결까지 하게 되었을까 의아한 생각만 듭니다.

요즘처럼 통신이 발달하여 누가 삐삐를 쳐준 것도 아니고, 핸드폰으로 전화를 걸어준 것도 아니요, 텔레비전 화면에 비춰진 것도 아닐 텐데, 그분들의 나라를 위한 안테나는 가히 사이버적이라고 하겠습니다.

그분들의 삶이 온전히 이해되고 있는 것은 아니지만, 그곳을 찾으며 깨닫게 된 것이 있다면 약소민족의 설움과, 정도를 걷지 않는 위정자들의 행태가 시대를 넘어서 여전히 이 땅에 사는 사람들을 괴롭히고 있구나 하는 점이었습니다. 그분들의 설움과 고뇌가 내 아이의 어깨에도 고스란히 얹혀 있구나 하는 안쓰러움으로 생가 마당에 서 있을 때가 한두 번이 아닙니다.

뭉그러져 내린 그분들의 묘나 망월동 묘에서 풍화되고 있는 아이 아버지나 면면이 이어오며 비슷한 생의 내력을 엮어 나가도록 운명지어진 게 이 땅에 사는 사람들의 업보인가 보다고 체념하며 차를 돌려 생가 마당을 돌아나옵니다.

이규보 시를 읽으며 입신양명을 위해 썼든, 사회를 바로잡기 위해 썼든, 아니면 즐거움을 주기 위해 썼든 그가 죽은 훗날에는 너절한 육신은 삭아 없어지고 그의 글만이 남아 전해진다는 사실을 새삼 깨닫습니다.

우리 이웃동네에 누워 계신 이규보 선생의 경우에도 그렇습니다. 고려가 몽고의 침입을 받아 강화도로 천도한 이후 최씨 무신정권 시기에 출세 가도를 달려 높은 벼슬을 했든 어쨌든 그의 글은 남아 연구되기도 하고 읽히기도 합니다. 요즘 제가 읽고 있는 《백운거사 이규보 시집》(민속원 간, 김진영 · 차충환 역주)에 있는 몇몇 시들을 보며 저는 많은 생각을 합니다. 그 중 눈에 띄는 몇 편을 골라보면

　　논바닥에 엎드려 비맞으며 김매니
　　흙투성이 더러운 꼴 어디 사람 모습이랴만

　　왕손 공자들아 날 멸시하지 마라
　　그대들 부귀 영화 우리 농부로부터 나온다네

　　햇곡식은 푸릇푸릇 아직 논밭에 있는데
　　아전들 벌써부터 세금 거둔다고 성화네

　　힘써 농사지어 나라 살찌게 하는 것 바로 우리들인데
　　어째서 이리도 살가죽을 벗기는가
　　　　　　　　　　　　　　　　　　　　－〈농부를 대신하여〉

　　금년에 흉년들어 먹을 것 없다 하지만
　　어린 자식이 먹으면 몇 술이나 먹으랴

　　엄마와 아이 하루아침에 원수가 되었으니

세상인심 각박한 것 가히 알 만하네
                      —〈길에 버린 어린아이〉 중에서

참 이상한 일이지요. 저는 이규보의 이런 시들에서 토일이
아버지의 농민시들을 읽습니다.

산길로 접어드는
양복쟁이만 보아도
혹시나 산감이 아닐까
혹시나 면직원이 아닐까
가슴 조이시던 어머니
헛간이며 부엌엔들
청솔가지 한 가지 보이는 게 없을까
허둥대시던 어머니
빈 항아리엔들 혹시나
술이 차지 않았을까
허리 굽혀 코박고
없는 냄새 술 냄새 맡으시던 어머니

늦가을 어느 해
추곡 수매 퇴짜맞고
빈 속으로 돌아오시는 아버지 앞에
밥상을 놓으시며 우시던 어머니
(생략)
동구밖 어귀에서

오토바이 소리만 나도

혹시나 또 누구 잡아가지나 않을까

머리끝 곤두세워 먼 산

마른 하늘밖에 쳐다볼 줄 모르시던

......

　　　　　　　　　　　—김남주의 시 〈편지〉 중에서

　이규보의 시들이 고려시대 외적 몽고군에 짓밟히고, 군사
정권의 서슬 퍼런 무단정치에 휘둘리며 먹을 것 입을 것 빼앗
긴 농민들의 실상을 여실히 보여준 것들이었다면, 7백 년 후
에 쓰여진 김남주 농민시들은 군사 독재정권하에서 도시로
내몰리고 저곡가에 생산기반을 빼앗긴 1960년대와 1970년대
우리 농민들의 모습이었습니다.

　아니 60, 70년대보다도 20세기 말 현재의 한국에서 벌어지
고 있는 일에 더 가깝다고 하겠지요. 7세기 전의 고려 현실이
나 7세기 후 한국의 현실이나, 탈세나 부패, 인간성 파괴는 그
때나 이제나 한치의 어긋남이 없어 시를 읽으면서도 참 어이
없다는 생각으로 책을 덮었습니다.

　목소리와 얼굴을 감추고 컴퓨터 화면에 등장한 얼굴과 글을
가지고 사이버 문학이니 사이버 예술이니 하는 세상에 고려적
시를 읽는다는 것이 도대체 21세기를 살아가야 할 사람으로서
의 무대책, 무책임인 것만 같은 생각이 듭니다. 낡아도 한참
낡은 세대가 되어버렸구나 하는 자괴감이 들면서도 여전히 책
을 놓지 못하고 있습니다.

인간의 세상은 모두 궤멸되어버리는 영화 같은 세상이 찾아
올지도 모른다는 이 세기말에 고려적에나 있을 법한, 자식을
버리는 일이 벌어지고 있으니 세상만사 참으로 알다가도 모르
겠습니다.

광주와 강화를 오가며

어려서 역사에 관심이 많았던 저는 일제시대 광주학생운동의 모태가 된 광주일고에 대해 참 좋은 생각을 지녔습니다. 정의감과 의협심이 많고 용기 있는 남학생들……. 책에서 만난 그 학생들의 인상은 참으로 강렬했습니다.

그러나 대학생이 되어서 만난 그 광주일고 후배들은 순하고 촌스러운 그저 시골 출신 대학생일 뿐이었습니다. 그러면서도 뭔가 남다른 어떤 강렬함이 그들 눈빛 속엔 있는 것 같았습니다. 그후 그야말로 아주 촌스러운 한 시인을 만났을 때 그 역시 어떤 강함이 그 속에 내재해 있는 것을 알아차릴 수가 있었습니다.

70년대 초반, 민청학련 사건이 터졌을 때 신문기사는 그들 중의 몇몇 학생이 광주일고 출신이라는 것을 적어놓았고, 저는 그 활자에 주목하며 '그래, 광주에는 그들의 후배가 있어 저항의 맥을 이어가고 있는 것이구나' 하고 생각했습니다.

제가 만났던 그 시인도 그 학교를 다녔다고 했습니다. 그와 깊은 인연으로 얽히게 되었을 때 사람들은 그가 광주일고를 다녔다는 것을 이야기해주었습니다. 더불어 그가 또 그 광주 일고를 중간에 그만 자퇴했다는 사실도 자랑스럽게 들려주었습니다. 그 이야기를 들려준 후배들도 그 학교 출신이었습니다. 그들은 그가 그 학교를 다닌 것도 자랑스러워했지만, 학교를 자퇴한 시인의 행동 또한 자랑스럽게 떠벌렸습니다.

어느 해 깊은 가을날, 우리 모자는 남편의 동기들로부터 동창모임에 초대를 받았습니다. 어쩐지 참으로 쑥스럽고 계면쩍은 초대였습니다. 그가 이미 이 세상 사람이 아니라는 것도 저를 주저케 했지만, 더 큰 이유는 그가 자기의 친구들을 내버리고 중도에 학교를 그만둔 사람인데 오히려 친구들은 그를 불러주고 대접해주고 있다는 것이었습니다.

어린 아들을 데리고 학교 교정으로 들어서니 새삼 목이 메어왔습니다. 80년 9월, 그가 서울구치소에서 2심을 끝내고 광주로 이감되었을 때 저는 그를 찾아갔습니다.

그해 5월, 광주에는 참으로 엄청난 학살의 피바람이 불었고, 순정파 노처녀였던 저는 그 회오리바람에 휩쓸려 정신을 못 차린 탓(?)이었던지 15년 징역보따리를 받아놓은 그의 옥바라지를 하겠다고 나섰던 것입니다. 그 덕분에 저는 광주라는 '역사의 바다'에 몸을 담그게 되었고, 역사의 바다에 익사한 시인의 미망인이 되어 지금 그의 발걸음이 찍혀 있는 교정을 밟고 서 있습니다.

그때 80년 9월, 누군가의 손에 이끌려 처음으로 이 학교의 교정에 와서 학생독립운동 기념탑을 바라보게 되었습니다. 서울 사람은 아무도 남대문을 구경하러 오지 않듯이 광주에서는 광주학생탑을 구경 오는 사람이 없었습니다. 그렇지만 저는 참 감회 깊게 그 탑을 구경했고, 30년대 역사책 속으로 들어가 그들의 외침을 듣는 듯했습니다.

동창회로부터 초대를 받던 날, 그날 밤 교정으로 들어서며 이곳이 아빠가 다녔던 학교라고 아들에게 일러주었습니다. 그러면서도 교정에 있는 학생탑은 들르지 않았습니다. 솔직히 이야기하자면 아들의 어깨에는 역사의 무게를 얹어주고 싶지가 않습니다. 우리는 그 동안 얼마나 많은 역사의 무게에 짓눌려 왔던가.

광주의 아빠 산소에 가서도 광주의 역사를 아이에게 들려주지 않았습니다. 내 아이가 떠메고 살아야 할 '존재의 무거움'을 그가 언젠가는 깨닫게 될지라도 어린아이는 어디까지나 깃털 같은 가벼움과 명랑함으로 세상을 누려야 하므로 굳이 말하고 싶지 않았습니다. 엄마가 역사를 가르치지 않아도 아이는 이미 역사의 바다에 던져져 기나긴 항해를 해야 하는 운명을 타고났는지 모르겠습니다.

강화도는 역사의 땅입니다. 그 땅에서 우리는 그가 주장했던 대로 호미 들고 삽 들며 콩이며 감자며 야채며 고구마를 심고 씨 뿌리며 흙 속에서 살면서 역사의 체취를 공기처럼 마시고 삽니다.

우리는 밭을 매다가도 손님이 찾아오면 선사시대로 달려가 선인들의 거대한 돌무덤인 고인돌 앞에 서서 그 옛날 바람을 쐬기도 하고, 조선의 포대인 광성보와 무명용사의 무덤으로 달려가 뒹굽니다. 아이는 무명용사의 묘비명에 적힌 역사의 무게와는 아랑곳없이 가벼운 발걸음으로 또는 자전거 페달을 밟으며 역사 속으로, 들길 속으로 쏜살같이 내달립니다. 아이가 밟고 다니는 흙길에도, 아이의 발부리에 부딪치는 돌멩이 하나하나에도 역사의 숨결은 담겨 있습니다.

다섯 살 때이던가 성수대교가 무너졌을 때 아이는 방바닥을 치며 "엄마, 우째 이런 일이……." 해서 함께 텔레비전을 보던 어른들이 실소한 적이 있었습니다. 그 다음해 '12·12 사태…… 어쩌구저쩌구' 하며 한창 난리를 피우니까 아이는 아예 '시비시비 사태' '시비시비 사태……' 하며 노래를 부르고 다녔습니다. 그러더니 느닷없이 "엄마, 노태우는 거짓말쟁이지이?" 하고 묻는다거나 "전두환도 나쁜 놈이야?" 하고 물어오곤 했습니다.

선거 때 이야기인데 어쩐 일인지 아이는 김대중 지지자가 되어 있었습니다. 엄마의 영향이 있었던 것은 아니었느냐고요? 글쎄요. 아이에게 표나게 어떤 의견을 말한 것은 아니었다고 기억이 됩니다만 어쨌든 아이는 김대중의 지지자가 되어 있었습니다.

학교에서 김대중이 좋다는 말을 했다가 또래 친구들로부터 집단으로 면박을 당해 그 다음부터는 김대중이 좋다는 말을 할 수가 없었다고 합니다. 그 이유를 물었더니 자기네 반 애들은 대부분 이인제가 좋다고 해서 그랬다는 것이었습니다. 아이들 세계에도 지역 감정의 두터운 더께가 덮여가고 있는 거라는 발언들을 듣는 것 같아 조금은 씁쓰레했습니다.

아이가 지지하던 사람이 대통령에 당선됐을 때 그 아이는

아빠는 역사의 바다에 빠져 허우적거리다 익사했지만,
아들에게 이 바다는 그냥 놀이터이길 바라는 마음입니
다.

너무나 좋아서 어쩔 줄을 몰라했습니다. 왜 그렇게 좋아하냐 니까 아이는 "그냥. 내가 김씨니까."라고 단순하게 대답했지 만, 아이 나름으로 갖게 되는 정치적인 소신이나 나름의 이야 기를 들어보면 그냥 웃어넘길 수 없는 대목들도 있다는 걸 발 견합니다.

성수대교가 왜 무너졌느냐는 물음에 대답할 말이 내겐 너무 나 빈약했습니다. 시비시비 사태가 무언지 설명해준다는 건 쇠귀에 경을 읽어주는 것보다 더 어려운 일이었습니다. 왜 노 태우가 거짓말을 했다고 생각했는지 그때 아이에게 묻지 않았 습니다. 그리고 전두환이 왜 나쁜 놈인지 설명해줄 수가 없었 습니다.

지난 봄이든가 전두환과 노태우가 감옥문을 나서는 것을 보 며 그때 아이가 무어라고 했는지 기억나지는 않지만 어쨌든 아이는 아마 "엄마, 그럼 저 사람들 죄가 다 없어진 거야?" 하 고 물었지 않았나 싶습니다.

언젠가 냉장고를 수리하러 왔던 젊은이가 벽에 걸어놓은 아 이 아빠의 시를 보고 이거 김남주 시인이 직접 쓴 시냐고 묻 더군요. 저는 그 시인을 아느냐고 되물었습니다. 그러나 이 집 이 시인의 가족이 사는 집이라는 걸 말하지 않았습니다.

수리공이 자기가 아는 시인들의 이름들을 한참 주워섬기며 자기가 어떤 영향을 받았는지를 자랑스럽게 이야기하는 것을 보며 새삼 놀란 적이 있었습니다. 이런 시골 구석에서, 더욱이 책을 가까이 할 것 같아 보이지 않는 한 젊은이의 입에서 듣 는 그의 이름과 그가 열거하는 시들을 들으며 저는 지식인의 역할 같은 것을 생각했습니다.

　강화도는 역사의 바다입니다. 아빠는 역사의 바다에 빠져 허우적거리다 익사했지만, 아들은 그 역사의 바다에서 강아지와 게를 데리고 놉니다. 아들에게 이 바다는 그냥 놀이터이길 바라는 마음입니다. 전란의 피난처이거나 유배지가 아닌, 아름답고 평화로운, 풍요의 땅, 왕성한 기력으로 모든 이에게 충만한 기를 주어 활기를 불어넣어주는 그런 생명의 땅이길.
　훗날 내 아들이 자라서 아빠가 짊어졌던 역사의 무게에 짓눌리기보다는 강화도 갯벌에서 뛰놀던 그 즐거움과 가뿐함으로 세상을 추억하길 염원합니다. 참 아름다웠던 섬 소년의 추억을 간직한 그런 땅이길. 그리고 중년의 어느 구비에서 삶이 구차하게 느껴질 때 다시 돌아와 심호흡으로 다시 자신을 가다듬을 수 있기를.

가을 운동회

어제는 토일이네 학교 운동회가 열렸습니다. 탁 트인 하늘하며 화창한 햇살이 목줄기를 까맣게 태우는 날씨였습니다.

올해 운동회는 다른 어느 해보다 각별한 의미를 갖고 있는 운동회입니다. 경제난국에 너나없이 쪼들릴 대로 쪼들린데다 엎친 데 덮친 격으로 전국이 물난리를 겪고 난 터라 대도시에서는 운동회를 여는 학교들이 손에 꼽을 정도였지요. 이곳 강화에서도 대부분 봄에 하는 소운동회 수준으로 간략하게 하고 점심은 평상시와 같이 학교 급식으로 때우는 곳도 허다한 형편이었습니다.

그러나 토일이네 학교만은 선생님과 학부모들이 합의를 보아 전과 다름없이 치르기로 했습니다. 내용은 작년보다 알차고 더 풍성해졌습니다만 경비는 외려 작년 수준의 절반을 가지고 해냈으니 정말 잘했다는 생각이 듭니다.

도시에서만 산 사람들은 시골 운동회의 소박하고도 흥분된 잔치 기분을 잘 모르실 테지요. 시골에서의 운동회는 아이들과 선생님만의 잔치가 아니라, 그 학교가 속해 있는 면(面) 사람들의 잔치였다는 기억이 저에겐 아직도 생생한데, 불은초등학교의 운동회는 그야말로 면에 사는 모든 사람들의 잔치 같은 운동회였습니다.

제가 학교에 다녔던 50년대 말과 60년대 초반에는 참 많은 잔치가 있었죠. 닷새마다 열리는 장날도 흡사 잔치처럼 흥청거렸고, 음력 설과 대보름은 보름 이상씩 계속되는 고을 잔치였습니다. 사랑방에서 윷놀이나 새끼를 꼬는 내기를 하다가 심심하고 몸이 근질근질해지면 옷을 갖춰 입고 꽹과리나 징, 장고 북들을 들고 나와 집집을 돌며 복을 빌어주기도 하고 겨우내 뒤틀린 몸을 풀며 농사지을 준비운동을 했던 것 같아요.

열 살 남짓한 여자아이였던 우리들은 농악패를 따라다니기도 하고, 머리 큰 언니들과 어울려 그들의 연애담에 귀를 기울이기도 하였습니다. 날이 어두워지면 아주머니들과 할머니들이 모여 놀고 있는 누구네집 안방이나 건넌방으로 찾아가 춤을 추거나 노래를 불러주고 다식이나 강정 같은 맛있는 것들을 치마폭에 담아 동무들과 함께 나눠먹고는 했지요. 그 놀이는 아마 대보름까지 이어졌던 것 같습니다.

그리고 추석이면, 저의 고향 여주에서는 보름달을 밟으며 소놀음을 놀았지요. 대부분의 사람들이 '소놀음' 하면 양주지방의 소놀음을 떠올리는데, 양주지방은 멍석을 뒤집어쓰고 하는 것이고, 여주지방의 소놀음은 여름날 무성히 자라난 수숫잎을 훑어내어 만든 소였지요.

수숫잎을 엮어 머리도 만들고 막대기를 꽂아 꼬리도 만들어 붙입니다. 거기에 동네 청년들 서너 명이 들어가 꼬리와 머리를 흔들어댑니다. 그러면 영락없는 소가 됩니다. 추석날 휘영청한 보름달을 밟으며 집집으로 다니며 놀아주다가 그 집에서 내주는 송편이랑 부침개를 받아다가 질펀히 놀고 난 끝에 나눠먹는 풍습인데, 부엌문에 기대어 보던 소놀음과 수숫잎이 버석거리는 소리가 지금 이 글을 쓰는 귀에 쟁쟁합니다.

초등학교를 졸업한 이후 읍으로 나가 살았고 그후론 고향에 내려가지 않아 잘은 모르지만, 그때 본 수숫잎 소놀이가 여주 지방에서 놀았던 추석날 소놀음의 마지막 공연이 아니었을까 하는 생각이 듭니다.

마을 공동의 농악기를 차지할 수 없었던 아낙네들은 물이 찰랑찰랑 담긴 동이를 방 한가운데 놓고 거기에 바가지를 엎어놓고 숟가락으로 두들겨 북소리를 대신했고, 거기에 물동이 하나를 더 갖다놓고 바가지를 띄우면 장고가 되어 흥은 한층 고조되었습니다.

어머니가 바느질과 인두질로 밤새도록 만들어낸 색동 저고리 붉은 치마의 설빔을 보름 때까지, 하얀 동정에 새까맣게 때가 낄 때까지 입어도 벗을 줄 몰랐던 우리들은 할머니들이 불러주는 '도라지 도라지 백도라지……' 하는 노랫가락에 손짓 발짓으로 춤을 추고, 오물거리는 이 빠진 입으로 흥얼거리며 손바닥 장단을 맞추던 할머니들이 던져주던 대추 몇 알, 곶감 몇 덩이에 어리던 우리의 춤 사위는 그칠 줄 모르고 이어졌죠…….

이웃집에 세배를 다니던 풍속도 사라지고 덕담을 나누던 미덕도 사라진 지 오래인 농촌. 축제도 놀이도 양속도 버려진 지 오래인 농촌이 오로지 도시를 위한 생산의, 먹을거리를 만들어내는 공장으로 전락하고 말았다 해도 과언이 아닙니다. 그것도 아주 싼 저임금을 주고 생산해내는 먹거리 공장으로 취급받고 있다는 것은 정말 생산 의욕을 떨어뜨리는 가장 큰 요인임은 물론입니다.

예전의 농촌 공동체를 이야기하려는 것은 아닙니다. 농촌은 그나마 있던 줄기와 뿌리마저 뽑혀 얼마 안 가 고목처럼 자빠져 나뒹굴게 될 것만 같은 형국입니다. 노동 외에는, 노동의 고단함을 풀어버릴 다른 어떤 생활이나 문화가 없는 농촌이 삭막해지고 각박해지는 것은 지극히 당연한 일이지요.

모든 축제의 마당이 사라져버린 지금이지만, 그래도 그 흔적을 군이 찾아본다면 초등학교 운동회가 축제라면 축제라고 할 수 있습니다.

토일이의 첫 번째 운동회에 갔을 때 저로서는 이해할 수 없는 일이 벌어지고 있었습니다. 아이들의 잔치인데 아이들의 숫자보다 할아버지와 할머니들의 숫자가 더 많은 듯했고, 자모회 엄마들은 아이들을 챙기기보다는 하루종일 밥을 퍼나르고 국수를 삶아내고 떡을 담아내는 일에만 몰두하는 것 같았습니다.

'운동회에 웬 음식상?'

"토일이 어머니, 좀 이상하게 보이죠? 시골은 운동회가 동네 잔치예요. 운동회 날은 할머니 할아버지들이 모두 학교에 나오셔서 즐겁게 노시다 가시는 날이라 엄마들이 조금만 거두고 조금만 애쓰면 노인네들이 잘 잡숫고 잘 노실 수 있잖아요. 그것도 일년에 한 번밖에 없는."

자모회장인 보람이 엄마가 매사를 의아하게 생각하고 있는 저에게 길게 설명해줬지만 여전히 왜 애들 잔치가 노인들의 잔치가 되어야 하는지를 온전히 이해하지 못한 채 첫 번째 운동회를 마쳤습니다.

다음해 치른 운동회에서도 엄마들의 관심은 도시 엄마들과는 다르게 운동회가 어떻게 치러지는가 하는 것보다 동네 노인들에게 무엇을 대접하고 어떤 음식을 마련하느냐가 더 큰 관심거리인 것 같았습니다. 엄마들은 소머리를 사다가 밤새도록 고아서 국을 끓여놓고, 묵을 쑤고, 쌀을 가져다가 떡을 뽑아내고 김치를 담그는 등 음식 마련에 바쁜 농삿일도 젖혀놓아야 했습니다.

이 동네에 갓 진입한 국외자였던 탓에 이번에도 전 그들이 하는 양을 지켜볼 뿐이었지만, 그래도 자모회에 들어 있게 된 덕분에 이곳 젊은 엄마들이 고장 노인들을 위해 열성으로 음식을 장만하는 것을 가까이서 볼 수 있었고, 저 자신이 얼마나 이기적이고 그릇된 생각을 갖고 있었는지를 알았습니다.

선생님, 참 부끄러운 이야기지만 도시에 사는 사람들은 생각의 틀이 내 아이, 내 남편, 내 가족에만 머물러 있는 게 아주 당연시됐습니다. 저 자신이 그런 이기적인 사고들을 비판했으면서도 어쩔 수 없이 그런 사고로 머리가 굳어져 왔던 모양이었습니다. 그런데 외양은 아주 도시화된 농촌의 아낙들이면서도 마음은 옛적처럼 나누고 챙겨주는 것을 아직까지는 소중하게 간직하고 있는 거였습니다.

제가 할 수 있는 건 소머리를 삶는 일도, 밥을 맛있게 짓는 일도, 묵을 찰지게 쑤는 일도 아니기에, 무슨 역할을 할 수 있을까 궁리하다, 가을날의 축제를 흥성한 놀이판으로 만들어줄 만한 것이 없을까 하는 데에 생각이 미쳤습니다. 지난번 아이들 교실에서 열렸던 첼로 연주회를 치르고 나서 이런 일들이 좀더 체계적이고 구체적인 형태로 이어질 수 있다면 굳이 서울을 선망의 눈으로 바라보지 않아도 되지 않을까 하는 생각을 하다가 운동회에 풍물을 곁들일 수만 있으면 좋겠구나 하는 생각을 했습니다.

'모든 세계의 중심은 자신이다.'

이제까지 모든 것의 중심은 서울이었습니다. 정치도, 경제도, 문화도, 교육도. 서울이 아닌 곳에 사는 사람들은 일등 시민이 아니고 항상 이등이나 그밖의 등수로 밀려난 사람일 뿐이었습니다. 자신이라는 존재가 중심이 되지 못하고 어딘가를 바라보아야 하고, 거기에 도달하지 못한 처지를 비관하며 어딘가를 선망의 눈으로 바라보고 있다는 것은 참으로 비참한 노릇입니다. 무엇인가에 짓눌려 그 무엇인가에 끌려가고 있다는 것은 자신을 한없이 비참한 기분에 빠뜨립니다.

자신이 중심이 되기 위해서는 내 주변으로 그것들을 끌어내려야 합니다. 아무 일도 하지 않으면서, 그저 애써 생산해낸 것들을 먹어대기만 하면서 농촌을 깔고앉으려는 도시를, 도시가 소유하고 누리고 있는 것들을 내가 서 있는 곳으로 끌어내릴 수만 있다면 하는 생각은 첼로 연주를 치른 이후에 저의 머리를 꽉 메우는 화두였습니다.

내가 그곳으로 달려갈 것이 아니라 그들을 이곳으로 달려오도록 설득해내자는 생각은 저를 조바심치게 했습니다. 어쩌면

모든 놀이가 도시에만 몰려 있어 농악소리마저 끊긴 이곳, 오랜만에 운동장
가득 꽹과리와 징소리가 넘쳐나고, 열두 발 상모가 빙글빙글 도는 축제의 한
마당이 펼쳐졌습니다(사진·김현조).

나 같은 사람이 할 수 있는 역할일지도 모른다는 생각이기도 했습니다.

선생님, 이번 운동회가 얼마나 흥겨운 운동회였는지 모르실 거예요. 민예총 김용태 선생님의 도움으로 농악소리가 끊긴 지 수십 년 만에 운동장 가득 꽹과리와 징소리가 넘쳐나고, 열두 발 상모가 빙글빙글 도는 축제의 한마당이 되었습니다. 할머니 할아버지들은 잊어버린 어깻짓을 되찾았고, 너른 운동장은 아이들과 어른들의 춤판으로 들썩이게 되었지요.

예전엔 운동회 날이면 학교로 가는 길은 사람들로 하얗게 뒤덮였고 학교 운동장 둘레와 그 밭두둑에는 엿장수, 풍선장수, 떡장수, 딱총장수, 막걸리장수들로 북적거렸습니다. 아이들은 깔려 있는 장수들과 동네 사람들을 헤집고 다니며 자신들의 축제를 맘껏 뽐내며 같이 흥청거리고 10원짜리 지폐를 까먹는 재미를 만끽하고는 했지요.

이제는 선생님 같은 분들이 도시에만 몰려 있는 놀이를 농촌으로 돌리는 일에 나서셔야 할 때입니다. 문화와 놀이가 없는 생활이란 빈 쭉정이 같은 삶이라는 걸 누구보다도 더 잘 아시는 분들이 김용태 선생님이나 문 선생님이십니다. 알찬 수확을 위한 놀이와 휴식, 충전을 위한 문화의 공유가 어쩜 선생님 같은 분들이 해야 할 역할인지도 모르겠습니다.

추석이 되어도, 설날이 되어도 시골은 늪에 가라앉은 돌멩이처럼 침묵과 고요 일색입니다. 명절은 있으되 명절의 흥청거림이 없습니다. 물론 모든 이들이 흥청거리고 들썩거린다면

단 두 모자만이 사는 우리로서는 더 깊은 소외와 외로움으로
견뎌내기가 힘들겠지만, 어쨌든 흥청거림이 없는 명절을 맞고
보내야 하는 시골생활이란 사람 사는 맛이 한결 덜한 것은 사
실입니다.

내 가슴을 세 번만 밟아주오

김민영 선생님께.

보내주신 선물 잘 받았습니다. 선생님 덕분에 늘 풍성한 명절을 맞이하게 되어 저의 마음이 얼마나 넉넉해지는지요. 아이 아버지가 있을 때에도 한 번도 거르시지 않고 명절이 되면 선물을 잔뜩 안겨주셔서 빈한한 명절상을 푸짐하게 차릴 수가 있었는데, 그가 가고 난 지금까지 그 선물이 이어지고 있으니 무어라 감사한 마음을 표현할 길이 없습니다.

선생님께서 보내주시는 선물은 물질도 물질이려니와 두 식구만 달랑 있는 집에 누군가가 저희의 명절을 위해 이렇게 챙겨주고 있다는 생각만으로도 훈훈하기에 더욱 귀한 선물이 되고 있습니다. 선생님께서 보내주신 것을 이웃들과 나눠먹다 보니 자칫 각박해지기 쉬운 시골 명절에 인심까지 나눠가질 수 있어서 더욱 소중한 선물이 되고 있지요. 나눌 것 없는 제가 나눌 수 있게 되었으니까요.

생각해보면 이토록 많은 사랑을 받고 있는 사람들이 또 있을까 할 정도로 넘치는 사랑을 받고 있습니다. 아이 아버지가 사랑을 받던 사람이었다고는 하지만, 그가 이미 세상을 떠난 마당에 그에 대한 사랑이 가족에게까지 이어지고 있다는 것은 아무나 받을 수 있는 사랑이 아니지요. 그 사랑 덕분에 저희는 외로워할 겨를도 슬퍼할 겨를도 없이 5년이라는 세월을 흘려보낼 수가 있었고, 지금은 사랑받는 나무가 튼튼하고 잘 자라게 되는 것처럼 건강하고 튼튼한 사람으로 설 수 있게 되었습니다.

이제는 그 많은 사랑에 자족하지 않고 제가 받은 사랑의 반만큼만이라도 돌려줘야 하지 않을까 하는 생각을 합니다. 아직은 미력하지만 그 사랑을 돌리는 것만이 많은 분들의 사랑에 대한 보답을 하는 것이라고 여기고 있습니다.

소풍날을 기다리는 아이들처럼 명절을 앞두고는 선생님 선물을 기다리는 게 습관이 되어버렸는데, 올해는 아예 기대하는 마음조차 생기지 않았습니다. 누구나 겪고 있는 이 난국이 선물을 기다리는 설렘조차 뭉개버려서였지요. 그러나 역시, 선생님은 어김없이 보름 전에 예의 그 선물꾸러미를 보내주셨습니다.

작은 것에 행복을 느낄 수 있는 사람이 진정 행복한 사람이라는 말이 맞다면, 저희처럼 행복한 사람도 아마 없을 것입니다. 창원에 있는 어떤 젊은이는 잡지에서 저희에 관한 기사를 보았다며 유적지 탐방을 겸해 강화도 저희 집으로 신혼여행을 오겠다고 했습니다.

그들은 2박 3일을 토일이의 작은 방에 머물며 하루는 산에서 진달래를 캐어다 심어주고 그 다음날은 닭장을 지어주며 신혼의 이틀을 이곳에서 묵고 떠났습니다. 아마 그 진달래가 피어나는 봄이면 저희 집 작은 방에 신혼의 꿈을 풀었던 그 부부를 생각하겠지요.

토일이의 귀를 수술해주신 의사 선생님, 그리고 또 다른 선생님 내외분, 토일이에게 다정한 편지를 보내주시는 서울의 문 선생님…….

선생님, 열매를 매달고 있지 않은 과일나무를 바라보는 심정을 아시는지요. 저희 집 언덕 아래에는 커다란 상수리나무가 있습니다. 작년에는 그 상수리나무에 상수리 열매들이 새까맣게 매달려 있어 아, 올해는 도토리를 많이 줍겠구나 하는 기대로 뻔질나게 그 길을 오르내렸는데, 열매 하나 매달고 있지 않은 텅 빈 나뭇가지를 바라보고 언덕길을 오르내리려면 발목에 맥이 빠져버린 양 발걸음이 허전하지요.

올해는 아무리 여기저기를 쳐다봐도 열매 하나 매달고 있지 않은 텅 빈 나무들뿐입니다. 감나무도, 밤나무도 서너 알 정도의 과실을 매달고 있다 제풀에 떨어져버리고 맙니다. 어찌 이리 빈궁하고 허전한 가을인지, 겨울은 또 어떻게 맞고 보내야할지 난감한 세상에, 늘 과분한 사랑에 둘러싸여 있으니 저희 모자야말로 진정 복 있는 사람이라는 생각을 하게 됩니다.

시골에서의 생활도 만 3년이 다 되어가고 있습니다. 보기에는 하잘것없어 보이지만 텃밭을 가꾸는 일이 저에게는 쉬운 일이 아니었습니다. 밭에서 나는 먹을 수 있는 모든 것을 텃밭에다 가꿉니다. 두 식구라고 하지만 끊이지 않고 찾아주는 방문객들을 포함한 모든 사람들이 먹을 야채들과 잡곡들을, 마늘이나 양파, 고추 같은 양념들을 철철이 바꿔가며 심고 김매고 거두고 타작하며 사는 것이 저의 일상이기도 합니다.

추석을 앞둔 요즘은 들깨를 베어 터는 일을 합니다. 좀더 지나면 콩대를 뽑아 털어야 할 터이고, 마지막으로 김장을 담그고 나서 마늘을 심으면 올해 일은 대충 손을 놓게 됩니다.

노랗게 단풍이 들기 시작한 들깻잎을 따다 소금물에 삭혀 겨울 밑반찬으로 장만해놓고 나서 여문 알들이 말라 떨어지기 전에 서둘러 들깨를 베었습니다. 베어서는 단으로 묶어 햇빛에 말려야 깨가 잘 털어집니다.

웬만큼 말라가기 시작하면 송아리에 있던 깨알들이 튀어나오고 그때 깻단을 들어 긴 막대로 텁니다. 깻단을 들어 털 때마다 진한 들깻내와 먼지가 코를 찌릅니다. 처음에는 진한 들깨냄새가 싫어 코를 돌렸는데, 자꾸 마시다 보니 이제는 그 냄새가 좋아졌습니다. 들깨는 다른 어떤 것보다 심기에도 좋고 생각한 것 이상으로 수확도 좋아 많이 심습니다. 작년엔 한 말 가량을 했는데 올해엔 그 두 배도 넘게 나올 것 같습니다.

들깨는 아주 생명력이 강한 작물입니다. 들깨를 심을 때마다 떠오르는 말이 있습니다. 옛날, 언젠가 옥중에 있는 남자를 면회 다니는 딸을 못마땅하게 여기시는 아버지와 언짢은 논쟁을 하다가 글을 써야겠다는 핑계를 대고 양수리의 어느 농가에서 몇 달을 묵은 적이 있었습니다.

농사짓는 것과 인연이 있으려고 했던지, 그 농가에 있으면서 원고지 한 칸 메우지 않고 그 집 할아버지와 할머니를 따라다니며 일하는 재미를 붙였습니다. 그때가 가물이 심한 늦은 봄, 땅을 파면 흙먼지만 팍팍 이는 그런 가물이었습니다.

하루는 흙먼지 이는 밭에다 들깨를 심어나가고 있었습니다. 들깨 모를 심으며 그 집 할머니 하시는 말씀이 "들깨가 이런 댜. 내 가슴을 세 번만 밟아주오 하고 말이지." 하며 흙을 꾹 꾹 눌러주라고 하였습니다.

그게 무슨 뜻인지 이해하시겠어요? 누군가에게 그 이야기를 들려줬더니 너무 슬프다고 하더군요. 비장한 느낌마저 든다면서요. 땅이 박해도, 햇빛이 내리쬐지 못하는 그늘진 곳 어디서라도 뿌리를 뻗고 사는 게 바로 들깨라는 것입니다. 들깨를 심노라면 내 가슴을 세 번만 밟아주오 하던 할머니의 말씀이 들리는 것만 같아 꾹꾹 눌러 심습니다.

참깨를 심은 적이 있습니다. 그런데 심어놓고는 풀 뽑는 일이 늦어지고 말았는데, 그새를 참지 못하고 깨싹이 풀에 녹아 버렸습니다. 당연히 그해 참깨 농사는 낭패를 보고 말았지요.

사람의 손길이 늘 닿아야만 하는 참깨와는 달리 그야말로 들것 같은, 야성(野性) 그대로 잘 자라는 이 작물을 심어 기름을 짜다 나눠먹기도 하고, 갈아서 음식을 만들 때 넣기도 하고 선생님께서 보내주신 김을 잴 때 쓰기도 합니다.

우리네 입맛이나 생활들이 어느 사이에 고급이 됐는지 '들' 냄새 나는 것들을 촌스럽다 하고 배척하기 시작했습니다. 시골에 가서 살고 싶다는 말을 입에 달고 사는 사람들조차 어쩌다 농촌에 내려와도 좀처럼 호미자루나 삽자루를 잡으려 하지 않습니다. 완상가치로서의 농촌을 좋아할 뿐이지, 손에 흙을 묻히는 일에는 서툴고 꺼려지는 게 현실입니다.

예전부터 농사꾼을 시골 무지렁이들이라고 비하해 왔습니

다. 농자천하지대본(農者天下之大本)이라는 말은 듣기 좋은 말이고, 실은 흙 묻히고 노동하는 사람들에 대한 짙은 멸시의 감정이 그 말에도 깔려 있다고 저는 보고 있습니다. 농사짓는 사람이 한 번도 으뜸이라는 대접을 받아본 적이 없다는 것은 삼척동자도 다 아는 사실인데 농자천하지대본이라니요.

이 동네 사는 누군가가 전에 토일이 이름이 참 재미있고 기억하기 좋다면서 뭔 뜻이 있느냐고 물었습니다. 토일이 아버지가 어떤 사람이었다는 걸 알기보다는 장사지낼 때 텔레비전에도 나온 시인이었다는 정도만 아는 동네 사람들이므로 그이름의 내력을 저는 설명해줄 수 없었습니다.

"우리 아빠가요, 금요일, 토요일, 일요일은 일하지 않고 쉬라는 뜻으로 지었대요."

하고 아이가 설명하면, 동네 어른이

"야 녀석아, 너는 일주일에 3일씩이나 노냐?"

하며 껄껄 웃고는 하지요. 아이의 설명을 듣고 있노라면 이제는 일주일 내내 노는 사람들이 많아졌으니 네 이름도 바꿔야할까 보다 하는 실없는 생각을 합니다.

똥지게가 곁에 지나가기만 해도 잘도 살아가고 잘도 결실한다는 들깨의 질긴 생명력이 지금 우리에게 필요한 게 아닐까하고 들깨를 털며 생각했습니다. 풀을 꽂을 땅 한뼘 없는 사람이 들으면 배부른 소리처럼 들리겠지만, 일감을 마련해줄 때를 기다리며 도시 지하도에 누워 있느니 어디 남의 빈 땅이라도 빌려 메밀 씨라도 뿌리고, 들깨라도 뿌려 수확의 기쁨을 두팔 가득 안아보면 생각은 달라질 것입니다.

땅은 어디에나 널려 있고, 수고의 땀을 흘리는 사람에게는

수고의 땀을 흘리는 사람에게는 그 대가가 어떤
형태로든 주어진다는 걸 이곳에 와서 배웁니다.

그 대가가 어떤 형태로든 주어진다는 걸 이곳에 와서 배웁니다. 이제 저는 받은 만큼은 안 되지만, 제가 지은 것들로 조금씩 갚아나갈 수 있을 정도로 농삿일에도 이력이 붙었고, 무엇을 어떻게 하면 돈을 벌 수 있는지에 대해서도 조금씩 눈이 뜨이고 있습니다.

저의 어머니 말씀처럼 기껏 대학 나와서 시골구석에서 흙이나 파려고 했느냐 말할지 모르지만, 사람은 어디에서 무엇을 하든 그게 중요한 게 아니라는 생각입니다. 고향으로 내려가든 농촌으로 내려가든 중요한 건 주어진 환경을 헤쳐나가려는 의지가 아닐까 합니다. 어디를 가든 새로운 삶은 항상 자신을 기다리고 있는 것이고, 수고한 만큼은, 흘린 땀의 양만큼은 돌려주려는 게 땅의 속성입니다. 땅은 거짓말을 하지 않습니다.

제가 이렇게 말하면 기껏 시골 땅 몇 평 가지고, 텃밭이나 가꾸는 걸 가지고 그렇게 쉽게 말할 수 있느냐 할 테지만, 나름으로 눈여겨보고, 조그만 땅이지만 누구의 힘도 빌리지 않고 땅을 가꾸면서 내린 결론입니다.

도시에 사는 사람이나 농촌에서 농사를 짓는 사람이나 한결같이 하는 말이 있습니다. 농사처럼 어렵고 힘든 일이 어디 있느냐고. 농사짓는 게 쉽다는 말은 아니지만, 도시에서의 빡빡한 생활과 한치의 여유도 없이 이 눈치 저 눈치 보아가며 목숨을 연명해야 하는 생활보다는 내 손에 흙 묻히고 똥을 묻힐 망정 땅 냄새를 맡고 일하는 사람들에겐 느긋함과 여유가 있습니다.

농사처럼 힘든 일이 없다는 말은 그렇게 힘들게 일하는 것에 비해서는 그 대가가 너무 보잘것없다는 뜻이라고 풀이하면 되겠습니다. 더욱이 그 말의 깊은 뜻에는 그렇게 힘든 일이니 못 배우고 못난 사람들만이 해야 한다는, 농사를 폄하시키려는 음흉한 뜻도 내포되어 있는 게 아닌가 여겨지기도 합니다.

만원 지하철과 버스에 시달리며 직장생활을 해왔던 지난날과 비교해보면 농촌의 일을 어렵다고만 하는 사람들의 말을 수긍할 수가 없습니다. 물론 농촌 일이라는 게 시간과 시기를 놓치면 안 되는 터라 한창 바쁠 때라면 밥 먹고 이 닦을 시간조차 없는 게 사실입니다. 그렇지만 심어놓은 것들이 자라날 동안에는 도시생활과는 비교할 수 없는 여유를 부릴 수 있습니다. 생산의 터전인 농촌에서 자식을 잘 가르칠 경제적 여건이 형성될 수만 있고, 자식을 농촌에서 가르쳐도 훗날 후회가 없도록만 이 사회가 변한다면 물론 더할 나위 없겠지만요.

지루한 장마를 견뎌내고 지금 여기 마당에 올라와 봄내 여름내 결실한 알맹이들이 털릴 때를 기다리며 따가운 햇볕에 몸을 말리고 있는 들깨 단 위로 건듯건듯 바람이 불어옵니다.

내내 건강하세요.

절망은 끝이 아닌 시작의 출입구

장기표 선생님께.

누런 물결로 출렁이던 들판이 군데군데 기계충을 앓은 머리처럼 비어가는 모습에 가을이 깊어가는가 했는데 어느새 겨울의 초입에 들어섰습니다.

가을이 깊어가니 거둘 것 없는 저희이지만, 그래도 역시 가을인지라 밤이며 감이며 콩 같은 알곡들을 거둬들여 역시 가을은 저절로 배가 불러오는 계절이구나 하는 것을 실감했습니다. 고구마며 콩이며 호박들이 여기 저기에 쌓여 있습니다. 다행스럽게도 지난 여름 온통 붉은 물이 들어찼던 논에서도 쭉정이를 내지 않고 알맹이가 잘 여물어 풍작은 아니더라도 예년작은 했다고 동네 사람들이 하는 소리를 들었습니다. 추수할 낟곡이 없는 집이지만 벼농사나마 그럭저럭 되었다고 하니 듣는 마음만으로도 배가 불러오는 듯합니다.

작년 늦가을이던가 이맘때쯤이던가, 불현듯 무하 씨가 여기 먼 시골까지 찾아와주어 같이 무를 뽑아먹고 고춧잎을 땄는데 하며 서리를 맞아 누렇게 말라가고 있는 고춧대를 돌아보았습니다.

전에 서울에 갈 적에 몇 번 길에서 장 선생님을 뵌 일이 있었는데, 지난 봄 대승사 법회에서 얼굴을 대면하게 되어 참 반가운 마음이었습니다. 길에서 우연히, 저는 차 속에 앉아 있었고 장 선생님은 무슨 서류봉투인가를 들고 건널목 신호가 바뀌기를 기다리고 계시는 모습을 뵌 적이 있습니다. 그후로 두어 번을 더 그런 방식으로 차 속에서 바라보게 되었는데, 어찌나 그때의 인상이 강하게 남아 있던지 장 선생님은 왜 매일 길거리를 헤매고 있을까 하는 생각을 잠깐 해보았습니다.

항상 길거리에서, 건널목 앞에 서 계신 모습이 현재 장 선생님의 모습인 것만 같아 한편으론 반갑고, 다른 한편으로 쓸쓸한 마음이 들었습니다. 그러면서도 여러 사람들 속에 섞여 다른 길로 건너가려고 신호등 앞에 서 계신 모습을 보며 안도의 마음이 일었으니 어쩐 까닭인지 모르겠습니다. 어느 월간지 광고에서 '마지막 재야'라고 했던가 '최후의 재야'라고 했던가 아무튼 선생님 인터뷰 기사를 굵은 먹글씨로 선전해놓은 글을 본 적이 있었는데, 길을 가고 있는 선생님의 창백한 얼굴에도 그런 글귀가 박혀 있는 양 여겨졌습니다.

제가 시골 와 사는 이유를 물을 때마다 딱히 설명할 말을 찾을 수 없었습니다. 그저 여기에 가꿔야 할 땅이 있고, 그 땅을 내버려둘 수가 없어서 내려왔듯이 선생님은 그냥 맨바닥 길을 걸어가야만 했기에 그렇게 걷는가 보다고 단박에 이해되었습니다. 출세의 길을 좇기 위해 달려갔으면서도 구구이 변명을 해대다가 그것도 바닥이 드러나면 이 갈며 달려드는 사람들을 시골 구석까지 잘도 비춰주는 텔레비전 화면을 통해 바라보고는 했는데, 여전히 서류봉투를 옆에 끼고 길거리를 헤매는 선생님을 만나니 남다른 감회가 일었나 봅니다.

사물의 핵심을 제대로 보려면 한 발 물러서서 보아야 한다는 말은 사실인가 봅니다. 대한민국의 문제란 문제들이 잡탕으로 뒤엉켜 있는 서울에서만 문제를 볼 수 있고 해결해나갈 수 있을 거라고 여겼던 게 그야말로 착각이었다는 걸 서울에 갈 때마다 느낍니다. 잡탕 속에 한데 버무려져 있다 보면 외려 문제의 핵심이 애매모호해지고, 개나 도나 같이 엉켜 있다 보면 한통속으로 물들어가고 있다는 사실조차 모른다는 걸 진작에는 몰랐습니다.

사물의 핵심이 명료하게 보이는 시골에 살다 올라가게 되는지라 출세의 길로 접어들지도 않고, 그 길에 합류하기 위해 똥쌀 힘을 다해 필사적으로 달려들지 않는, 그냥 길거리를 걸을 수밖에 없는 선생님의 모습을 서늘한 바람처럼 바라보았는가 봅니다.

올 겨울도 몹시 춥고 을씨년스러운 겨울이 될 모양입니다. 먹을 양식을 늦여름 따가운 햇살 덕분에 건졌다고는 하지만, 일년이 다 가도록 축사는 여전히 비어 있습니다. 승용차를 몰고 으스대며 내려와 늙은 부모님이 지어놓은 양식거리와 양념거리들을 얻어다 먹던 아들네들도 고개를 외로 꺾고 내려와야 하는 농촌이지만, 그래도 갈아야 할 땅이 있어서 그나마 농촌은 절망적이지 않습니다.

참 아이러니컬하게도 농촌 사람들이 요즘처럼 기죽지 않고 자식에게 양식을 퍼주고 도회지 사람들에게 큰기침을 할 수 있었던 때는 없었던 것 같습니다.

토일이 학교의 자모 한 사람이 이렇게 말하더군요.

"예전에는 시골에서 농사나 짓고 있으니까 괜히 주눅이 들었는데, 그래도 요즘은 살 만한 게 농촌밖에 없구나 하는 생각이 들어요. 전에는 도시에 나가서 사는 동창이라도 만나면 하루종일 속이 상했는데 외려 요즘엔 그네들이 우리들보고 부럽다고 인사를 해요. 참 세상이 이렇게 변할 줄을 누가 알았겠어요."

물론 달러가 다락같이 올라 기름을 절약하느라 방에 보일러를 돌리기도 두렵고 가득 들어찼던 소들이 떠나간 축사를 바라보는 마음이야 도시 사람들의 고통과 다를 바 없지만, 어쨌든 먹을 양식이나마 내 손으로 생산해내고, 자식들에게 나누어줄 것이 있는 농촌은 어쩌면 이런 난세에 돌아다볼 최후의 터전인지도 모르지요.

지하도에 모여들어 한뎃잠을 자야 하는 사람들에 비하면 행복하다면 행복한 게지요. 텔레비전 화면으로만 보던 서울역 앞의 노숙자 군상들을 실제로 확인하면서 참담한 마음이 들었습니다. 경제가 이토록 거덜나기 전에도 서울에 올라갔을 때의 느낌은 항상 떨떠름한 낭패감 같은 것이었는데, 최근에 본 서울역의 모습은 정말 경악스러웠습니다. 그 다음엔 분노의 감정이 치밀었습니다.

서울에 갈 때마다 매번 느끼는 것은 잘못된 정치 행태가 얼마나 그 나라 국민을 망가뜨리는가 하는 점이었습니다. 서울에 사시는 분들에게는 미안한 말이지만 서울은 그야말로 사람이 살 곳이 못된다는 것이었습니다. 전 인구의 4분의 1을 몽땅 서울이란 도시에 끌어다놓아 길거리는 사람들로 넘쳐나고, 자동차들로 꽉 들어찬 골목은 온통 먼지들로 뒤덮여 있습니다. 변두리 주택가나 산동네에 바글거리는 사람들, 출근 시간이고 낮 시간이고 가릴 것 없이 사람들로 바글거리는 지하철.

어떤 거창한 구호를 말하는 것이 아닙니다. 다만 낳고 자란 땅에서 다시 자식을 낳고 키울 수 없게끔 만들어간 위정자들—경제개발이라는 명분을 내세워 농촌을 붕괴시켜놓고 독재의 서슬 퍼런 칼날을 휘둘러댄—때문에 우리에 갇힌 짐승처럼 헐떡이며 살아가야 하는 사람들이 가엾다는 생각이 들었습니다. 그리고 태어나고 자란 땅에서 살아갈 수 있도록 하는 정치가 옳은 정치가 아닐까 하는 생각까지도 아울러 하게 됩니다.

그런데 오늘날처럼 나라가 망가져버리는 난국을 겪게 되면서 예전에 버림받았던 땅과 그 땅에 사는 사람들 어깨에 조금이지만 힘이 들어가고 있다는 것을 발견하게 됩니다. 모래성 같은 도시경제가 무너지면서 농촌이 살아나고 있다는 현상이 박수칠 일은 결코 아니지만, 일하는 터전을 지켜온 사람들이 일할 근력을 그나마 되찾기 시작했다면 그것이나마 다행스러운 게 아닐까요?

버림받았던 의붓자식이 자신을 버린 의붓아버지를 봉양했다는 옛날 이야기 같은 현실이 우리 사회에서 벌어지고 있는 꼴이라고나 할까요. 농촌 사람들이 요즘처럼 대접을 받은 적이 있던가 하고 자신들끼리 자문자답하는 걸 보면 그래도 희망의 보루는 역시 농촌인가 보구나 하는 생각을 하게 됩니다.

위정자들이 진정 자신을 위하는지 어떤지도 모르고 다만 돈

사람들이 빈한한 명분을 둘러대며 출세를 좇는 것과
는 달리, 이제까지 걸어왔던 길을 여전히 걷고 있는
장 선생님이 반가웠던 것은 쓸쓸해지려는 마음을 위
안받고 싶어서였는지 모르겠습니다.

을 벌기 위해, 자식을 가르치기 위해 서울로 꾸역꾸역 모여들었던 사람들이 길거리나 지하도 바닥으로 내몰리고 있는 자신을 추스를 수 있는 곳은 바로 지난날 자신들이 떠나왔던 그 자리가 아닐까 하는 생각을 서울역을 지나며 잠깐 해보았습니다.

환상만 심어놓고, 부나비처럼 불빛만 좇게 해놓고 패대기쳐버리는 현실에 저항하던 사람들이 이러쿵저러쿵 명분을 둘러대며 출세를 좇는 것과는 달리, 이제까지 걸어왔던 길을 여전히 걷고 계신 장 선생님이 반가웠던 것은 쓸쓸해지려는 마음을 위안받고 싶어서였는지 모르겠습니다.

농촌에는 철철이 할 일들이 태산같이 쌓여 있습니다. 할 일이 많다는 게 대단한 축복이라는 생각을 갖게 된 것도 시골생활이 준 커다란 깨달음이었습니다.

전에 제가 운전면허를 따니까 가까운 사람들이 이런 말을 하더군요.

"네가 면허를 딴 거 보니까 나도 희망을 가져도 될 것 같다."

제가 얼마나 둔하고 느린지를 아는 사람들 대부분이 그런 말을 했지요.

이번엔 제가 시골생활을 하게 되니 또 그런 말을 한답니다.

"야, 박광숙이가 시골서 농사를 짓는데 나라고 못하겠니?"

작년인가, 한참 더운 여름이었는데 김승균 선생님 내외가 오셨는데 마침 밭에서 딴 참외가 있기에 깎아냈더니 "이게 박광숙 씨가 가꾼 거예요?" 하고 놀라시며 텔레비전에 나올 만한 일이라고 놀리시더군요. 놀랄 만도 한 게 그 참외는 정말 어린아이 머리통만하게 커다란 참외였지요. 물론 그 참외 하나만이 어쩌다 그렇게 커다랗게 자라났고 거기에 맛까지 아주 달아 그것을 키워낸 저 스스로도 놀라고 대견했습니다.

어쨌든 '아무나 농사짓는 줄 아냐?' 하는 말을 저는 '아무라도 짓지 왜 못해?' 하며 겁없이 덤벼들었던 것인데, 그걸 땅의 신이 가상하게 여겼던 모양입니다. 지신(地神)의 가상함이 이어지는 한 저희 땅에서 나오는 것들은 내내 잘 자라고 결실을 잘 맺어주리라는 믿음 하나로 땅을 파는 재미에 흠뻑 빠져 지내고 있습니다. 이것도 만용일까요?

이제 겨울의 초입에 서 있습니다. 나뭇잎은 떨어져 밭고랑을 가득 메우고도 남아 할 일 없이 마당 위를 이리 달리고 저리 달리며 겨울의 소리를 굴려냅니다. 나뭇잎을 떨궈내야 하는 나뭇가지들은 절망하지 않았을까요? 글쎄요. 모를 일이지만 나무들은 절망은 끝이 아니라 이제부터 시작이라는 걸 깨달아 기꺼이 잎사귀들을 떨궈냈으리라 생각해봅니다.

절망의 순간에 찾아들어 호미 들고 삽을 세워 흙에서 찾으려고 했던 것은 혼자서라도 살 수 있지 않을까 하는 겨자씨 같은, 들깨알 같은 가능성이었습니다. 절망은 끝이 아니라 시작의 출입구라는 걸 알았습니다. 지금 그 출입구에 서 있는 사람은 지하도 계단을 올라서서 그 출입구에 있는 문, 어딘가에서 자신을 기다리고 있을 문을 찾아 열기만 하면 됩니다.

건재하시길 빕니다.

4장 | 마른잎 떨어진 자리에 새싹 돋듯

몸도 마음도 자연을 닮아갑니다

김애리 님께.

풍성히 내린 눈이 너무나 아름다워 이 아름다움과 부유함을 선사하고 싶었습니다. 눈은 어제 낮부터 조금씩, 아주 조금씩 떡가루를 야금야금 뿌리듯이 내리더니 쌓이고 쌓여 두어 시간이 되니 온 천지를 흰빛으로 바꿔놓고 말았습니다.

아침에 일어나니 갑자기 부자가 된 듯 마음이 마구 설레었습니다. 설렘과 흥분에 옷을 주워입고 밖으로 나와 눈을 쓸었습니다. 마당에 풍성히 내려쌓인 눈, 뒷산 상수리나무 가지에도, 뒤꼍 잣나무 가지에도, 고목처럼 구부러진 감나무 등줄기에도 눈은 그림처럼 소담히 얹혀 있습니다. 전인미답의 깨끗한 땅, 아무런 발자국도 흔적도 찍혀 있지 않은 백설 위로 까치울음이 긴 여운을 남기고 날아갑니다.

동산이 붉어 옵니다. 잘 익은 홍시 같달까, 아니면 주황과 다홍색의 파스텔로 동산과 그 주변 나뭇가지와 하늘을 뭉개듯 하며 해가 뭉싯 떠올랐습니다.

두텁게 쌓인 눈인데도 눈을 쓰는 팔에 전혀 무게를 느낄 수가 없습니다. 밤을 막 빠져나온 터라 눈에 습기가 미처 녹아들기 전이어서입니다. 긴 언덕을 쓸어내리다가 안으로 들어가 아직도 곤하게 자고 있는 아이 녀석을 깨웠습니다.

"어서 나와 눈 쓸어라."

아이는 투정을 부리지만 혼자 언덕을 쓸어내리는 것이 너무나 아까웠습니다. 엄마가 몽땅 쓸어내리면 그 아이가 훗날 간직해야 할 아름다웠던 소년 시절의 추억을 쓸어버리는 것 같은 생각이 들어 눈이 온 날은 아이를 꼭 깨워 눈을 쓸게 합니다. 아이가 눈을 쓸어내는 것을 보며 넉가래(겨울에 눈을 밀어내는 널쩍한 판)를 꼭 장만해둬야겠다고 생각했습니다. 우습지만 눈을 쓸게 하는 것이 무슨 미래의 재산 하나를 장만해주는 것인 양 아주 의기양양하게 아이를 부리고, 아이는 그렇게 싫은 기색도 아닙니다.

아침 10시, 햇살이 온 천지에 퍼지자 눈알갱이들이 은가루처럼 반짝반짝 찬란히 빛나고 있군요. 하늘이 푸른 장막을 배경으로 펼쳐놓아 더욱 장관입니다. 코끝을 싸하니 얼리는 맵짠 날씨여서 흰 눈이 반사하는 빛이 더욱 찬란합니다. 오늘 하루종일 날이 풀리지 말았으면, 저대로 얼어 다만 오늘 하루만이라도 청아하고 우아한 은세계를 연출했으면 하고 염원해봅니다.

토일이가 드디어 참지 못하고 친구들을 부르러 자전거를 타고 달려나갑니다. 그러나 낮잠을 자고 있는 친구를 깨울 수가 없어 혼자서 자전거를 타고 전에 놀던 논으로 갔습니다. 꽁꽁 언 눈이 쌓인 논에서 아이는 빙글빙글 돌며 자전거를 탑니다. 눈은 쉬지 않고 내립니다. 삽시에 온 천지가 흰 세상으로 변했습니다.

집으로 달려와 눈덩이를 뭉쳐놓고 엄마를 부릅니다. 엄마가 문을 열고 나오자 아이는 눈덩이를 던져 눈싸움을 겁니다. 아, 그러나 엄마는 아이와 눈싸움을 하기엔 너무나 나이를 먹었나 봅니다. 아이와 눈싸움을 하기보다는 살갗을 파고드는 눈이 엄마는 싫었습니다. 아이에 맞서 몇 번 눈을 던지다간 그냥 집 안으로 들어오고 말았습니다.

아이와 엄마는 눈이 얼마나 쌓일지 궁금하여 연신 현관문을 열고 들락거립니다. 한참을 퍼붓던 굵은 눈발이 뜸해지더니 이제는 그칠 모양입니다. 운동화까지 푹 빠지는 눈이라고 합니다. 아이가 자를 들고 나가 재어봅니다. 8센티미터. 눈은 얼마쯤 더 내렸습니다. 아이가 숙제를 끝내고 다시 밖으로 나왔을 땐 내일 모레면 보름, 보름을 향해 가는 달이 환하게 아이를 향해 웃고 있었습니다. 풍성하고 푸근한 밤입니다. 어둠이 깔릴 때까지 아이는 혼자서 자전거를 탑니다.

아이는 잠이 들고, 읽던 책을 덮고 창밖을 내다봅니다. 온 세계가 푸르스름한 셀로판지를 통해 내다보듯 숨죽인 푸른색 일색입니다. 중천에 떠 있는 달에 달무리를 둘러 그나마 마음을 베지 않도록 배려했기에 망정이지 날이 선 달빛을 뿜어대고 있었더라면 마음이 베어졌을 테지요.

달빛. 우리는 달빛을 참 좋아했습니다. 겨울날 서쪽으로 난 아파트 창에 달빛이 스미면 우리는 달빛을 차단한 두터운 유리문을 열어젖혀 달빛을 방안으로 끌어들였습니다. 냉기가 우리 곁에 범접할 수 없을 만큼 우리의 방안은 따스했습니다. 우리는 달빛을 받아 마음도 몸도 자연을 닮아갔고 그는 노래를 하고 시를 읊었습니다. 풀밭에 누운 돌멩이처럼, 아니 풀벌레처럼 뒹굴며 달빛을 즐기며 삶을 살아갈 수 있었으면 하는 이야기를 하며 방안으로 달빛을 끌어들이고 내보냈습니다.

강화에 와서 달빛이 방문을 똑똑 두드리며 들어오길 간청해도 쉽사리 그의 방문을 용납하지 못했는데, 어느 틈엔지 아들 녀석이 가끔 달빛의 부름을 듣고는 곧잘 현관문을 열고 나가 그를 확인하고는 합니다. 둥근 하늘 위에서 고요히 내려다보고 있는 달을 문득 마주 대하게 될 때의 당혹감이 이제는 서서히 그리움으로 다가옵니다. 아이조차 달을 좋아하고 찾아나서게 된 것을 보며 감사한 마음과 섭섭한 마음이 교차합니다. 우리 둘만으로도 이렇게 행복하다는 사실이 고맙고, 이런 행복감과 충만한 마음을 누군가에게 나눠주지 못한다는 사실이 조금은 섭섭하고…….

달빛을 받아 더욱 두터워진 눈밭을 두고 깊은 잠을 자고 났을 때의 설렘, 오늘 아침이 그랬습니다. 이렇게 풍성할 수 있으랴. 어디랄 것 없이 꽉 채워진 세계, 그것도 순결함과 청신함으로 가득한 세계를 더할 나위 없이 맑고 투명한 햇살이 드러내보이는 세계는, 이 작은 세계는 그야말로 성경에서 말하는 참 아름다운 세상 그대로입니다.

아침의 정경을 표현하자니 문자가 모자랍니다. 그림으로 보자면 청전의 겨울 산수도의 여백 어디쯤이라고 할까. 까치가 날아다니는, 점 하나로 족한 겨울날 아침의 여백 속으로 아이 하나가 자전거를 타고 내달립니다. 붉은 털모자 위에 점퍼에 달린 모자를 덧쓴 아이가 흰 입김을 뿜으며 눈길을 헤치며 힘차게 페달을 밟습니다. 언덕빼기를 내달리기도 하고 오르기도 하며 눈길을 헤치며 달리는 정경을 멀리서 사진을 찍듯, 부감법으로 그림을 그리듯 언덕에 서서 바라봅니다.

국제통화기금 사태가 효자 하나 만들었습니다. 가끔 비가 오거나 꾀가 나면 차를 태워달라고 떼를 쓰던 녀석이 군말 없이 영하 13도의 찬 바람에도 달려나가 5리가 넘는 학교길을 가고, 발목까지 빠지는 눈길에도 투정 한 번 부리지 않고 자전거에 냉큼 올라타 내달려 엄마를 감격케 합니다. 추억의 창고에 재산 하나 쌓아두는 거야, 하며 아이의 등교길을 즐거운 마음으로 배웅합니다.

요즘 우리는 무척 행복한 나날을 보내고 있습니다. 문득 우리가 이렇게 행복해 해도 될까 하고 말하며 뒤엉켜 낄낄거립니다. 아침나절부터 저녁까지 노란 햇빛이 방안과 마루를 풍선처럼 부풀리고 집안을 화려하게 장식하듯이 우리 주변을 감싼 이 아름다운 자연이 우리를 풍성하게 만들어 행복으로 이끕니다. 마당가에 황량한 바람이 몰아쳐도 양지녘 덤불 속에 감춰진 풀씨들이 싹을 잘 간수하고 있듯이, 우리 마당에 날아드는 새들이 우리에게 행복의 싹을 선물하는 모양입니다.

마당에 가득한 눈을 한아름 안겨드립니다.

텃밭에 당신을 묻고

토일아.

학교로 가는 길이 2킬로미터가 넘든지 못 되든지……. 거기서 다시 피아노 학원이 있는 면소재지까지, 면소재지에서 집까지 5리가 넘는 길을 가랑이가 찢어지게 자전거 페달을 밟아 집으로 달려온다.

"방학인데 피아노 학원 쉬면 안 되니?"

"안 돼! 그러면 윤택이 형하고 더 떨어진단 말야."

"떨어지면 어때. 피아노는 누구하고 경쟁하려고 치는 게 아니라 자기가 정말 좋아서 해야 하는 거야……. 그러면 눈이 와도 아무리 추워도 차 태워달라고 하기 없기다."

방학 전에 엄마는 은근슬쩍 너에게 다짐했지. 기름값이 날마다 오르고 있는 걸 뉴스를 통해서 보고 있는 너도 걱정을 많이 했지. 엄마는 기름값도 기름값이지만 방학 내내 피아노를 치러 다니는 네가 차를 태워달라고 하면 어쩌나 하는 생각에 기름값을 핑계삼아 미리 다짐을 받아두었던 거야. 너도 잘 알다시피 지금 우리나라는 심한 경제난으로 나라가 온통 난리이고, 더욱이 기름 한 방울도 안 나오는 나라이기 때문에 모든 걸 아껴야 한다는 걸 잘 알고 있었지. 넌 아무리 추워도 차를 태워달라고 하지 않겠다고 약속했지.

약속 때문만은 아니지만 너는 엄살 한 번 부리지 않고 오늘도 눈 쌓인 빙판길을 달려 피아노를 배우러 가고 있다. 밤새 내려 하얗게 쌓여 있는 눈이 정갈하다. 눈은 먼젓번보다 더 많이 내려 발목이 폭폭 빠진다. 근년에 보기 드문 눈 풍년이다. 뒤란 대나무 숲에도 눈은 소복하다. 대나무 이파리에도 잣나무 푸른 가지 위에도 인심 좋게 눈덩이들이 잔뜩 쌓여 있다.

넓은 마당에 쌓인 눈이 파르스름하게 빛나고 있다. 지난번 눈이 왔을 때에도 넌 아마도 네 생전 처음 이런 눈을 보고 밟아서인지 '아까워' 하며 눈을 쓸지 못했다. 너는 엄마가 시키는 바람에 할 수 없이 언덕빼기 한쪽을 빗자루로 쓰는 시늉을 했지만, 엄마도 실은 황량하기만 한 우리 집을 이렇게 포근하고 우아한 하얀 세상으로 만들어버린 눈을 밟기도 쓸기도 아까웠다.

우리 집 아롱이와 다롱이가 낸 발자국 외엔 하얀 백지 그대로인 마당을 배경으로 엄마는 사진을 찍어주었지.

"엄마, 내가 올 때까지 여기 밟지 마. 정말이야, 밟으면 안 돼!"

너는 밟지 말라는 당부를 남기고 너의 아름다운 미래를 위해서 2킬로미터가 넘는 눈길을 달려 피아노를 배우러 간다. 바람을 덜 받기 위해 어깨를 둥그렇게 오므린 자세를 취하고는 발놀림을 잽싸게 하여 네 앞에 쌓인 눈길을 헤치며 달려나

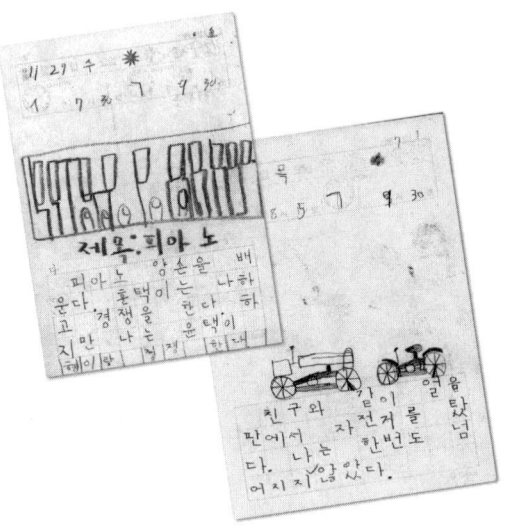

너는 엄살 한 번 부리지 않고 눈 쌓인 빙판길을 달려 피아노를
배우러 간다. 밤새 내려 하얗게 쌓인 눈이 정갈하다(토일이의 그
림일기 중에서).

가고 있다.

가장 깨끗한 백지 위에 소년은 아름다운 미래를 그리리.

뒤쪽에서 우수수 눈을 쓸며 바람이 몰려오더니 저 아랫집 감나무 밭가에 있는 양철 개집을 덜컹덜컹 흔든다. 엉겁결에 집주인인 개가 짖는다. 황소만한 덩치라 울음소리도 왕왕하다. 우리 집 아롱이와 다롱이도 따라 짖고, 성질 나쁜 아롱이와 다롱이의 엄마도 가세한다.

네가 학원으로 간 뒤 집안은 고요히 가라앉았다. 안방으로 들어와 방안 가득 네가 어지럽혀놓은 것들을 주섬주섬 모아 한쪽으로 밀어놓고 차를 마신다. 햇살이 꽉 들어찬 방안, 겨울 햇살은 그 귀함 때문인지 노랗고 따스한 방바닥에 그 기운이 닿기만 해도 금세 그 온기가 방안을 부풀게 한다. 노랗고 네모난 풍선 안에 앉아 있는 것 같다.

처마 끝에 매단 풍경이 달그랑달그랑 낮고도 고요한 음성으로 뒷동네 소식을 전하며 간밤의 안부를 묻는다. 두터운 얼음 이불을 헤치고 달려와 전해주는 문안인사를 들으니 문득 가슴이 시려온다. 뜰 앞의 늙은 감나무가 빈 가지를 흔들며 바람에 인사하며 반색하는 게 하늘이 내다보이는 유리창에도 어리고 방바닥에도 어리며 긴 그림자를 그린다.

차를 마시며 엄마는 무언가를 쓰기 위해 노트북을 꺼내놓는다. 생각을 모아본다. 단어 하나도 떠오르는 게 없다. 가슴에 안개가 자욱하게 피어오른다. 머릿속엔 아무것도 남아 있지 않다. 엄마의 뇌수가 이젠 무언가를 새기고 무언가를 생각해내기엔 너무 낡았는지도 모르겠다고 생각한다. 아니면 생각하기를 그치고 하얀 석회질로 굳어가고 있는지도 모른다는 느낌이다.

엄마는 다시 밖으로 나와 어정어정 돌아다니며 개집도 들여다보고 벌통도 만져보고 장독대도 쳐다보고 작년에 심은 나무들도 돌아본다. 아차. 네가 밟지 말라고 했는데 어쩌지. 그만 눈을 밟고 말았구나. 뭐라고 말하지. 네가 성질이나 내지 않을까? 정결한 땅으로 남겨둬야 하는데 조금 밟고 말았구나.

지붕을 덮고 있던 눈이 녹고 있구나. 낙숫물처럼 눈 녹은 물이 떨어진다. 바닥에는 눈 녹은 물이 다시 얼어붙으며 바닥을 매끄럽게 하기도 하고, 녹아서 떨어져 튀던 작은 물방울들은 구슬같이 얼기도 한다. 코끝에 감기는 바람이 알싸해 기분이 아주 상쾌하다.

"여기 산소 자리가 아주 좋시다."

엄마는 예전에 동네 사람들이 말하던 그 자리를 바라다본다. 길게 경사진 양지바른 밭 한가운데─지금은 파헤쳐져 마당으로 쓰고 있는─예전엔 밭이었던 마당을 바라다본다. 집과 나란히 누워 있는 산소? 엄마는 그곳을 바라보며 내가 이 다음에 그곳에 묻힐까? 하고 생각했다. 아들이 살고 있는 집 옆에 산소를 써도 될까? 그런 생각도 했지.

산소 자리가 좋은 밭을 끼고 있는 집. 아, 양지바른 곳은 산 자에게나 죽은 자에게나 모두 명당 자리가 되는가 보더구나. 처음 이 집을 샀을 때 누군가 하던 그 말을 떠올리며 먼 훗날 언젠가 묻힐 무덤 자리를 미리 마련해두었다는 사실이 엄마는 과히 싫지는 않았다. 그리고 그런 생각을 했다.

텃밭에 당신을 묻고 내 그 곁에 누우리.

엄마는 그 양지바른 밭, 오랜 풍화에 의해 부서진 화강암 덩어리들이 아직 흙이 되지 못한 마사토로 쌓여 있는 곳, 콩포기조차 뿌리를 뻗을 수 없을 정도로 유난히 거친 밭 한 귀퉁이를 보며 이 다음, 아주아주 많이 늙어버렸을 먼 먼 훗날을 생각했다. 그리고 엄마보다 조금 먼저 저세상으로 떠날 아빠를 그 밭 한 귀퉁이에 묻고 희미한 미소를 지으며 떠나보내고 있는, 엄마의 허리 꼬부라진 먼 훗날의 어느 날의 이별을. 어린 너의 재롱을 보며 죽음을 생각한다는 것이 죄스럽고 방정맞은 생각인 줄 알지만, 함께 늙어가다 앞서거니 뒤서거니 하며 또 다른 세상으로 떠난다는 것은 어쩌면 인간이 꿈꾸는 가장 아름답고 고운 마무리가 아닐까 하고 생각했지.

엄마나 아빠의 나이쯤이면 담담히 죽음을 맞이할 마음의 기도를 해야 한다는 말도 있듯이, 닥쳐올 미래의 어느 날인 죽음을 생각해보는 것이 어쩌면 당연한 일이었는데, 우리는 네가 너무나 어리던 탓에 미처 자신을 위해 기도할 마음의 준비를 하지 못했지.

텃밭에 당신을 묻고…… 나는 뒷밭에 떨어지는 상수리 열매를 주우리.

그런데 엄마는 아빠를 광주 망월동에 묻어두고 이렇게 혼자 그 텃밭, 눈 쌓인 그 텃밭을 바라보고 서 있구나. 저 양지바른 곳에 당신을 먼저 묻으려고 했는데…… 나는 미처 당신을 묻을 준비를 하지 못했는데…… 아이는 아직 자라지 못했는데……. 광주 망월동 북향받이에 아빠를 묻고 온 2년 후, 강화 옛 집터로 돌아왔을 때 맨 먼저 눈이 간 곳은 저기 남향받이 양지바른 그 자리였다.

함께 살려던 곳에 엄마 혼자 집을 지으며 엄마는 그 양지바른 자리에 네가 뛰어놀 마당을 만들었다. 엄마와 함께 배드민턴도 치고, 야구시합도 하고, 친구들과 공차기도 할 수 있는 마당을.

하얀 눈이 햇빛을 받아 반짝반짝 영롱한 빛을 되쏘고 있다. 겨울날의 금빛 햇살이 소담히 내린 눈을 녹이고 있다. 뒷산을 넘어 눈 위를 달려온 바람은 여전히 맵차다.

엄마는 이제 막 세상 첫 걸음을 시작하는 너의 풋풋하고 싱그러운 모습을 바라보면서도 늘 등뒤에 바짝 달라붙어 달려드는 어둠에 때때로 마음을 빼앗기곤 한다. 너무 일찍 보아버린, 비수를 들고 달려들 것만 같은 어둠과 죽음의 그림자에서 쉽게 헤어날 수가 없다.

삶과 죽음이 한 줄에 꿰어진 구슬 같다는 부처님의 말씀처럼 엄마는 너의 성장에서 엄마의 노쇠를 보며 조금은 허전하고 쓸쓸한 마음이 든다. 소멸과 신생, 성장과 노쇠, 삶과 죽음을 마음에 새기고 살아간다는 건 좀은 우울하고 슬픈 일이긴 하지만, 그래도 네가 얼마나 씩씩한지 엄마는 세상 모든 사람들에게 자랑하고 싶구나.

"엄마가 자전거 타고 피아노까지 가봐! 얼마나 추운데……!"

미처 햇살이 퍼지기 전인 아침나절에 북서풍을 온몸으로 받으며 계속 오르막인 큰길을 달려가야 하는 너는 곧잘 엄마도 한번 자전거를 타고 가보라고 했다.

그래, 알아. 우리 아들 대단한 사람이야!

"오늘도 갈 때 여러 번 넘어졌단 말예요. 눈이 정말 됩따 많이 왔어. 그래두, 올 때는 뒤에서 바람이 밀어서 쫌은 괜찮아."

너는 자랑인지 투정인지 투덜거리며 엄마의 볼에다 네 차가운 볼을 비비겠지.

페달에 두 발을 얹어놓고 가랑이가 찢어지게 바퀴를 굴리다 얼음길에 미끄러지고 자빠지면서도 차를 태워달라고 떼를 쓰지 않는 네가 있어서 엄마 마음이 이렇게 후끈후끈한가 보다. 지금 어디쯤 오고 있는 거니? 오늘은 눈길에 또 몇 번이나 넘어졌니? 마당엔 네가 차다 버려둔 피구공이 눈빛을 받아 알록달록 눈이 부시구나.

내 고향은 해남

토일아, 엄마는 늘 봄날만 이야기하고 싶구나. 강화에 와서 이제 네 번째 봄을 맞을 준비를 하고 있구나. 엄마는 봄을 이야기하고 싶지만 아직은 깊은 겨울, 찬 바람이 네 손목을 시리게 하고 발등을 얼게 하는구나.

피아노를 치기 위해 영하 13도의 강추위 바람을 가르며 달려나가는 너의 의젓한 뒷모습도 그렇지만, 20분이 넘게 걸리는 거리를 혼자 자전거로 달려와서도 투정 한 번 부리지 않고 빨갛게 언 볼과 코를 엄마의 얼굴에 비벼대는 네가 너무나 귀엽고 대견스러워 우리 모두를 괴롭히는 추위에게 차라리 고마움의 인사를 해야겠다고까지 생각했다.

우리가 강화에 왔을 때 4월 꽃샘 바람이 우리를 내치듯 몰아쳤던 걸 너는 기억하니? 바람은 쉴 새 없이 불어대었다. 그때 일곱 살바기이던 네가 아홉 살. 이제 설을 지나면 열 살이 되고 3학년에서 4학년으로 올라가지. 유아기와 유년기를 지나는 아주 짧은 기간 동안 너는 아빠를 잃는 시련을 겪어야 했고, 그 시련은 너를 불구덩이에 처넣듯 들끓게 했지. 그러나 강화에 와서 산 지난 4년 동안 너는 예전의 네 모습으로 돌아가 다시 예쁜 어린이가 되었지. 흙과 바람이 네 가슴에 파인 생채기를 메워주고 핥아내어 이처럼 곱고 씩씩한 어린이로 키워내었나 보다.

늘 바람이 불었지. 집 뒤의 키 큰 상수리나무가 휘이익 하고 바람을 몰아오면 까치가 깍깍 울며 앞마당의 감나무 가지로 쫓겨와 매달리고, 감나무 가지를 흔들던 까치울음이 곁에 섰던 은행나무 노란 잎을 건드리면 덩달아 뒷산과 밭가에 서 있던 상수리나무도 몸을 젖히며 봄내 여름내 키워낸 살찐, 잘생긴 열매들을 후두둑후두둑 하고 떨궈내었지. 봄 여름에 쑥쑥 자라며 열매를 맺는 저 나무들처럼 풀들처럼 너도 저 바람 속에서 자랐지.

누가 보살피지 않아도 잘도 자라고 잘도 열매맺는 나무들, 그 사이에 끼여 있는 아직은 어리고 작은 나무인 너. 누가누가 잘 자랐나 키재기를 한다면 아마도 너겠지. 나무들 사이에 서 있는 네 모습이 아직은 제일 작고 힘이 약해 보여도 엄마 눈에는 네가 제일 멋있어 보인단다.

저기 길가에 서 있는 작고 여린 나무를 보았니? 휘감기는 시린 바람이 그 나무를 괴롭히는 것 같지만 실은 그게 아니야. 넌 알고 있지. 그 나무가 외로워할 때 바람이 달려와 같이 놀아주는 것을. 슬프고 힘들 때, 눈물이 나오려고 할 때 눈물을 말려주고 나무가 흔들리지 않도록 흙을 다져주기도 한다는 것을.

우린 고인돌에 가보았지. 지난번 학교에서 유적지 그림을 그려오라고 했을 때 너는 그 고인돌을 그려갔지. 청동기 시대에 만들어졌다는 거대한 돌무덤인 고인돌. 엄마도 그 돌무덤에 왠지 마음이 끌렸다. 마음이 답답할 때 그 돌무덤 앞에 서서 저 들판에서 불어오는 바람을 쐬면 막힌 것이 조금은 뚫리는 것 같았거든.

헤아릴 수 없는 까마득한 옛날, 그 옛날 누군가의 무덤 앞에 서서 그때 불던 바람을 쐬며 너는 그림을 그리고 엄마는 네가 그리는 것을 물끄러미 바라보며 많은 생각들을 했지. 지금 네게 부는 맵고 시린 바람과 그 옛날 옛적 청동기 시대에 불던 따스한 바람을, 아빠가 살던 시대에 불던 바람과 이 다음 네가 살아갈 날에 불어올 바람들을.

토일아, 넌 자주 아빠를 그리워했지.

"엄마, 나도 콩을 심을래. 동화에서는 잭이 콩나무를 타고 하늘로 올라갔잖아. 그러니까 콩을 심으면 하늘로 올라갈 수 있지 않을까."

처음 이곳에서 엄마가 콩을 심을 때 너는 하늘나라로 올라가는 콩을 심겠다고 떼를 써서 엄마를 얼마나 난처하게 했던지.

너는 유난히 〈잭의 콩나무〉라는 동화를 좋아했지. 그리곤 몇 번이나 정말 그런 콩나무가 있느냐, 그 콩나무를 타고 하늘나라로 올라갈 수가 있느냐, 그러면 거기에 아빠가 있는 거냐고 아주 집요하게 물어 늘 엄마를 괴롭혔다. 처음에 엄마는 그런 너의 꿈을 깨뜨릴 수가 없어 그냥 동화를 이야기하듯 그런 콩

네 그리움을 바람처럼 풀어내는 일, 그리고 너의 그
리움이 바람이 되어 바다를 휘돌아 들판을 내달리면
너도 자라 청년이 되고 어른이 되겠지. 그리고 아빠
의 삶을 만나게 되겠지.

나무가 있는가 보다고, 하늘 위 구름 위로 올라갈 수도 있을지 모르겠다고 이야기하곤 했지만, 이제 너는 그런 동화 따위는 믿지 않게 되었지.

그리움은 동화나라에 있는 잭의 콩나무만큼 자라 아빠가 있는 하늘나라에 너를 실어다주곤 했지만, 그러나 너는 번번이 그리운 얼굴을 만나지 못한 채 콩나무 아래로 굴러떨어져 마음을 다친 적이 한두 번이 아니었지.

떼도 많이 쓰고 투정도 많이 부렸지. 그래서 엄마가 생각해낸 거야. 화로에 담아 꼭꼭 눌러둔 불씨처럼 뜨거운 네 마음속의 그리움을 저 들판에 풀어내 바람에 식혀내야겠다고. 바람의 갈기처럼 풀어낸 네 그리움이 바닷물 위를 달리든 갯벌 위를 굴러가든 우리 집 뒤꼍의 상수리나무 가지를 뒤흔들든.

어쨌든 네 그리움을 바람처럼 풀어내는 일, 그리고 그 다음엔 너의 그리움이 바람이 되어 바다를 휘돌아 들판을 내달리면 너도 저만큼씩 자라 청년이 되고 어른이 되겠지. 그리고 아빠의 삶을 만나게 되겠지. 그 시대를 알게 되겠지.

토일아, 엄마는 가을이 되고 겨울이 오면 여름에 무성하던 파란 싹이나 잎사귀들은 모두 죽는 줄 알았다. 그런데 이상한 일이지! 저기 가만히 보렴! 봄에 희고 예쁜 꽃을 피울 마거릿은 지난해 여름날 무성하던 잎사귀 그대로 마냥 싱싱하구나. 눈밭 속에서도 냉이는 뿌리에 속살을 살찌우며 자라나고 있던 걸, 덤불 속에 숨어 있던 쑥잎이 눈빛을 받아 파랗게 빛나고 있는 걸 엄마는 그새 잊어버리고 있었구나.

1993년 겨울, 아빠는 길 떠날 채비를 하고 있었다. 아빠의 몸에 비끌어 매어져 있던 이승에서의 끈을 그 누군가의 손이 조금씩 조금씩 풀어내고 있었다. 한 올 한 올 매듭이 풀릴 때마다 호흡은 가파랐고, 육신의 꺼풀은 한 겹 한 겹 벗겨져 먼 길 떠날 최소한의 부피로 남은 아빠는 침대에 눕혀 있었다.

그때 누군가가 겨울을 견디고 있는 들풀이 네 아빠의 생명 줄을 이어줄 명약이 될 테니 그것들을 구해오라고 했다. 겨울을 견디고 있는 가녀린 풀잎에 숨겨져 있는 생명의 비의(秘意). 그래, 그런 것들이 네 아빠의 끊어지려는 목숨줄을 이어줄지도 모른다고 엄마는 생각했다.

겨울철임에도 시퍼렇게 살아 있던 쑥이며 냉이. 해남에서 올라와 서울 한복판에 있는 병원 한 귀퉁이에서 아빠의 생명 줄을 이어주기 위해 조용히 기다리고 있던 새파란 싹을 엄마는 그새 잊고 있었구나. 엄마는, 그때 그 파란 싹들은 따뜻한 지방 해남에만 있는 줄 알았구나. 그런데 여기 강화에 와보니 여기에도 냉이나 쑥 같은 것들은 눈 속에서도 파란 싹을 쏘옥 내밀고 있더구나.

급히 소용돌이치는 여울 속으로 몰아갔든 천천히 흐르는 강물을 따라 느리게 헤엄쳐갔든 아빠는 모든 삶의 여정을 끝내고 죽음이란 바다로 흘러가버렸다. 빠르게, 또는 아주 느리게 세상에 머물다 간 49년. 아빠는 10여 년 만에 받아든 주민등록증과 난생 처음 만든, 써보지도 못한 예금통장과 신용카드와 마흔네 살에 결혼한 아내와 마흔다섯에 둔 아들과 검찰에서 발부한 보호관찰 대상자 카드와 출국날짜가 지난 후에 발부된 일본행 여권을 두고 마흔아홉을 바라보는 나이에 서둘리 우리의 곁을 떠나버렸다.

아빠는 모든 것을 두고 떠났다. 우리가 두고 떠나온 도시, 우리들의 발자국이 지문처럼 찍혀 있던 목동 아파트의 엘리베이터, 현관, 네가 밖을 내다보기 좋아했던 베란다, 그리고 놀이터, 공원의 나무들, 행복했던 유년기의 몇 페이지, 네 친구 요한이, 정한이…… 아빠가 모든 것을 두고 떠났듯이 우리도 모든 것을 버려두고 그곳을 떠났다. 그리고 우리도 아빠가 간 길은 아니지만 바다, 갯벌이 드넓게 펼쳐져 있고 진흙탕물이 천천히 들어갔다 나갔다 하는 바닷가 마을 강화에 짐을 풀었다.

강화도. 마침내 우리는 강화도 옛 집으로 돌아와 짐을 풀었다. 엄마가 말했지.

"이제 여기가 네 고향이야."

그러자 너는 대뜸

"여기가 왜 내 고향이야? 아빠 고향이 해남이니까 해남이 내 고향이지."

하고 말했지.

"해남은 너무 멀어. 아빠의 고향은 해남이었지만 넌 이제부턴 강화를 고향으로 하자."

"그래도 싫어, 내 고향은 해남인걸."

고작 일년에 한두 번, 그것도 엄마 등에 업혀서 간 것이 해남행의 거의 전부라고 할 수 있는 네가 아주 거침없이 해남이 내 고향이라고 쫑알거리는 것을 보고 엄마는 네 아빠가 죽음을 앞둔 비몽사몽간에 해남에 가고 싶다고 중얼거린 것을 떠올렸다.

엄마가 생각하기에 아빠는 자신의 고향을 그렇게 좋아하는 것 같지를 않았기에 고향에 가고 싶다고, 해남에 가고 싶다고 했을 때 순간 당황했다.

"해남에 가고 싶다고?"

그 말은 죽음을 앞둔 사람의 귀소본능 바로 그것이었다. 평소에 그리 그리워하지도, 가고 싶어하지도 않던 고향에 가고 싶다니! 그 말을 듣는 순간 엄마는 아빠에게서 무슨 배신을 당한 것 같은 기분이 되어 화를 내기까지 했다.

그런데 너도? 생의 마지막 순간에 작동하는 귀소본능처럼 해남이 너에게 작용하고 있는 강한 자력을 너도 느끼는 거니? 그렇지만 애야, 해남은 너무 멀구나.

죽음 또한 삶의 한 부분인 것을

아버님께서 돌아가셨다는 소식을 듣고 뭔가 위로의 말을 전하고 싶었습니다. 소멸에 관해서 말이죠. 헌데 우습게도 노트북에 쓴 글을 토일이놈이 잘못 만져 지우고, 써놓으면 또 지워지고 마는군요. '소멸'이라는 화두를 가지고 글을 쓰니 글자가 자꾸 노트북에서 소멸되는 모양입니다. 그래도 머릿속에서는 소멸이란 말이 지워지지 않아 자리에 누웠다가 일어나 다시 쓰고 있는 중입니다.

그저께는 눈이 펑펑 내려 고이고이 쌓이는 정경을 위로의 말을 대신해 보내드리고 싶었고, 눈 내린 세계의 고요함과 청신함을, 순결한 대지 위에 떠오르는 화려한 일출을 보내드리고자 했습니다.

까치울음이 날아가자 솔가지에 소담히 얹힌 눈송이가 흩날립니다. 겨울 산수도의 여백 속으로 발자국을 찍으며 토일이가 자전거를 타고 학교로 갑니다. 발목까지 빠지는 눈길을 헤치며 말입니다. 눈은 모든 것을 새롭게 하는 모양입니다. 잃어버렸던 소녀 시절을 떠올리게도 하고, 눈 내린 어느 날의 죽음을 연상시키기도 합니다.

아직은 깊은 슬픔에서 헤어나지 못하고 있겠지요. 하지만 오늘 아침 문득 '소멸'이란 말, '집착'이란 말이 떠올라 그 말을 곰곰이 삭이며 글을 썼습니다. 그런데 그 문자들을 아들놈이 또 지워버리고 말았군요.

생각해보면 슬픔도 집착이었습니다. 울음에 실어 무언가 자신을 드러내 보이는 것, 존재의 아픔을 잊기 위한 일종의 자기최면 같은 것. 아직도 그런 자기최면에서 완전히 벗어난 것은 아니지만, 이곳에서 많은 소멸하는 것들과 더불어 살면서 존재와 소멸을, 집착의 근원을 조금씩 깨달아 가는 중입니다.

마지막 순간에 보였던 살고자 하는 악착 같은 집착이 지금 생각해보면 참 부질없는 짓이었는데 그 순간 우리는 모든 것은 소멸한다는 자연의 순리를 무시하고 그저 목숨에만 집착했습니다. 한쪽 문을 완전히 닫아둔 채 무지와 몽매로 일관한 집착은 훗날 후회만을 안겨줍니다. 죽을 수도 있다는 사실을 무시하며 살아간다는 것이 얼마나 무모한 짓인가는 일을 겪고 난 후에나 깨달아지는가 봅니다. 슬픔 또한 모든 가능성을 닫아둔 데서 더욱 깊어집니다.

비바람이 세차게 몰아칩니다. 달아둔 풍경이 몸통째 몸을 뒤틀고 메마른 나뭇가지를 후려치는 바람소리가 천지를 뒤흔들고 있습니다. 그렇게도 고요한, 달빛에 빛나던 순백의 대지였는데 지금 미친 바람이 대지를 후려칩니다.

편지를 쓰다가 너무나 무섭게 비바람이 휘몰아치는 바람에

생각해보면 슬픔도 집착이었습니다. 울음에 실어 무언가 드러내 보이는 것, 아픔을
잊기 위한 일종의 자기 최면 같은 것. 죽음도 삶의 한 부분이라는 사실을 깨닫게
되기까지 몇 년의 시간이 흘러야 했습니다.

결국 불을 끄고 자리에 누워 잠을 청했습니다. 간밤엔 정말 무서웠습니다. 무섭도록 뒤채던 밤이 지나고 아침에 일어나니 온 천지에 가득하던 눈은 간 곳이 없고 대신 봄의 기운이 확 끼칩니다.

입춘날의 투명한 햇살과 그 다음날의 폭설, 은색의 세계 위로 떠오르는 파스텔조의 붉은 태양, 파르스름한 달빛이 가득한 눈길을 밟으며 돌아오던 마실길―누군가와 그 길을 한없이 걸으며 서리서리 서린 긴 이야기를 하고 싶은 그런 밤길을―을 돌아와 마당에 서서 달을 바라보던 날들의 기억을 간밤의 뇌성번개가 후려쳤더랬습니다.

어딘가에 숨어 있던 텃새들이 날아와 먹이를 찾습니다. 마당가에 좁쌀을 조금 뿌려주었습니다.

존재하는 것은 어느 것도 영원한 것이 없습니다. 하느님께 부처님께 천당을 기원하고 내세를 기원하는 것도 집착이 아닐까 하고 생각해봅니다. 모든 것은 사라지게 마련이고 그 사라짐 또한 영원한 사라짐이 아닐 거라고 생각합니다.

요강에 오줌을 받아 나무에 주면 그 나무가 무럭무럭 자라는 것을 봅니다. 작년엔 죽은 강아지를 과일나무 곁에 묻어주었습니다. 죽은 듯이 몸을 움츠리고 있던 나뭇가지와 풀더미를 헤쳐보면 거기에 영락없이 곧 돋아나올 새싹이 감춰져 있는 것을 발견합니다. 낙엽이 썩어 거름이 되고 퇴비는 우리가 먹을 식물을 가꿉니다. 식물들이 생기발랄하던 어느 날의 기억을 먹고 우리는 살아갑니다.

죽음도 삶의 한 부분이라는 사실을 깨닫게 되기까지는 몇 년의 시간이 흘러야 했습니다. 강화에 와서 자연의 일부가 되어 살면서 조금씩 조금씩 깨닫게 된 것이지만, 매일매일의 일상이, 계절의 순환과 생명의 순환이, 죽음 또한 완전한 소멸이 아니라는 것을 보여주고 있기에 이렇게 살아나가나 봅니다.

갯벌에 서서

홍희담 선생님께.

한적한 바닷가 마을 찻집에 앉아 끝없이 펼쳐진 갯벌을 바라보고 돌아왔습니다.

찻집 안주인은 김남주 시인의 애독자입니다. 저희와는 인생의 많은 부분에서 서로 대칭되는 자리에 서 있었을지도 모를 찻집 주인 내외. 이제는 함께 앉아 밀려오는 바닷물과 멀리 안개 속에 떠 있는 장봉도를 바라보며 포도주를 마십니다. 어쩌면 인생의 전반부와 후반부를 제외한 어느 한 마디에서는 어떤 우연으로 치열하게 부딪쳤을지도 모를 저희가 지금 손님과 주인으로, 친구로, 대화상대요 수다의 상대로 서로를 염려하고 걱정해주는 사이가 된 것이지요.

오늘은 끝이 안 보이는 지평선 저 너머로 물을 밀어내고 온몸을 드러낸 갯벌이 거기에 있었습니다. 저 멀리 물인 듯 물인 듯 가물가물 반짝거리며 삐뚤삐뚤 금을 그으며 다가오는 바다가 이만큼 들어찰 때까지 머물다 집으로 돌아왔습니다. 물도 아니요 바다도 아닌 조용하고 광활한 대지, 저 멀리 보일 듯 보일 듯 그어진 선이 지평선도 아니요, 수평선도 아니라는 사실이 그 너머를 보다 묘한 느낌으로 바라보게 하는 곳이 갯벌입니다.

시야가 머무는 저 먼 곳에는 두 개 또는 세 개로 보이는 섬이 있습니다. 둥글고 유려한 곡선을 이루고 있는 푸르스름한 섬. 그 섬들은 어느 땐 바닷물을 걷어낸, 번들거리는 등짝 위에 떠 있는 것 같기도 하고, 어느 때는 바닷물로 가득 채워진 바다 위에 떠는 것 같기도 합니다. 전신을 몽땅 드러내 보일 때도 있지만 대개는 그 자리에 그냥 안개로 가득 채워둘 때도 많습니다.

갯벌을 처음 보았을 때, 그건 말로 표현할 수 없는 굉장한 충격이었습니다. 아니지요, 전에도 갯벌은 여러 번 보아왔습니다. 하지만 전에 보았던 갯벌은 아무 감흥도 주지 않았습니다.

10년 감옥살이를 무슨 훈장처럼 생각하게 되는 사회 분위기 덕분에 그는 잘 나가는 시인이 되어 바쁜 생활을 보내고 있었고, 나는 아이의 똥기저귀를 빨고 이유식을 갈아대는 생활로 내 인생 최대의 전성기로 구가하고 있었으니까요. 그때 갯벌 따위를, 길게 목을 빼고 나갔다가 도둑고양이처럼 슬쩍 다가와 엉덩이를 치는 갯벌의 의미 따위를 생각하고 말고 할 짬이 없었지요.

무슨 바다가 왜 이렇게 흙탕물이지! 저 시커먼 뻘 좀 봐. 너무 지저분해. 이제까지 보아왔던 바다란 속초 앞바다나 완도의 바닷물처럼 맑아야 바다인 것이고, 바닷물은 새파라야 하고, 바닷물은 철썩거려야 한다는 데서 한치도 틀림이 없어야 하는데, 강화 바다는 바다에 대한 고정관념을 여지없이 뭉개고 있는 것이에요. 행복한 삶을 엮어나가고 있는 사람은 사물을 그렇듯 건성으로 보아넘길 수밖에 없다는 걸 그땐 미처 깨닫지 못했던 거지요.

그런데 여기 이 바다는 예전의 그런 바다가 아닌 거예요. '아, 여기 이런 바다도 있구나!' 하는 탄식과 개안(開眼). 잃을 것 다 잃어버린 저에게 은근슬쩍 다가와 등을 두드려주는, 다 내다버려야 가득 채우느니라 하며 오라버니처럼 가슴 가득 채워놓고야 마는 바다.

갯벌은 전에 보아왔던 것처럼 너저분하고 파도도 치지 않는 맥아리가 없는 것이 아니었고 썩어가는 것도 아닌, 그냥 저대로 많은 이야기를 던져주고 있는, 바다도 아니요 뭍도 아닌 묘한 존재였습니다.

갯벌은 묘한 자력으로 나를 거기에 끌어당겨 놓았습니다. 눈물이 쏟아질 것 같은 날에, 천식환자처럼 가슴이 꽉 막힌 날에 일을 하다가도 호미자루를 던져버리고 그냥 차를 달려 서쪽 끝 바닷가로 달려갑니다.

서해안 어느 섬에 조용히 밀려왔다 조용히 밀려가는 진흙탕물이 꺼진 틈을 메우듯, 뻘흙이 뻘밭을 걷는 발뒤꿈치를 끌어당기듯이, 이 시골에서의 새로운 생활은 노동이 무엇이고 삶이 어떤 거라는 것을 일깨워주고 있습니다.

저의 어머니는 가끔 시골에서 흙이나 뒤집고 낫질이나 하며 흙강아지처럼 땅바닥을 기는 생활을 하는 것을 보시며 '땅이나 파고 살다니! 남의 딸들은 세계 각국을 돌아다니며 이름을 날리는데……' 하고 탄식처럼 중얼거리실 때가 있습니다. 어머니에게는 좀 죄송한 노릇이기도 하지만 사람은 다 자기 그릇 자기가 타고난다는 생각을 합니다.

어머니까지 딸 때문에 한번 내려오시면 하루종일 땅에 붙어 일을 하셔야 하고 밤중엔 끙끙 앓으시기도 하지만, 어머니는 다른 어떤 도시 할머니보다 더 젊고 건강해지셨습니다. 도시에 그대로 머물러 있었다면 어땠을까 하고 생각해보면 그냥 가슴이 콱 막혀옵니다. 우울과 나른함이 하루하루를 잡아먹어 이스트와 소다를 잔뜩 넣은 찐빵처럼 부풀어 마치 즐겨 읽던 카프카의 소설 속 주인공처럼 어느 날 갑자기 한 마리 벌레가 되어 아파트 엘리베이터를 오르락내리락하고 있겠지요.

삶이 파편이 아니라 온전한 생활이 되도록 끊임없이 노동을 해야 하고, 시간의 변화와 계절의 순환이 살갗을 선뜻 스치고 지나는 것을 온몸으로 받아들이는 장소에 산다는 것은 아무나 누리는 것이 아니라는 것을 깨달은 이후부터는 이곳의 생활이 더욱 소중하게 여겨집니다.

갯벌과 땅과 하늘을 가까이 대하고 살다 보니 삶의 방식과 죽음의 방식을 늘 생각하게 됩니다. 그가 떠나고 나자 그가 죽어버렸다는 사실보다 이렇게 팽개쳐두고 떠나버렸다는 사실이 용납되지 않았습니다. 원통하고 분한 마음에 배반감까지 일었습니다.

깊은 밤중에 그는 죽었습니다. 어찌어찌 그 밤을 지냈는지는 모르겠습니다. 그와의 마지막 몇 마디 말을 살갗을 스치는 한숨소리로 나누고 나자 그가 죽어간다고 의사와 간호사들이 달려왔고, 제 귀에는 여러 아우성과 구두 발걸음소리가 요란했습니다. 그리고 사람들이 나를 소파에 밀쳐놓았고 그때 잠깐 정신을 잃었는지도 모르겠습니다. 아마도 그는 배설하지 못해 내장 안에 고여 있던 것들을 모두 게워내 몸을 가볍게 만들어야 하는 모양인데, 사람들은 그런 마지막 모습을 보이지 않으려고 저를 밀쳐내버렸던 것이었습니다.

그의 죽음을 명확하게 의식한 그날 아침, 햇살은 하늘에서 눈부시게 땅으로 내려꽂히고 있었습니다. 눈부신 겨울의 빛. 거리는 눈 녹은 물이 다시 얼어붙어 칙칙한 회색을 길모퉁이마다 쌓아놓고 먼지를 끌어모으고 있었는데, 그날 아침 하늘에 떠 있는 겨울 빛살은 너무나 눈이 부셔 바로 쳐다볼 수가 없었습니다.

저는 그때 눈부신 아침 햇살을 보며 문득 이런 생각을 했습니다. 이렇게 죽어서 헤어질 바에야 차라리 이혼을 할걸 하고 말이죠. 지금 생각하면 왜 뜬금없이 그런 생각을 했는지 모르겠습니다. 그리고 그때 이별의 홍역을 치르고 회복기에 접어들고 있던 선생님을 떠올렸습니다. 내게 적합한 이별의 방식이 죽음만은 아니라는 강한 부정이었지만, 이미 돌이킬 수 없는 일이었습니다.

용서하세요, 제가 그런 생각을 한 것을. 그 다음 언젠가도 제가 또 주책맞게 그런 말을 했죠. 그랬더니 선생님은 이렇다 저렇다 아무 말도 하지 않으셨어요. 지금도 때때로 철딱서니 없는 생각을 하거나 생뚱맞은 말을 할 때가 많아 자신이 생각해도 좀 주책맞은 게 아닐까, 언제쯤 철이 날까 하고 생각하지만 이게 저인데 어쩌겠어요. 그래서 사람들이 나이보다 덜 늙었다고 칭찬인지 욕인지를 하면 철이 덜 나서 그런다고 말하곤 하는데 정말 그런가 봅니다.

죽음은 저를 쉰 늙은이로 만들어버렸지만 저의 철딱서니없음은 어쩔 수 없는지 조그만 꽃에도, 벌들이 윙윙대는 소리에도, 갯벌을 뽀르르 기어가다 제 구멍에 퐁 빠져 숨어드는 게에게서도 신비함을 느끼고 즐거워해요. 그런 철딱서니 남편을 냉동고에 넣어둔 그 순간에 그와 이혼하지 못하고 이렇게 과부라는 명칭을 홀랑 뒤집어쓰게 된 것이 무척이나 원통해 그런 생각을 했던가 보아요. 그리움 없는 이별, 아마도 그런 이별이 차라리 낫겠다는 계산속이었겠지만, 그런 경황 없는 와중에 그 같은 생각을 했다니 주책이라면 주책이죠.

제가 참 쓸데없는 말을 하지요? 그를 떠나보내고 다시 강화에 돌아와 갯벌을 바라보았을 때 그 갯벌은 많은 이야기를 준비해두고 저를 기다리고 있었다는 것을 이야기하다가 이렇게 엉뚱한 소리를 하고 말았군요.

천천히 소리 없이 밀려왔다 서서히 밀려나가고 있는 뻘탕물을 바라보며, 온 가슴 가득 바닷물을 안았다가 다시 서서히 밀려나가는 바다를 보낼 수밖에 없는 땅을 바라보며, 저는 자신의 모든 것을 잃은 사람, 누군가가 죽어 슬퍼하는 사람, 공연히 낚시터를 배회하고 도시의 지하도를 헤매고 다니는 이들에게 여기 강화 바다에 와서 하루종일 바다를 바라보라고 하고 싶어요.

하루종일이어도 좋고 일주일이어도 좋고 한 달이어도 좋고…… 멀리서 갯벌을 바라보다 실증이 나면 그 다음엔 뻘밭에 내려와 그 뻘을 걸어보라고. 저 바다가 왜 저렇게 텅 비어야 하는지, 저 바닷물이 빠져나간 뻘밭의 흙은 왜 내 발뒤꿈치를 집요하게 잡아당겨 진흙탕에 주저앉히려 하는지…….

저는 그 갯벌에 앉아 마음에 가득 채워진 미움과 세상에 대한 독기를 녹여내고는 하였지요. 그리고 뻘흙이 발뒤꿈치를 잡아당길 때마다 자신과의 싸움에서 주저앉지 않으려고 안간힘으로 뻘흙을 차내었어요.

가득 채웠다가 담긴 걸 모두 비워내고 다시 채워질 때를 기다리는 바다. 그리고 상처 입은 가슴을 드러내기도 하고 그 상처를 안으로 감추고 고요히 누워 있는 검은 땅. 상실의 아픔을 소금에 절이며 바닷물이 채워질 때를 기다리고 있는 것 같은, 끝이 보이지 않는, 한없이 텅 비어 있는 공간. 아, 저렇게 비어 있을 수도 있는 것이구나. 저렇게 바닷물을 몽땅 내다버렸다가 다시 저렇듯 가득 채워놓을 수도 있는 것이었구나!

저 멀리 시야가 머무는 아주 먼 거리까지 쫓겨났다 다시 철썩이며 돌아오는 바다가 있고, 바닷물을 빼앗긴 뻘은 채워도 채워도 채워지지 않는 목마름으로 자신을 까맣게 태우며 물을 기다리다가 다시 온몸을 덮쳐오는 바닷물에 기꺼이 몸을 내맡깁니다.

강화 바다 갯벌에 서서 저는 그를 떠나보내고 난 이후의 복잡다단한 감정의 너울들을 걷어내기 시작했고, 금이 쩍쩍 간 생채기들은 뻘흙으로 메워져 아물어갔어요.

그 뻘밭에는 기다림에 목이 마른 게들이 물을 찾아 뻘 깊숙이 머리를 쑤셔박으며 굴을 파들어간 구멍들이 있습니다. 게들은 하늘의 별보다도 더 많은 구멍을 뚫어놓았습니다. 죽음처럼 납작 엎드린 게들의 등짝 위로 따가운 햇살이 쏟아져내리면 게의 등짝에는 소금이 엉기기 시작합니다. 그 소금덩이들은 딱딱한 각질을 뚫고 들어와 게의 몸뚱이를 소금덩이로 만들어 오그라뜨릴지도 모를 일입니다. 게들은 한낮의 따가운 햇살을 위해 깊디깊은 굴을 파놓았습니다.

그들은 그 환장하게 따가운 햇살을 피해 굴속에 몸을 처박고 있다 다시 흥건한 바닷물이 가득 채워지는 만조가 되면 뻘물에 헤엄치며 제 몸 속의 살을 살찌웁니다. 저도 그 게들처럼 고단한 몸을 쑤셔박기 위해, 이곳에 구멍을 뚫어놓기 위해 왔습니다.

설렘 없이도 바다를 바라볼 수 있는 강화 바다에 오셔서 마음을 풀어놓아 보세요.

하늘로 오르는 나무

토일아, 아빠가 세상을 떠난 이후로 책을 읽어줄 기력도 마음도 없는 엄마를 조르다 못해 너는 텔레비전 보는 데 취미를 붙이고 말았지. 텔레비전에 붙어사는 너의 습관 때문에 매일같이 실랑이를 벌이고 있지만, 얘야, 미안하다. 그땐 정말 엄마도 어찌할 수가 없었다는 걸 이해해주렴. 그리고 이젠 너 스스로 텔레비전 보는 시간을 좀 줄이고. 책 속에 얼마나 무궁무진한 재미들이 숨겨져 있는지를 지금이라도 알았으면 얼마나 좋을까 하고 엄마는 바라고 있단다.

그때 엄마는 글자도 제대로 가르쳐주지 못했는데 텔레비전 프로그램을 알아두기 위해 너는 아는 글자들을 간신히 꿰어맞추며 텔레비전 프로그램을 읽어나가곤 했지.

그때 네가 재미있게 보고 있던 프로그램이 로봇들이 변신하고 합체하며 무적의 힘을 과시하던 파워레인저였던가? 그리고 또 한참 전쟁이 치열하게 벌어지고 있었던 〈찬란한 여명〉이라는 드라마였지. 프로그램 시간을 확인하기 위해 신문을 찾는 너는 "오늘 저녁엔 〈찬란한 여명〉을 꼭 볼 거야." 하고 엄마의 다짐을 받아두었지.

그래, 엄마와 넌 네가 꼭 볼 거라던 〈찬란한 여명〉을 봤어. 넌 드라마를 보면서 끊임없이 질문을 던졌지. 저 사람들 나쁜 사람이야? 좋은 사람이야? 저건 어느 나라 군대야? 저놈들이 왜 우리나라를 쳐들어와? 미국놈이 우리나라를 빼앗았어? 저거 진짜 죽는 거 아니지?

드라마는 처음부터 끝날 때까지 총을 쏘고 칼을 휘두르는 싸움뿐이었지. 엄마는 죽고 죽이는 장면들이 싫어 다른 데를 돌리려고 했지만, 너는 왠지 그 드라마를 다 봐야 한다고 고집을 부렸다. 엄마도 거기 싸움터가 너도 잘 아는 강화도의 광성진, 덕진진이라 관심이 쏠렸던 것도 사실이었단다. 저기, 너 기억나니? 아빠하고 갔잖아, 광성보 바닷가 말이야.

〈찬란한 여명〉은 미국의 강화도 침략, 신미양요를 실감나게 연기하고 있었다. 바다에 함선을 정박시켜놓고 대포를 쏘아대고, 총을 쏘고 칼을 휘둘러대며 침범해오는 미국 군인들, 이를 막으려는 조선옷을 입은 우리나라 군인들. 그때 막 일곱 살이 된 네가 역사 드라마를 보기엔 너무나 벅찬 내용이었지만, 호기심이 많았던 너는 질문도 많았지.

화면에는 온통 끔찍한 죽음뿐이었고, 엄마가 설명해준들 네가 그 싸움을 이해할 수가 있겠니? 얼마 전 너의 학교에서 역사관에 갔을 때 아마 거기에서도 그때의 미국 함대와 벌인 광성진 전투 장면을 그린 그림들을 보았을 거야. 그리고 3층으로 올라가는 계단 벽에 걸려 있는 그때의 깃발도.

'왜?'를 연발하던 네가 잠잠하기에 돌아보니 너는 입을 비죽거리며 금방이라도 울 듯한 얼굴로 화면을 주시하고 있더구나. 쑥밭이 된 광성진에는 피투성이가 된 죽음들이 널브러져 있고, 넌 슬픈 얼굴로 '엄마 죽는 건 싫어' 하며 엄마를 꼭 껴안았지. 죽음의 광경을 본 너는 항상 그렇게 슬픈 얼굴을 했다.

그렇지만 너의 슬픔도 잠깐, 너는 벌떡 일어나 파워레인저와 컴퓨터 특공대들을 불러모았지. 너는 두 팔과 다리를 쭉쭉 뻗어 컴퓨터 특공대와 파워레인저들로 변신하여 미국 함대와 총을 든 미국 군대를 쳐부수었지. 그러나 컴퓨터 특공대나 파워레인저들의 막강한 힘도 미국 함대의 대포에 여지없이 깨지고 말았지. 네가 역사관에서 본 깃발은 실은 그때 미국 군인들에게 빼앗긴 것을 새로 만들어 거기에 걸어놓은 거란다.

너의 특공대들도 조선 군사들의 죽음을 끝내 막아내지는 못했어. 광성보, 옛날에 광성진이라고 불렀던 곳에 있는 두 개의 비석과 한데 모여 있는 무덤들이 그때 전투에서 전사한 조선의 장수와 이름 없는 병졸들의 무덤이라는 걸 너도 알지.

조선 군사들의 죽음이 너에겐 예사로운 죽음이 아니었나 보았다. 넌, 그래, 넌 죽음이란 단어를 끔찍이도 싫어하지. 보통으로 하는 장난말로도 너 죽을래 하는 소리를 못 참아했으니까. 슬픔으로 각인된 죽음이란 단어, 이 단어의 어두운 그림자에서 지금은 네가 풀려나게 되었지만, 그땐 그 단어조차 말하기 싫어했지. 지금은 너도 많이 자라고 죽음의 기억을 잊어버려 아빠의 부재도 예사롭게 이야기할 수 있게 되었지만 말이다.

조선 군사의 참패로 드라마는 끝나고 너는 울다가 잠자리에 들었지. 잠을 청하던 네가 갑자기 '엄마, 나 군대에 가기 싫어!' 하며 다시 울음을 터뜨렸다.

"누가 너보고 군대에 가라고 하든?"

"이담에 크면 갈 거 아니에요?"

너는 엄마가 아무리 달래도 글쎄, 군대에는 가기 싫다고 막무가내로 울었지. 엄마는 어이없기도 하고 한편으론 가슴이 아팠단다. 조선옷을 입은 병졸들의 무수한 죽음에 겹쳐 떠오른 아빠의 부재, 넌 네가 군대에 갈 먼 훗날, 그때 엄마와 헤어질 것을 지레 상상하고 네 가슴으로 밀려온 상실감에 그만 앙앙 울었지.

> 내가 심고 가꾼 꽃나무는
> 아무리 아쉬워도
> 나 없이 그 어느 겨울을
> 나지 못할 수 있다
> 그러나 이 땅의 꽃은 해마다
> 제각기 모두 제철을
> 잊지 않을 것이다
> ......
>
> 나와 함께 모든 별이 꺼지고
> 모든 노래가 사라진다면
> 내가 어찌 마지막으로
> 눈을 감는가

〈나와 함께 모든 노래가 사라진다면〉이라는 아빠의 시다. 무슨 예견이라도 한 것처럼 이 지구라는 은하계에서 영원히 사라질 것을 시로 쓰더니 결국 너를 내버려두고 훌쩍 떠나버리고 말았구나.

아빠 없이는 한시도 못 살 것 같더니 벌써 다섯 번의 봄을 맞이하고 있구나. 느닷없이 터져나오던 너의 울음과 그리움이 언제는 미움으로 변하더니 이제는 아예 아빠 이야기조차 꺼내길 싫어하는구나.

이제는 아이의 세계를 벗어나 소년으로 커가고 있는 너. 오늘도 우리는 아침 일찍 일어나 동네를 한 바퀴 돌았다. 처음 잠자리에서 일어날 때는 짜증도 나고 귀찮은 마음뿐이었지만, 막상 옷을 입고 밖으로 나와 동산으로 떠오르는 빨간 해와 발갛게 물든 구름들을 바라보며 뛰고 들어오면 기분이 상쾌하다고까지 말하는 너.

그런 모습을 아빠가 보고 있다면, 아니 함께 뛴다면 발걸음은 더 날렵하고 힘이 나겠지만, 그러나 어쩌니. 불가능한 것에, 주어질 수 없는 것에 집착하고 마음을 빼앗기는 것처럼 어리석은 일이 없다고 엄마가 말했지. 우리는 아빠는 없지만, 불행하지도 않고 불편하지도 않은 생활을 하고 있으니 행복한 거야. 그리워하는 사람을 기다리지 않아도 되는 것도 일종의 행복이라는 것을 조금씩 알아가며 우리는 그 동안 버텨오지 않았니?

네가 학교에 입학했을 때 너는 언젠가 아빠가 사다두었던 천자문 두루말이를 찾아내 벽에 걸고 한 자 한 자 외우고 써나갔지. 지금은 뜻도 글자도 다 잊었지만 너는 가끔씩 1학년

일년 동안 쓴 천자문 공책을 찾아내 들여다보며 "엄마, 내가 어떻게 이렇게 썼는지 이해가 안 돼." 하고 스스로도 대견해 하곤 하지.

토일아, 그런 거야. 할 때는 귀찮고 싫지만 참고 해나가다 보면 자신도 놀랄 정도로 대견한 것이 거기에 있게 되는 거야. 오늘도 너는 그런 말을 했어. 떠오르는 해를 보고 뛰니까 너무 기분이 좋다고.

너는 아빠의 얼굴을 잊어가고 있겠지만 아빠는 언제나 너를 하늘에서 지켜보고 계실 거야. 겨울에 강한 남자라며 반팔 티셔츠로 겨울을 나고 있는 너, 건강하고 자신감 있게 자라고 있는 너의 모습에 아빠도 분명 반하실 거고. 천자문을 외우던 너의 나불거리는 예쁜 입모습에도 반하셨을 거고, 피아노를 배우기 위해 가깝지 않은 거리를 하루도 빠지지 않고 자전거를 타고 달려나가는 너의 모습에도, 어른들도 듣기 어려운 바흐의 첼로 음악이 좋다며 CD를 틀어놓고 숙제하는 너의 모습도……. 거기에 책 읽기를 좋아하는 소년이 된다면 더욱 좋아하시겠지.

무상이 있는 곳에 영원도 있어. 그래, 토일아. 네가 여기 있구나. 우리는 아빠 없는 다섯 번째의 겨울을 보내고 또 다른 봄을 맞이하고 있구나. 3월이 오면, 봄이 오면 너는 이제 4학년으로 올라가지. 너 특유의 춤추듯 나풀나풀하는 걸음걸이, 뛰듯 춤추는 걸음걸이로 아빠를 닮은 솟구치는 머리칼을 날리며 학교로 내달리는 너의 모습을 보는 것만으로도 봄을 가슴 가득 안은 것만 같구나.

너는 생명의 노래요, 환희란다. 그렇지. 얼마나 아름다우니,

이 세상이! 삶의 아름다운 빛과 빛 뒤에 가려져 있는 그림자를 아는 너의 눈망울과 긴 눈썹에 그리움의 이슬이 아니라 총명한 빛이 초롱초롱 매달려 있기를 이 봄엔 기대해본다.

하늘로 올라가는 사다리를 만들면 좋겠다던 토일아. 봄엔 네 마음 속에 하늘로 올라가는 잭의 콩나무를 키우자. 거기에 빨, 주, 노, 초, 파, 남, 보, 일곱 가지 크레파스로 무지개 사다리를 그려넣자꾸나, 토일아. 네 눈썹에 매달린 그리움을 보석처럼 엮어 그 사다리에 매달아 무지개 다리를 빛나게 장식하자꾸나.

입춘 기도

입춘이라 절에 갔습니다. 집에 손님이 찾아오면 가끔 들르던 정수사라는 절입니다. 마리산―이곳에선 마니산을 이렇게 부릅니다―중턱쯤 바위틈을 비집고 들어선 작고 오래된, 참 아름다운 절이지요. 절 마당에 올라서 아득히 펼쳐진 갯벌을 조망하며 속진에 절은 가슴을 갯바람과 산바람이 씻어낼 때의 상쾌함과 개운함. 그래서 정수사인가 봅니다.

절로 오르는 좁은 돌계단, 그 양옆에 늘어선 단풍나무와 주목들. 그 나무들은 여름엔 푸르고 깊숙한 터널을 만들어 시원하게 하고, 가을에는 지나는 객들의 마음을 우아하고 아름다운 빠알간 단풍색으로 물들이는 붉은 터널을 만들더니, 지금 봄이 가까운 겨울에 찾아가니 파란 하늘을 돌계단 위에 펼쳐놓고 부처님께 절하러 가는 사람들이 밟고 올라가게 하는군요.

가볍지만 새삼스레 이는 감동으로 돌계단을 올라 절 마당에 들어섰습니다. 절마당에 가득한 신생의 기운이 이마를 때립니다. 대웅전을 향해 가볍게 합장하여 목례하고 돌아서 방금 올라온 산 아래를 일별합니다. 담요를 깔아놓은, 아니 농촌에서 흔히 볼 수 있는 희끄무레한 보온 덮개를 깔아놓은 듯 산은 온통 회색입니다. 아침 9시, 햇살이 막 펴지기 시작한 탓인지 저 멀리 산 아래 마을도 갯벌도 온통 희붐한 회색입니다.

내려다보이는 것들은 반투명한 그물망에 갇힌 채 막 기지개를 켜며 몸을 일으키는 중인데, 고개를 들어 올려다보는 하늘과 내리꽂히는 햇살은 너무나 생기발랄합니다. 정말 손톱으로 지익 그으면 금방이라도 흰 줄이 그어질 것 같은 파란색 하늘. 한광석(韓光錫)의 쪽빛 모시 수십 필을 절 뒤편 나뭇가지와 바위 위에 걸쳐놓았다고나 할까요. 아니, 인간의 손끝이 아무리 절묘하단들 하늘의 조화를 담아낼 수 있을라고요. 조금 흉내를 내었을 뿐이지요.

강화에서 맞는 두 번째 설이자 입춘이었습니다. 설은 그냥 설인 줄만 알았고 입춘은 달력과 중학교 1학년 국어 교과서에만 있는 줄 알았지요. 그런데 설이 그냥 설이 아니더군요. 설은 일년의 시작이요 사계절의 시작입니다. 농촌에서는 설을 지내자마자 여기저기에서 경운기 구르는 소리가 들립니다. 겨우내 논가에 쌓아두었던 볏짚을 거두고 외양간에 묵혔던 쇠똥도 치워야 하고 논바닥과 둔덕에 쥐불도 놓고…… 이제부터 서서히 분주해지기 시작합니다.

설을 쇠고 나면 흙부터 달라지는 것을 알 수 있습니다. 굳었던 흙이 햇살을 받아 푸석해집니다. 흙더미에 눌려 있던 냉이의 싹이 몸을 비틀면, 겨우내 웅숭그리고 계시던 팔순 넘은 할머니들이 호미자루를 거머쥐고 텃밭으로 나가 잽싸게 봄나물을 뜯어 장날에 내다 팝니다.

계절이 이렇게 투명하게 다가오는 줄은 정말 몰랐습니다. 투명한 햇살, 투명한 시간, 설이 지나고 입춘이 되자마자 와락 일시에 달려드는 계절의 순환……. 이런 것들이 새삼 경이롭습니다. 누군가에게 편지를 쓰고 싶은 간절한 마음이 일었습니다.

수많은 말들이 입속에 뱅뱅 돌아도 도저히 쓸 수 없었던 메마름. 이런 메마름이 늘 가슴을 허전하게 하고 정신을 고갈되게 했기에 약간의 흥분이 일었습니다. 하찮음, 쓸데없음…… 이런 생각들이 자신을 지배했고, 스스로 그 구덩이에 빠져 허우적거리는 것을 즐겨왔던 것입니다. 게으름이 최상의 소일거리였지요.

자연 속에 있으면서도 자연을 몸으로 느끼지 못하고 입으로만 말해왔던 듯싶습니다. 자연은 말해지는 것이 아닌 모양입니다. 몸으로 느껴지는 충만한 자연, 생기로 충만한 대지의 힘. 그 속에 있는 한 알갱이인 나도 입춘을 맞이하러 절 마당에 올라서니 마음이 둥그렇습니다. 그런 충만함과 둥근 마음을 사랑이라고 표현해야 할까요? 그 사랑을 누군가에게도 전해주고 싶은 마음이 간절해졌습니다.

처음으로 스님께 진심으로 우러나오는 절을 하였습니다. 아직도 오만으로 마음이 가득 메워져 있는 탓인지 스님에게 진심으로 하는 절을, 인사를 하지 못했습니다. 스님을 만나면 그냥 형식적이고 의례적일 뿐인 그런 절이었습니다.

어릴 적에도 누군가를 진심으로 존경하고 좋아해보지 못한 탓인지, 누군가를 만나면 먼저 그 사람의 결점부터 눈에 들어왔고, 위인이라도 그에게서 위인답지 못한, 인간이면 누구나 가질 수 있는 약점이나 결점 따위들 때문에 위인들조차 존경하지 못하고 시건방을 떨었드랬습니다.

책을 읽으며 연속극을 보며 감동은 쉽게 했습니다. 책에 등장하는 이러저러한 인물들의 장점을 모아 조합하여 마음 속에 허물어지지 않을 이상형의 구리 동상 하나 세워두고 그 구리 동상 같은 인물을 만나면 혼자서 존경과 사랑을 퍼부으리라는 치기 어린 꿈을 지녔었나 봅니다.

입춘날 아침의 투명한 햇살이 파르라니 깎은 스님의 정수리께에서 부서집니다. 모든 게 다 새롭습니다. 마음조차 둥그스름해집니다. 그 스님에게 새해 인사를 하고 법당에 올라갔습니다. 부처님께 예배를 드리고 스님의 염불을 들으러 많은 사람들이 법당에 모였습니다. 대개는 이곳 강화에 사는 할머니, 아주머니들입니다. 올해에는 기도들이 더욱 간절하고 절실했을 겝니다. 그네들은 입춘을 맞아 부처님께 세배도 드리고 자식네들 소원성취를 위해 부적도 하나 마련하려고 먼 길을 달려와 산 위 높은 바위 집에 계신 부처님께 경배를 올리며 귀에 묻힌 때와 마음에 엉킨 염원과 원망을 풀어내고 닦아냅니다.

스님은 중생들이 어두운 길을 헤쳐나가도록 열심히 염불을 합니다. 염불 중간중간 두드리는 목탁소리가 낭랑한 울림이 되어 법당을 맴돌다 중생의 가슴에 스며듭니다. 목탁의 청정한 떨림과 깊숙이 파고드는 쇠종의 울림이 절묘한 조화를 이루는 조그만 법당 안은 먼 바다를 가는 배와 같습니다. 삶과 죽음이 조화롭게 공존하는 처소. 어딘가를 향해 떠나가는 배, 그 어딘가가 죽음일 거라고 생각합니다.

죽음의 바다로 나아가기 위해 우리는 산다고 그 목탁소리는 내게 일러주는 듯했습니다. 두려움으로서의 죽음이 아니라 아름답게 산 훗날에 맞이할 죽음을 생각합니다. 죽음의 길을 밝혀주는 듯 청량한 염불소리와 낭랑한 목탁소리 너머로 부처님의 미소를 바라봅니다. 그리고는 죽음 가까이 다가가 있는 촌 할머니들과 같이 경을 읽습니다. 아름다운 죽음을 위해 열심히 일하고 열심히 살아온 할머니들의 아름다운 삶을 가만히 바라봅니다.

스님의 게송에 얹어 염원 하나 실어봅니다. 그의 임종을 앞두고 허겁지겁 하느님과 부처님에게 애원했던 그때 이후 맑고 깨끗한 마음으로 기도드렸던 적이 있었던가. 아름다운 햇살이 아름다운 기도를 하게 하나 봅니다. 그가 떠난 빈 자리에 사랑이 고여옴을 느낍니다.

이제 씨뿌릴 준비를 서서히 해야겠습니다. 지난해에 떨어진 낙엽을 갈퀴로 긁어모아 퇴비를 만들고, 받아두었던 오줌을 나무에 나눠주어 뿌리가 튼튼히 박히도록 해야겠습니다. 올해도 백일홍이랑 맨드라미랑 채송화 씨를 마당가 꽃밭에 가득 뿌려 찾아오는 이들에게 화사하게 핀 꽃밭을 선사해야겠습니다. 옥수수 씨도 많이 뿌려두겠습니다. 여름이 무성하거든 오세요.

이 사람의 아름다운 삶
-박광숙 산문집《빈 들에 나무를 심다》에 부쳐

신경림(시인)

"나는 또한 바라마지 않는다 나의 시가/입에서 입으로 옮겨져 노래가 되고/…… 사이사이 이랑 사이 고랑을 타고/쟁기질하는 농부의 들녘에서 울려퍼지기를/때로는 나의 시가 탄광의 굴 속에 묻혀 있다가/때로는 나의 시가 공장의 굴뚝에 숨어 있다가/때를 만나면 이제야 굴욕의 침묵을 깨고/들고 일어서는 봉기의 창끝이 되기를"(〈나는 나의 시가〉 중에서) 하고 노래했던 김남주 시인이 자본주의의 전지구적 확산 앞에서 절망하면서 세상을 뜬 지 어느새 다섯 해가 갔다. 그 사이 세상은 엄청나게 바뀌어 남쪽에는 국민의 정부가 들어서서 IMF 체제라는 족쇄에 채인 채 모든 국면에서 개혁을 위하여 힘드는 싸움을 벌이고 있고, 북쪽에서는 김일성 주석이 사망, 김정일이 그 뒤를 이었으나 어린이들이 굶주리면서 맨발로 거리를 떠도는 가난을 극복하지 못하고 있다. 또 그 사이 그가 남기고 간 그의 아내 박광숙은 시골에서 농사를 짓는 중년의 여인이 되었고, 아버지의 죽음의 의미도 미처 모르고 있던 아들 토일이는

'초승달처럼 입이 째지게 잘 웃고 까부는 명랑한 아이로 자라'(〈죽은 나무에 물을 주다〉 중에서)고 있다. 이 책에 실린 박광숙의 서간체 산문들은 바로 그 동안의 꾸밈없는 생활의 기록으로서, 한마디로 글도 아름답고, 그 글 속에 들어 있는 삶도 아름답다. 실제로 이 글 속에 나타나 있는 아름다운 삶은 김남주 시인이 싸움과 시를 통해서 이룩하고자 했던 아름다운 세상의 한 부분인지도 모른다. 아무렇게나 한 대목 뽑아 읽어보자.

구근들을 심고 가을에 모아 파묻어둔 가지가지 국화들을 포기포기 나누어 심고, 장화리에서 캐온 강화 인진을 무리지어 심었습니다. 이 쑥은 단오 때 베어뒀다 필요한 사람들에게 나누어줄 참입니다. 부용화, 접시꽃, 붓꽃, 할미꽃, 해당화……. 듣기만 해도 반갑고 정겨운 우리네 옛집에 피어 있던 꽃들을 뜨락과 꽃밭에 심는 일……. 그 꽃들을 동네 사람들로부터 받아 심으며 저는 잃어버린 제 유년기를 돌려받은 양 가슴이 설레기도 했습니다.
　–〈고독한 대지에 나무를 심다〉 중에서

흙을 사랑하고 자연과 하나가 되는 삶, 여기 무슨 설명이 더 필요하랴. 하지만 이렇게 안정을 얻기까지 힘드는 싸움과 모진 고문도 이겨내고 살아온 남편을 엉뚱하게 병마에 빼앗긴 그가 얼마나 큰 고통과 슬픔의 나날을 보냈을까를 짐작하기는 어렵지 않다.

한동안 부처님께 매달렸습니다. 부처님의 원만한 어깨와 깊숙한 미소를 띤 얼굴을 우러러 뵈오면 뵐수록 인간의 나약함과 옹졸함에 목이 메입니다. 파리처럼 달라붙는 원망을 털어버리려 부처님께 백팔배를 올리며 염송을 해보지만 가슴 한쪽에 자라고 있는 원망과 미움이 쉽게 사그라지는 것은 아닙니다.

종교에 몰두할 수 없는 체질인가 보다고 체념 비슷이 하며 술을 마셔보지만 술 항아리들이 비워질 때마다 빈 항아리엔 술 같은 공허가 출렁입니다. 매실주, 인삼주, 송순주, 포도주……. 유리병에 매실과 솔잎과 포도 등을 담아 소주를 부어놓고 우러나면 그것들을 떠다가 그와 함께 입술을 적시던 날들이 빈 술병처럼 흐트러져 뒹굽니다.

- 〈사막을 건너는 법〉 중에서

하지만 그녀는 '혼자 술을 홀짝이는 것도, 백팔배를 올리며 한숨을 씻어내는 것도, 텔레비전을 끌어안고 시간을 죽이는 것도, 그 어떤 것도 우리 앞에 놓인 공간을 채울 수가 없다'(앞의 글)고 깨닫고는 어느 날 갑자기 도시에서의 생활과 낯익은 풍경을 버리고 남편과 함께 미래를 설계하며 마련해두었던 강화의 텅 빈 시골집으로 짐을 싸들고 내려온 것이다.

당장 익숙할 수 없는 강화에서의 생활이 행복하지만은 않았을 것이다. 일손의 모지람, 노동의 힘겨움, 혼자 사는 여자가 받는 이웃 사람들의 경계심, 아이의 교육과 장래에 대한 불안, 삶에 대한 허망함…… 이에 따른 회한과 자탄이 곳곳에서 발견되기도 한다. 그러나 자연과의 조화, 자연에의 순응을 추구하는 삶에서 오는 아름다움이 이 모든 것을 압도한다.

오늘도 짙은 안개가 끼었습니다. 몇 미터 앞도 내다보이지 않는 심해와 같은 고요와 적막이 뜨락까지 밀려와 있습니다.

아이는 코끝과 머리칼에 안개 알갱이를 구슬처럼 꿰면서 학교로 달려갔습니다. 거대한 솜뭉치 같은 안개 속으로 자전거 페달을 굴리며 미끄러져 가는 아이를 배웅하고 한참을 그 자리에 서 있다 들어왔습니다. 두터운 방음벽을 둘러친 것마냥 일체의 소리조차 가둔 안개 낀 길을 가는 아이의 등교길을 잠깐 걱정해봅니다. 안개에 눈먼 자동차가 아이를 받지나 않을까 당부에 당부를 해서 보냈으면서도 마음이 편치가 않습니다.

　－〈봄햇살의 위안〉 중에서

물론 이 대목은 안개 속에서 아이를 학교에 보내는 어머니의 걱정이 주조가 된 문장이다. 하지만 자욱하게 안개가 낀 섬마을, 안개 속으로 자전거의 페달을 밟으며 미끄러져 들어가는 소년, 차를 조심하라고 수없이 당부하고는 소년이 사라지고도 한참을 문 밖에 서 있는 어머니의 그림은 너무도 아름다워 '걱정'이 끼여들 틈새가 없다.

이곳에 살게 된 게 벌써 세 해로 접어들었습니다. 이제 농촌 아낙으로서의 생활에도 틀이 잡혀가고 있는지 마음에도 여유가 생깁니다. 저의 마음처럼 저희 집도 환하게 밝은 꽃동산이 되었습니다. 그리고 식구들도 많이 늘었습니다. 시시때때로 홰를 치며 울어젖히는 수탉은 고요하기만 하던 집에 사람 사는 풍경을 연출해내고, 암탉은 식탁에 오를 찬거리를 만들기 위해 부산히 먹이를 쪼아댑니다.

또 한 가지, 실패에 실패를 거듭했던 벌 키우기는 이제 요령을 익히게 되어 마침내 분봉하는 데 성공하여 벌통이 셋으로 늘었습니다. 두 번의 실패 끝에 얻어낸 결실이라 대견한 마음에 하루에도 수없이 벌통을 들여다봅니다. 여왕처럼 갑자기 많은 식구들을 거느리는 바람에 생활은 전보다 더 부산해 힘은 들어도 사람 사는 집 꼴을 갖춘 것 같아 마음이 한결 넉넉해집니다.

    -〈이제는 누군가를 기다리지 않습니다〉 중에서

자연과 어울어진 이와 같은 삶 앞에서는 환경의 파괴니 오염 같은 개념이 오히려 낯설어진다. 그러나 누구나 다 이같이 살 수도 없고 살아서도 안 된다. 다만 이렇게 사는 사람이 단 몇 사람만 있다 해도 그것은 이 땅에서 이 시대를 함께 사는 모든 사람의 기쁨이 아니고 무엇이랴.

    토일이와 우편배달부 아저씨는 외계인처럼 자기들만이 아는 묘한 억양으로 소리를 지르며 우편물들을 주고받습니다.
    아우아! 아우아! 이 소리는 이 동네 아이들과 우편배달부 아저씨 사이에 주고받는 은어입니다. 그들은 그들만이 아는 소리로 반가움을 그렇게 표시합니다.
    빨간 오토바이에 노란 비옷을 입은 우편배달부의 모습이 빗속에서 한층 도드라져 보이고, 아이와 함께 격의없이 지르는 '아우아!' 소리가 칙칙한 빗줄기 속에서도 경쾌하게 들립니다.

    -〈빗속에서 춤을〉 중에서

도시에서는 상상도 할 수 없는 풍경이다. 이 대목을 읽으면서 우리 아이들의 교육환경을 다시 한 번 돌아보게 된다. 이런 환경에서 자란다면 아이들이 비뚤어지고 싶어도 비뚤어질 수가 없을 것이다. 토일이의 건강한 모습을 보여주는 흐뭇한 대목은 이밖에도 많다.

아이와 엄마는 눈이 얼마나 쌓일지 궁금하여 연신 현관문을 열고 들락거립니다. 한참을 퍼붓던 굵은 눈발이 뜸해지더니 이제는 그칠 모양입니다. 운동화까지 푹 빠지는 눈이라고 합니다. 아이가 자를 들고 나가 재어봅니다. 8센티미터. 눈은 얼마쯤 더 내렸습니다. 아이가 숙제를 끝내고 다시 밖으로 나왔을 때 내일 모레면 보름, 보름을 향해 가는 달이 환하게 아이를 향해 웃고 있었습니다. 풍성하고 푸근한 밤입니다. 어둠이 깔릴 때까지 아이는 혼자서 자전거를 탑니다.
 -〈몸도 마음도 자연을 닮아갑니다〉 중에서

박광숙의 이 산문집에서 감동적인 대목을 들자면 한이 없다. 한 편 한 편이 다 주옥 같은 산문이라고 말한대도 과장이 아닐 것이다. 그러나 김남주 시인의 치열한 삶과 허망한 죽음을 옆에서 지켜본 사람의 하나로서 더 감동적인 글을 굳이 들라면 아무래도 나는 토일이에게 준 편지 형식의 글을 들지 않을 수 없을 것 같다.

늘 바람이 불었지. 집 뒤의 키 큰 상수리나무가 휘이익 하고 바람을 몰아오면 까치가 깍깍 울며 앞마당의 감나무 가지로 쫓겨와 매달리고, 감나무 가지를 흔들던 까치울음이 곁에 섰던 은행나무

노란 잎을 건드리면 덩달아 뒷산과 밭가에 서 있던 상수리나무도
몸을 젖히며 봄내 여름내 키워낸 살찐, 잘생긴 열매들을 후두둑후
두둑 하고 떨궈내었지. 봄 여름에 쑥쑥 자라며 열매를 맺는 저 나
무들처럼 풀들처럼 너도 저 바람 속에서 자랐지.

누가 보살피지 않아도 잘도 자라고 잘도 열매맺는 나무들, 그
사이에 끼여 있는 아직은 어리고 작은 나무인 너. 누가누가 잘 자
랐나 키재기를 한다면 아마도 너겠지. 나무들 사이에 서 있는 네
모습이 아직은 제일 작고 힘이 약해 보여도 엄마 눈에는 네가 제
일 멋있어 보인단다.

저기 길가에 서 있는 작고 여린 나무를 보았니? 휘감기는 시린
바람이 그 나무를 괴롭히는 것 같지만 실은 그게 아니야. 넌 알고
있지. 그 나무가 외로워할 때 바람이 달려와 같이 놀아주는 것을.
슬프고 힘들 때 눈물이 나오려고 할 때 눈물을 말려주고 나무가
흔들리지 않도록 흙을 다져주기도 한다는 것을.

　-〈내 고향은 해남〉 중에서

푸른숲의 시

요즈음엔 버리는 연습을 한다
이시연 시집/신4 · 6판/132쪽
자연과 만난 경험을 나지막한 목소리로 노래해온 이시연 시인의 네 번째 시집.

밥보다 더 큰 슬픔
김선옥 外/신4 · 6판/180쪽
한국방송공사(KBS)를 일터로 삼고 있는 8명의 시인들의 시편을 모은 시집.

그대 굳이 사랑하지 않아도 좋다
이정하 시집/신4 · 6판/104쪽
이루어질 수 없는 사랑에 때론 아파하고 때론 절망하는 마음을 서정적인 감성으로 그린 시집.

너는 눈부시지만 나는 눈물겹다
'96 '97 '98 시부문 전국 베스트셀러
이정하 시집/신4 · 6판/104쪽
사랑의 애잔한 아픔과 그 속에 깃든 사랑의 힘을 섬세하게 풀어쓴 시집.

그대가 곁에 있어도 나는 그대가 그립다
8년 연속 전국 베스트셀러
류시화 시집/신4 · 6판/112쪽
뛰어난 서정성과 환상적 이미지로 삶의 비밀을 섬세하게 풀어낸 류시화 시집.

그대에게 가고 싶다
7년 연속 전국 베스트셀러
안도현 시집/신4 · 6판/98쪽/값 3,000원
가슴 아픈 사랑의 마음을 그린 서정시집.

그대 거침없는 사랑
5년 연속 전국 베스트셀러
김용택 시집/신4 · 6판/108쪽
〈섬진강〉의 시인 김용택이, 소박하고 꾸밈없는 목소리로 사랑의 경건함과 따사로움, 사랑의 순정함을 노래한다.

아름다운 사람 하나
'97년 시부문 베스트셀러
고정희 시집/신4 · 6판/144쪽
고통스러우면서도 절실한 사랑의 감정을 통해 성숙해가는 이를 그린 서정시집.

푸른숲의 소설

봉순이 언니
공지영 장편소설/신국판/216쪽
60~70년대 고도성장의 뒷골목에서 한없이 추락하면서도 삶에 대한 낙관을 포기하지 않는 주인공을 통해 끝끝내 포기할 수 없는 '희망'의 메시지를 건져올린 공지영의 장편소설.

무소의 뿔처럼 혼자서 가라
공지영 장편소설/신국판/332쪽

더 이상 아름다운 방황은 없다
공지영 장편소설/신국판/364쪽

그리고, 그들의 아름다운 시작
공지영 장편소설/신국판/전2권

광야에서
윤영수 장편소설/신국판/전3권
1920~1940년대, 항일단체 송백단의 요인 암살, 만주 · 도쿄 주식시장을 뒤흔드는 주인공들의 숨가쁜 장면과 감추어졌던 사건들, 그리고 예고된 새로운 대결이 독자의 가슴을 뛰게 한다.

한국판 어린 왕자
전윤호 글/육식영 그림/변형 4 · 6판 양장/116쪽
서울에 다시 온 어린 왕자를 통해 남을 이해하고 사랑하기 위해서는 얼마나 긴 시간 동안의 인내와 노력이 필요한지, 그리고 우리가 지켜야 할 소중한 것이 무엇인지를 말하고 있다.

하얀 새 '96년 한국 간행물윤리위원회 청소년 권장도서
송우혜 장편소설/신국판/354쪽
병자호란이라는 전란을 겪은 명문 사대부 가문의 젊은 여인의 삶을 통해 '남성중심적이고 명분지상적인 사회제도와 의식이 한 여인을 어떻게 속박했으며 또 어떻게 단련했는지'를 이야기하고 있다.

황홀한 반란
이경자 장편소설/신국판/296쪽

살아간다는 것
여화(余華) 장편소설/신국판/312쪽

체스
슈테판 츠바이크/신국판/128쪽

푸른숲의 에세이

모래땅의 사계

알도 레오폴드/윤여창 · 이상원 옮김/신국판/292쪽

초기 환경운동의 선구자이자, 환경학자, 생태
학자로서 현장에서 헌신적으로 운동을 추진했
던 알도 레오폴드의 자연 에세이. 미국 환경보
호운동의 이론적 기초를 제공한 고전으로 자
리잡은 책.

인간적인 것과의 재회

박호성 수상록/국판 양장본/268쪽

박호성 교수의 새벽 산책같이 맑고 신선한 수상
록. 익숙한 일상과 결별하고 있는 시대에 우리
가 다시 만나야 할 것은 무엇인가를 자신의 체
험과 사색을 통해 맛깔스럽게 그려내고 있다.

성격대로 살아가기

김정일 심리 에세이/변형 국판 양장본/280쪽

현대인들의 정신병리와 심리 문제를 진단하
고, 자아의 소중함을 일깨워온 저자가 타고난
성격, 혹은 다른 사람들과 맞지 않는 성격차이
로 고민하는 사람들에게 전하는 심리 에세이.

지상에서 사라져가는 사람들

김병호 外/국판 양장본/280쪽

오랫동안 현대 문명과 단절된 채 민족 고유의
생활방식을 따르며 살아온 소수민족의 삶과 죽
음, 종교와 제의, 성의식과 결혼 풍습 등을 문
화 인류학적인 관점에서 조명한 문화 탐사기.

영혼을 위한 닭고기 수프

'98 YMCA 권장도서

잭 캔필드 · 마크 빅터 한센/류시화 옮김/신국판/전2권

살아가면서 잃어버리기 쉬운 꿈과 행복을 어
떻게 지키며 살아가야 하는가를 보여주는 1백
여 편의 감동적인 이야기. 이 책은 역경을 딛
고 일어선 사람들, 생활 속에서 만나는 작은
감동들, 인생의 의미와 철학이 담긴 우화 등으
로 구성되어 있어 깊은 감동을 준다.

괴테의 이탈리아 기행

'98 한국백상출판문화상 수상도서 /'98 교보문고 좋은책 선정도서

괴테 /박영구 옮김/변형 4 · 6판 양장본/720쪽

저명한 작가이자 바이마르 공국의 정치가로서
명성을 떨치고 있었던 독일의 대문호 괴테가
자신의 문학적 상상력을 옭죄는 궁정생활을 탈
출하여, 베네치아 · 피렌체 · 로마 · 나폴리 · 시칠
리아 등 이탈리아 전역을 여행하며 남긴 기록.

삶이 나에게 가르쳐준 것들

류시화 산문집/국판 양장본/228쪽

삶을 찾아 끊임없이 헤매어다닌 긴 여행길의
이야기들을 내적인 체험과 다양하고 재미있는
우화 사이를 넘나들면서 류시화 특유의 바람
결 같은 문체로 이끌어가고 있다.

여성이여, 느껴라 탐험하라

전여옥 · 임정애 에세이/신국판/372쪽

우리 사회의 성차별과 남성 우위의 의식구조
에 문제의식을 갖고서, 억압되어 온 여성의 성
(性)문제를 조명하였다.

여성이여 테러리스트가 돼라

전여옥 에세이/신국판/384쪽

일과 결혼 사이에서 갈등하는 현대 여성들을
위한 에세이.

심리를 알면 궁합이 보인다

최창호 심리 에세이/신국판/368쪽

심리학의 대중화에 힘써온 심리학자 최창호가
결혼을 앞둔 연인들과 부부를 위해 쓴 심리 에
세이.

아하, 프로이트

김정일 심리 에세이/신국판/전2권

프로이트의 정신분석 이론과 개념들을 일상
생활 속에서 재발견하여 쉽고 흥미 있게 풀어
쓴 에세이.

어떻게 태어난 인생인데!

김정일 심리 에세이/신국판/340쪽

자아의 소중함을 일깨워주어 자유로운 창조와
개성의 길로 인도해주는 현대인의 필독서

상처 없는 영혼

공지영 산문집/변형 신국판/320쪽

갈등과 고통 속에서도 자신의 길을 찾아가는
여성상을 제시해 온 공지영의 첫 산문집.

푸른숲의 인문 · 사회과학

2000년, 이 땅에 사는 나는 누구인가

이진우 外/신국판/324쪽

2000년을 눈앞에 둔 세기적 전환기를 맞아 우
리 사회에서 꾸준히 문제의식을 밝혀온 지식
인 23명의 과거 반성과 미래 전망을 담고 있
다.

츠바이크의 발자크 평전

슈테판 츠바이크/안인희 옮김/변형 4·6판 양장본/692쪽

소설보다 더 극적이고 파란만장한 발자크의 삶과 문학을 생생하게 그려낸 슈테판 츠바이크 최후의 걸작. 자기 시대 인간 군상의 모습을 가장 적나라하게 보여준 위대한 작가의 내면세계가 입체적으로 그려져 있다.

한국 인문사회과학의 현재와 미래

학술단체협의회 편/신국판/396쪽

학단협 소속 21개 회원 단체 연구진들이 지난 10년 간 인문사회과학 각 분야에서 쌓아온 연구성과를 종합, 점검함으로써 다가올 21세기의 새로운 좌표를 모색하고 있다.

이야기 세계의 신화

에이미 크루즈/배경화 편역/신국판/320쪽

문명의 시작을 설명해주는 고대의 암호이며, 현재 인류의 생활 속에 생생히 남아 있는 역사의 출발점인 신화를 통해서 각국의 문화와 역사의 특성을 살펴볼 수 있는 입문서.

박정희의 유산

김재홍 지음/신국판/360쪽

지난 20여 년 간 〈동아일보〉 정치부 기자를 지낸 김재홍 논설위원이 현장 취재를 바탕으로 박정희를 중심으로 하는 한국 정치사를 새롭게 조명한 정치 해설서.

도도의 노래

'98 언론노동조합연맹 선정 올해의 책

데이비드 쾀멘/이충호 옮김/신국판/전2권

진화와 멸종을 연구하는 섬 생물지리학의 모든 역사와 진화의 비밀, 지구상에서 일어난 멸종의 사례, 그리고 자연 파괴의 현장에서 멸종을 막으려는 사람들의 노력을 흥미진진하게 풀어간 책.

히틀러 평전

한겨레신문 '98 상반기 추천도서

요아힘 C. 페스트/안인희 옮김/변형 국판 양장본/전2권

히틀러 평전의 결정판. 철저한 고증, 균형잡힌 시각으로 서술한 평전의 모범으로, 한 인물의 전기를 넘어서 그 시대의 역사를 폭넓고 깊이 있게 다루고 있다.

권력장

곽존복/김영수 옮김/신국판 양장본/484쪽

중국 역사 속에 나타난 다양한 권력행사 유형을 통해 권력의 본질과 올바른 권력행사 방법

을 제시하는 역사서.

한반도 30억 년의 비밀

'98 한국 간행물윤리위원회 청소년 권장도서 / 과학문화재단 추천도서
'98 문화관광부 추천도서 / '98 교보문고 좋은책 선정도서

유정아 지음/변형 국판/올컬러/전3권

KBS에서 3부작으로 방영한 다큐멘터리와 동시에 제작한 것으로 과학, 특히 지질학과 고생물학을 통해 한반도 30억 년의 역사를 최초로 복원한 책.
1부-적도의 땅/2부-공룡들의 천국/3부-불의 시대

박정희를 넘어서

한국정치연구회 편/신국판/416쪽

한국정치연구회의 젊은 소장학자들이 그 동안의 연구 성과를 토대로 집필한 이 연구서는 박정희 신드롬, 박정희 시대의 정치, 박정희 시대의 산업화, 박정희 시대의 외교를 객관적·역사적으로 다루고 있다.

문명의 기둥

'97 교보문고 좋은 책 선정도서

곤도 히데오 外/양억관 편역/신국판/268쪽

전설 속의 대륙 아틀란티스에서부터 수메르, 메소포타미아, 이집트, 고대 에게 해의 문명국들, 아메리카의 잉카 제국, 중국의 황허 문명, 인도의 갠지스 문명에 이르기까지 세계의 고대 문명을 총괄, 정리한 고대 문명 입문서.

인간속의 악마

장-디디에 뱅상/유복렬 옮김/신국판/360쪽

인간 안에 존재하는 악마의 존재를 통해 인간을 더욱 깊이 있게 이해하려는 독특한 관점의 인문교양서. 진화론을 바탕으로 인간의 두뇌 속에서 우리의 행동과 언어를 이끌고 인식능력을 지배하는 악마의 존재를 추적한다.

최초의 인간 루시

'96 한국 간행물윤리위원회 서평도서

도널드 요한슨·메이틀랜드 에디/이충호 옮김/신국판/464쪽

1974년 에티오피아에서 발견된 '최초의 인간 루시'를 통해 인류진화 과정을 설명하는 이 책은, 고인류학의 태동에서부터 인류학사에 중요하고 재미있는 사건을 총망라하여 상세하고도 흥미롭게 다루고 있다.

한 권으로 읽는 융

E. A. 베넷/김형섭 옮김/신국판/240쪽

인간의 감정, 사고, 행동의 근원이 되는 무의식의 정신 활동과 내적 세계의 탐구에 몰두했

던 정신의학자 융의 사상과 생애를 한 권으로
정리한 융 심리학 개설서.

한 권으로 읽는 프로이트

D. S. 클라크/최창호 옮김/신국판/276쪽

프로이트가 전 생애에 걸쳐 남긴 20여 편의
저서를 중심으로 그의 정신분석 이론이 생성,
수정, 발전해가는 과정을 총망라하여 보여주
는 정신분석 해설서.

우리 역사를 읽는 33가지 테마

'97 교보문고 청소년 권장도서

우윤 지음/신국판/360쪽

정치 · 문화 · 학문 · 생활 등 33가지 주제를 통
해 우리 역사 전반을 분석한 책. 역사학자로서
의 전문성과 흥미로운 서술방식을 갖춘 역사서.

반일 그 새로운 시작

'97 한국 간행물윤리위원회 권장도서

이규배 지음/신국판/372쪽

역사적 문헌을 바탕으로 반일 감정의 연원을
밝히고, 일본의 실체를 파헤친 한일론에 대한
본격 연구서.

소크라테스 최후의 13일

'97 한국 간행물윤리위원회 청소년 권장도서

모리모토 데츠로/양억관 옮김/신국판/346쪽

소크라테스가 사형 선고를 받은 이후 독배를 받
기까지 13일 동안의 사색을 소설적으로 재구성
하여 그 사상의 핵심을 알기 쉽게 해설한 책.

푸른숲 필로소피아 총서

탈주의 공간을 위하여

서울사회과학연구소 편/신국판 양장본/388쪽

야만적 별종

안토니오 네그리/윤수종 옮김/신국판 양장본/472쪽

근대적 시 · 공간의 탄생

이진경 지음/신국판 양장본/180쪽

니체와 해석의 문제

앨런 슈리프트/박규현 옮김/신국판 양장본/356쪽

분자 혁명

펠릭스 가타리/윤수종 옮김/신국판 양장본/472쪽

반항의 의미와 무의미

줄리아 크리스테바/유복렬 옮김/신국판 양장본/472쪽

푸른 역사

내 아들 딸들에게 아버지가 쓴다

허경진 편역/신국판/292쪽

역사 속 40인이 아들 딸에게 보낸, 사랑과 꾸
짖음이 가득한 편지.

누가 왕을 죽였는가

이덕일 지음/신국판/287쪽

인종에서 고종까지 독살설에 휘말린 조선의
임금들. 정사와 야사를 넘나들며 역사의 이면
에 가려진 진실을 파헤친다.

조각난 역사

프랑수아 도스/김복래 옮김/변형 국판/418쪽

아날학파의 신화에 대한 새로운 해부.

진훤이라 불러다오

이도학 지음/신국판/342쪽

후백제 왕국의 비극적 영웅 진훤의 초상.

사도세자의 고백

이덕일 지음/신국판/348쪽

사도세자 죽음의 진실을 추리소설적 기법으로
파헤친 새로운 형식의 역사서.

누가 역사의 진실을 말했는가

'98 중앙일보 좋은 책 100선 선정도서

크리스티안 마이어/이온화 옮김/신국판/500쪽

2천 년 인류 역사를 뒤흔든 법정 세계사 30장면.

영조와 정조의 나라

'98 중앙일보 좋은 책 100선 선정도서 / '98 한겨레신문 상반기 추천도서

박광용 지음/신국판/340쪽

조선의 르네상스 76년을 이끈 두 대왕 영조와
정조, 그리고 그 시대를 움직인 사람들의 역사.

금관의 비밀

김병모 지음/4 · 6배판/214쪽

한국 고대사와 김씨의 원류를 찾아서.

정도전을 위한 변명

조유식 지음/신국판/378쪽

소용돌이치는 현실정치에 몸을 던져 개혁정치
의 선구자가 된 정도전의 파란만장한 일대기.

새로 쓰는 백제사

이도학 지음/변형 신국판/644쪽

동방의 로마제국 백제사의 복원.

빈 들에 나무를 심다

첫판 1쇄 펴낸날 · 1999년 1월 28일
　　　2쇄 펴낸날 · 1999년 2월 20일

지은이 · 박광숙
펴낸이 · 김혜경
편집주간 · 김학원
기획실 · 김수진 조영희 선완규 지평님
편집부 · 한예원 임미영
디자인 · 김진 이열매
영업부 · 이동흔 엄현진
제　작 · 김영희
관리부 · 권혁관 임옥희 윤혜원
인　쇄 · 백왕인쇄
제　본 · 정민제본

펴낸곳 · 도서출판 푸른숲
출판등록 · 1988년 9월 24일 제 11-27호
주소 · 서울시 서대문구 충정로 3가 270
　　　푸른숲 빌딩 4층, 우편번호 120-013
전화 · (기획실) 362-4457~8 (편집부) 364-8666
　　　(영업부) 364-7871~3
팩시밀리 · 364-7874

ISBN 89-7184-224-5 03810

* 잘못된 책은 바꾸어 드립니다.
* 본서의 반품 기한은 2001년 1월 28일까지입니다.